下册

灯花笑

沧波起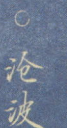

千山茶客 著

江苏凤凰文艺出版社

「别跪。」

一阵突兀的马蹄响传来,有人翻身下马,一只胳膊牢牢托住她即将弯下的脊梁。

陆瞳一怔,猝然回头。

裴云暎衣袍微皱,扶着她的手臂却很有力,语气轻蔑。

「人怎么能跪畜生?」

烈日被浓云遮蔽,林间渐渐暗了下来。

陆瞳抬头,看向站在自己身侧的人。

甫今借到十七姑娘名下二两银子,利息约至随时送还不误,恐空口无凭立此借约存字。

永昌三十五年大寒立。借约人刺客少爷。

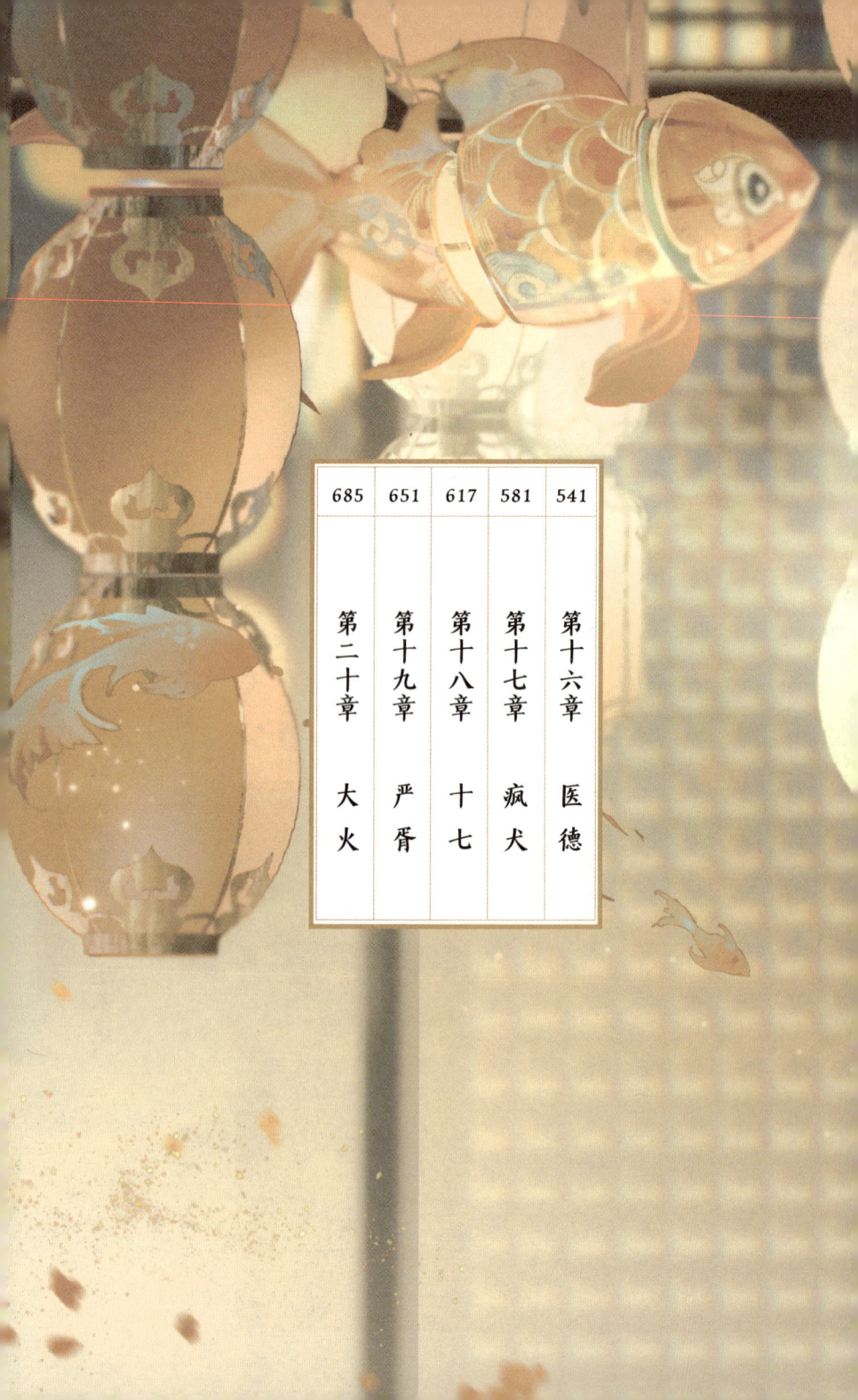

685	651	617	581	541
第二十章　大火	第十九章　严胥	第十八章　十七	第十七章　疯犬	第十六章　医德

目录

第十一章 纪珣	361
第十二章 玉台	399
第十三章 木塔	439
第十四章 画眉	477
第十五章 拥抱	507

第十一章 纪珣

寂静夜里，医官院各处宿院灯早已熄灯。

林丹青倒水去了，陆瞳已梳洗过，走到屋中长桌前坐了下来。

医官院的宿院比南药房的宿院好得多，书案、短榻、木橱、卧具一概不缺。陆瞳与林丹青住一间屋子，一人住里屋，一人住外屋。

陆瞳打开医箱，拉开小格子，小格子弹出来，露出里头之物——

一只银戒和一块白玉佩。

戒指因时日长久已有些发黑陈旧，玉佩却如新物一般温润光亮，在灯色下光华流转。

她拿起玉佩，指尖绕着玉上红绳一圈，坠着的圆玉对着窗外明月，渐渐映照出雕刻的纹理。

是幅高士抚琴图。纹样雕刻得精致，栩栩如生，图上琴师仿佛即刻要从白玉上走下来，携琴访友，山涧行吟。

陆瞳看着看着，微微失神。

林丹青端着热水从门外进来，见陆瞳坐在桌前发呆，以为她是在为今日见了纪珣担忧，宽慰道："陆妹妹，虽然纪珣这人性情古怪清高，但人品却没什么瑕疵。别担心，他不会平白无故寻你麻烦。"

好人……

陆瞳不语。

她当然知道纪珣是个好人。

从前到现在,一直如此。

圆玉在灯色下拉出的灰暗影子似团黯淡往事,沉沉坠在心头。

陆曈垂下眼睫。

她曾见过纪珣,不是在今夜的院落石阶前,不是刘记面铺的雀儿街,而是更早。

是在苏南。

那大概是四年前,永昌三十六年。

她跟着芸娘辨别毒经药理,偶尔也会给病者瞧病——芸娘不想行诊的病者,常抛给她以图省心。

然而治病归治病,试药还是要继续的。许是因为她的身体经过多次试药,寻常毒药已难以起效,芸娘新研制的毒越发猛烈,过去试药后,她只需休养两三日,如今试一次药,竟要整整月余方能回转。

陆曈还记得那是个三月的春日。

芸娘研制了一方新毒,她服用之后,浑身上下寒意沁骨,纵然夏日炎炎,亦觉不出一丝暖意。

"蚕怕雨寒苗怕火。"芸娘思量许久才想出满意的名字,"就叫寒蚕雨。"

陆曈把自己关在茅草屋里,用一层又一层的被子包裹,仍觉如赤身裸体被扔进数九寒天的冰窖,牙齿冷得咯咯作响。整整七天七夜,她像一具冷透的尸体,又像是变成了一只正被寒雨淋湿的春蚕,那雨也带着腐蚀之意,一点点将她浑身上下,里里外外冻成粉碎。

第七天后,寒意渐渐褪去,她开始感觉到冷暖,可以动一动身体。

芸娘对这方新毒很是满意,但还需将"寒蚕雨"再改进改进,让她去寻几具新鲜尸体。

陆曈就下了山,打算去一趟刑场。

苏南街上人烟熙攘,车马不绝。正是春日,游人常常出来踏青。

然而身上寒毒未清,纵然头顶三月艳阳,陆曈仍感觉不到一丝暖意,仿佛被冻僵的身体适才舒展着蹒跚学步,连脚步都有几分虚浮。

她才走上离客栈不远的小桥,忽闻惊呼伴着马蹄声传来,隐约听见身后有人急急吆喝:"前面的人在做什么,快躲开——"

她茫然回头,就见桥梁之上,一辆马车迎面朝她撞来。

陆曈下意识想躲开,然而"寒蚕雨"余毒未清,她刚在山上扛过七天七夜,身子到底不够灵活,疾驰马车擦着她身体险险奔过,陆曈却被带得一个趔趄,撞上了桥上石梁。

"吁——"

马车在桥头停了下来。

车夫没下车,扭头看向陆曈,大声喊道:"没事吧?"

脚踝骨摔伤了,陆曈从地上爬起来,重新戴好掉落的面衣,捡起医箱转身就走。

才走了两步,突然听到一个声音。

"等等——"

陆曈转过脸看去,见马车帘子被人掀开,从马车上走下来个人。

那是个很好的春日。绿杨芳草,东风染柳,整个苏南都沐浴在新春的喜悦中。堤上游人女伴相携欢笑,昨夜又下过雨,桥上桥下,杨花飘得满湖都是。

那位青衣少年便从这一片澹荡春色里走来,走到陆曈身边停住,低头看向陆曈,好看的眉心微微蹙起,问:"你怎么样?"

少年的声音平淡,与他略显关切的神情不大相符。

陆曈低着头,一言不发就要离开。

一道青影挡在她身前。

陆瞳抬眸,那位青衣少年抿着唇,朝着她膝盖处示意。

方才摔跤时碎石擦过衣裳,那里渐渐渗出一片隐秘红色。

"你流血了。"他道。

接下来,无论陆瞳怎么解释她并不需要对方负责,这少年仍坚持将她送至最近的医馆。

最后连车夫都看不过眼了,跟着相劝:"姑娘,你就听我们少爷的话吧。您要是今日不去医馆,他能和你耗上一日!"

陆瞳无言。

她还得去刑场给芸娘找尸体,春日不比严冬,时日久了,尸体会腐败溃烂,她不能耽误太久。

她只能无奈应下。那少年便与他的车夫将陆瞳送到附近的医馆。

他话不多,陆瞳更不会与他主动攀谈。待到了医馆,车夫扶着她坐下,坐馆大夫看过她腿上的擦伤,没开药方,只给了她一瓶金创药。

陆瞳接过伤药就要离开,谁知一起身,顿觉一阵晕眩,险些栽倒在地。

一只手从旁伸过,扶住了她。

她道:"多谢。"

扶住她的那只手温暖,从手肘落至她腕间,久久没有松开。

陆瞳察觉出不对,骤然甩开他的手,却迎上少年略显诧异的目光。

他说:"你中毒了。"

陆瞳面色微变。

"寒蚕雨"没有解药。

芸娘做的毒药大多没有解药,却又会为了避免她即刻毒发身亡,将毒药的分量与毒性控制得恰到好处,既能让她感知毒发的痛苦,又能让她不至于在这种无边的痛苦中死去。

能撑过这段苦楚,就活,反之,则死。

她已熬过七天七夜,度过了"寒蚕雨"最凶猛的时候,余毒不至于令她有性命之忧,但仍藏在体内,须等这一日日寒雨的折磨过后,方才渐渐融入她血肉之中。

她不知对方会医术,只稍稍搭脉就能察觉出不对劲来。

陆瞳握着手里的金创药,低声道:"没有的事。"

她转身想走,却被一只手拉住。

少年蹙眉盯着她,缓缓重复了一遍:"你中毒了。"

声音笃定。

被对方抓着的地方忽而变得灼热起来,她想要挣脱,但"寒蚕雨"的余毒仍令她十分虚弱,连反抗都显得有些无力。

医馆的坐馆大夫被少年找来给陆瞳看脉,看了许久,一脸为难道:"这……恕老夫无能,实在看不出来这位姑娘哪里有中毒之症啊。"

二人同时一怔。

芸娘用毒高明,若她想藏,天下间最高明的医者也难以察觉端倪。"寒蚕雨"便是如此。

陆瞳意外的是,这少年看起来不过十七八岁,竟能一眼看穿,恐怕对医经药理之理解已是世间佼佼。

她便道:"既然如此,应是公子看错了。"言罢就要离开。

那少年却又将她拦住,这回语气已有些责备:"你怎么总想着要走。"又摇头:"身为医者,万没有让病者离开的道理。既然他不能治,我来。"

陆瞳愕然。

其实那几年,她在山上被芸娘磋磨得也没了什么脾性,凡事难以令她掀起波澜，偏在这少年面前罕见地有一丝慌神。她竭力同他解释自己并没有中毒，对方却铁了心般非要将这济世的菩萨做到底。

"我迟迟不归，爹娘会担心的。"

少年点头："确是如此。"下一刻，他看向陆瞳："你家在何处，我同令尊令堂亲自说明。"

陆瞳："……"

他见陆瞳不作声，便做主带陆瞳去了邻近的客栈。

"你若想给家人传信，告诉我就是，他们也可来这里陪你。"

陆瞳抿了抿唇："不用了。"

她想，这人或许只是一时兴起，无法安放自己泛滥的好心，待到了夜里，他们都睡着的时候，她再偷偷离开也不迟。

陆瞳是这样想的，但没料到对方的执着远远胜于她想象。少年身边那个车夫一双耳朵灵敏至极，夜里，她才将门打开一条缝，就被对方追了出来。

简直就是故意看着她。

陆瞳从没见过这样的人。她想，对方莫不是想要掳走她？但若要掳人，何须这样麻烦？还要将她关在客栈中，白白浪费银子。

没想出结果，她索性就不想了，想着静观其变，若这二人真有歹心，她就拿毒药毒倒他们。

但这二人竟是真的在为她治病。车夫按少年写的方子买来各种药材，那少年便在屋中捣药，每日煎了药喂她喝下。

陆瞳不在意这药有没有毒，寻常的毒也毒不倒她。她只是觉得这滋味有一点点新奇，她服毒的日子比服药的日子多，这些年还是第一次有人如此尽心尽力地为她解毒。

车夫把少年拉到门外，陆瞳偷听到他们谈话。

367

车夫压低声音道:"少爷,咱们在苏南已多待半月了,老爷写信来催,该回去了。"

"她的毒还未全解,再等等。"

"可是……出来时银钱带得不多,回去路程是够用,但您日日买的那些药材珍贵,老爷派来送银票的人还未到……再这样下去,咱们回去的路费可就不够了。"

外头沉默良久。

过了一会儿,少年的声音响起:"把这个拿去押给他们。"

"少爷,那可是您的玉佩!"

陆曈一怔。

那人语气仍是平淡,催促道:"快去快回。"

陆曈在门被推开的前一刻坐回窗前,装作若无其事的模样。

少年蹙眉看着她:"你都听到了?"

沉默了一会儿,陆曈才开口:"你为何救我?"

陆曈看不懂这个人。从车夫和他偶尔的交谈中,她大概知道了他是从盛京来的少爷,只是回京路上经过此地。他应当家世富贵,身上衣袍虽样式简单,刺绣却是苏南一等的成衣铺子都做不出来的华贵细致。

他人也很有礼,举手投足间皆是世家子弟的优雅,像一只从云间飞来的青鹤,站在鸡群中,总有种格格不入的孤高。

他没说话,陆曈就又道:"你我不过萍水相逢的路人,我中没中毒和你也没关系,你为何要救我?"

陆曈不明白,若说是贵族子弟一时兴起的怜悯心,但半月过去了,足够兴致消减,这"路见不平"的戏码想必已厌烦,他为何还是如此执着?

"医者治病,天经地义。"他瞥一眼陆曈放在角落里的医箱,"你也是医者，难道不清楚？"

陆曈心中一紧。

她从未在对方面前打开过那只医箱，她也不曾说过自己的身份。

"我看见过你自己把脉。"像是瞧出她的困惑，少年主动解释。

陆曈不知说什么，只能干巴巴应了一声。

他认真分拣着车夫新送来的药材，道："你住这里有半月，我还不知道你的名字，你叫什么？"

药材一簇簇散开，灰尘在日光下飞舞。大概是因为寒毒解了大半，陆曈竟觉得冰冷的日光有些暖和了。

她低着头，被面衣覆住的鼻尖因这暖意渗出一层细汗，轻声道："十七。"

十七，这名字一听就不是真名，但对方并未多问，道："我叫纪珣。"

纪珣……

陆曈在心里默默念了两遍这名字。

纪珣是个奇怪的人。

他从来不问陆曈的事。陆曈在客栈里住了十来日，无人来寻，也不回家，寻常人早已生疑，但纪珣却从未提起。

他不问陆曈来自哪里，不问陆曈为何中毒，甚至对陆曈面衣下的容颜也没半分兴趣，看上去对周遭一切漠不关心。

但他又很体贴。他每日在客栈借了炉子煎药，盯着陆曈服下后，又为她诊脉看是否好转。

他甚至让车夫去给陆曈买了条裙子。

陆曈那件旧衣在摔倒时被碎石擦破了膝盖处，纪珣就叫车夫去买了条新裙子——是条漂亮的刺绣妆花裙，颜色是春天的柳叶色，是很鲜嫩富有生机的颜色。

陆曈趁夜里人都睡着时将面衣取下，换上那条裙子，瞧着镜子里陌生的少女发呆。

没有采摘药草蹭上的药泥，没有因不合身层层叠叠裹上的碎布，没有去乱坟岗捡拾尸体沾上的腐烂味道……

她看起来像个普通的十三四岁的少女。

如果她没有离开爹娘，如果她仍在兄姊身边，如今常武县的陆三姑娘应当就是这个模样。

第二日一早，陆曈起床，有人在门外敲门。

她打开门，纪珣与车夫站在门外。

车夫惊讶地盯着陆曈身上的裙子，似是在惊讶今日的陆曈与往日不太一样。

陆曈有些不自在，纪珣却像是没注意到似的，从她身侧走过，径自到屋里取出炉子和药罐，开始煎药。

车夫出去了，陆曈默默走到窗前长桌前坐下。

纪珣没什么男女大防之感，或许是因为她只是苏南的一介平民，并非富贵人家的千金小姐，没那么多规矩要遵守。又或许是因为，纪珣身为医者，医者总是不忌男女大防的。

陆曈望向窗外。

客栈门口拱桥上栽满新柳，从高处凝望过去，湖水长堤一片新绿，再远处是落梅峰藏在云中的峰影，春山苍苍，春水漾漾。

陆曈正看得入神，耳边忽然传来纪珣的声音。

"你学医多久了？"

陆曈一怔，回头看去。

少年坐在屋中小几前，用力扇着蒲扇，药罐里白色热雾蒸腾起来，将他神色模糊得不甚清楚。

纪珣总是亲自为陆曈煎药。他的车夫曾主动提出替他代劳，却被拒绝，说熬药的火候时辰不对，药效也不对，坚持要亲自熬煮。

陆曈不明白他，一个看上去养尊处优的少爷亲自熬药，为的却是一个萍水相逢的过路人。纪珣要么所图匪浅，要么，就是个好心泛滥的大傻瓜。

默了默，她道："我不是大夫。"

"你之前打开医箱时，里面有桑白皮线。"纪珣揭开药罐盖子，看了一眼药汁，又把药罐盖子重新推了回去。

陆曈猜不透他想说什么，只好道："跟旁人胡乱学了一点，算不上会医。"

闻言，纪珣摇了摇头："盛京有太医局，你若真心想学医经药理，可去太医局进学。"

太医局？陆曈蹙起眉。

她第一次听到这个名字，不知道这是什么地方，但从对方话里隐隐也能猜到一点。

她只觉荒谬。

"纪公子说笑。"陆曈道，"我一介平民，怎么能去你说的地方？"

她想，这位出身优越的少爷大概从未体尝过平民生活，不知平民与贵族之间无形的门槛，足以隔开很多很多。

"无妨，"他依旧端坐在药炉前，淡声开口，"你将来若到了盛京，可到长乐坊纪家来寻我。"

他说得很认真，不像玩笑。

陆曈一愣。

窗外不知从哪里飘来的一片落叶，落在书案上。她捡起落叶，心不在焉地捻揉着,觉得自己的心也像那柳叶一般,乱糟糟的。

过了一会儿,她低声道:"我不会去盛京的。"

她当然不会去盛京,她身上有芸娘亲自种下的毒。

其实曾有过那么一瞬间,陆瞳想向这位盛京来的少年求助,将自己一切和盘托出,求他带自己逃离沼泽。

但她最后没有。

纪珣能发现"寒蚕雨",却没有发现芸娘在她身上种的更早的毒。她一日不解毒,一日便要受芸娘辖制。

以芸娘的性子,除非她主动,绝不会被人迫着给人解毒。想要活着回到常武县,她只能留在落梅峰,继续另寻时机。

手中那片柳叶被揉得皱巴巴的,看不出原来模样,陆瞳把手伸出窗外,摊开手,那片柳叶便飘飘摇摇地坠落下去,渐渐看不见了。

纪珣的药好似很有效。

陆瞳身上的寒毒一日比一日微弱。慢慢地,她不必裹厚重的毯子,穿着单衣也不会觉得冷,有时窗外日头太大,晒得她还觉得有些发热。

"你的毒解了。"纪珣对她说。

陆瞳道:"多谢。"又抿唇道:"我没有银子付你。"

"不用银子。"他把一张纸递给陆瞳,连带着几包拣好的药材。

"这是药方,你所中之毒我过去不曾见过,为防万一,多备了几副药,你再煎服几日,或许更好。"

陆瞳问他:"你要走了?"

纪珣点头:"我在这里耽误太久了。"又道:"我多付了五日房钱,你可以在这里多休息几日,"

陆瞳没说话。

他走到陆瞳身边,窗外一大片青翠绿意,少年身姿清隽,望着她的目光像苏南桥上的春阳,暖融融的。

他说:"十七姑娘,日后受了伤要及时医治,你是医者,更应该懂得这个道理。我走以后,切勿讳疾忌医。"

陆瞳沉默良久,轻轻嗯了一声。

第二日一早,陆瞳起身推门,一眼就瞧见隔壁屋门大敞着,待走进去,不见纪珣和车夫的影子,角落里堆放的行囊也不见了。

纪珣走了,没有与她打招呼,没有知会任何人,就在这个春日的清晨。或许天光还未亮,她还尚在睡梦中,他们便悄悄走了。

陆瞳站在空荡荡的屋里,没来由地感到一阵失落。

很奇怪,当初纪珣带她过来时,她满心不愿,冷眼看着这二人折腾。然而半月过去,纪珣每日给她煎药把脉,关心她病情,他是出于医者对病人的关切,但那耐心与温和却让陆瞳恍惚看到陆柔。

从前在常武县,她生病时,陆柔也是这么照顾她的。

明明他的清冷与疏离、古怪与沉默与陆柔截然不同。

又或许是因为她一个人在落梅峰待了太久,这些年除了芸娘,不曾与人这般亲近地相处过。她被人关心照顾着,像是春日午后偶然尝到的一颗麦糖,这颗糖弥漫着清苦药香,却不似过往沉重,竟还生出淡淡的甜。

陆瞳想,她一定是太久没有过离别,才会在这时生出不舍。

"姑娘,姑娘!"

楼下掌柜的匆匆上来,瞧见陆瞳,松了口气:"还好您在。"

他把手里捧着的圆形白玉往陆瞳手里一塞。

"昨天夜里,与您同行的那位公子付够了先前欠的房钱。玉佩我放家里了,本想今儿一早拿给他,来了一看,人都走了。您既与他认识,就麻烦你将这玉带还给那位公子。"

陆瞳下意识看去,掌心白玉温润冰凉,就如少年的眼神,让人觉得遥不可及。她把玉佩的红绳拎起来,能看清上面雕刻的高士抚琴图。

与那人格外相称。

陆瞳攥紧白玉佩,对掌柜道:"我知道了。"

纪珣临走时,在客栈多付了五日房钱,陆瞳就在客栈多等了五日。

但纪珣一直没回来。

她想,或许纪珣是忘记了,又或许是记起了但懒得回来拿。他是盛京高门的少爷,一块玉佩于他而言不算什么,就如苏南的这一场相遇,不过是对方纷繁人生里并不重要的一段。

纵马路过野地的一段风景,看过即忘而已。

她把纪珣买给她的那身柳叶色的新裙子脱了下来,仔细叠好,连同那块白色玉佩一起放进医箱。

那件漂亮的衣裙适合赏春的河堤,适合宅门的花园,适合酒楼食店,适合街巷坊间……唯独不适合落梅峰的乱坟岗,以及充满血腥与断肢的刑场。

它不适合她。

最后一日过完,她去了刑场,然后背着医箱回到了落梅峰。本以为芸娘会不高兴,没想到芸娘见她回来,只饶有兴致地看了她一眼,就低头摆弄银罐里的药材。

"真有意思,听说你被人救了?"

陆瞳一惊。

芸娘在苏南生活多年,她是什么时候知道的,又是如何知道的,陆瞳全然不晓。

"我还以为,你会跟他走呢。"

"我……"

芸娘打断她的话:"他是盛京纪家的儿子。"

"真可惜,如果你带他回落梅峰,说不定你二人还能在山上做个伴。"芸娘笑着,语气有些惋惜。

陆瞳却头皮发麻,脊背顷刻生出寒意,接着是劫后余生的庆幸。

她庆幸自己没将纪珣也卷入这浑水中来。

芸娘抚了抚鬓发,进小屋做新药去了。

陆瞳紧紧抱着医箱,觉得往日轻便的箱子,忽地变得沉甸甸的。

后来……

她一直把那玉佩留着,想着或许有朝一日下山回到常武县,一切重归原路,将来路长,未必没有去盛京的机会,即便那机会很渺茫。

到那时,她便可以去瞧瞧纪珣嘴里的太医局,若有机会再见到对方,亲自把这圆玉佩还给他……

"陆妹妹。"身后传来林丹青的催促声,"时候不早,赶紧上榻歇着吧,明日还要早起。"

屋中灯火摇晃,苏南的春暖便散去,只余长夜清寒。

陆瞳把白玉收回医箱里装好。

"就来。"

月亮落在窗前池塘里,像块冷掉的玉。

屋子里,药童惊讶开口:"她就是之前公子在熟药所遇到的……那个仗势欺人的坐馆大夫?"

纪珣点了点头。

他想了起来,之所以觉得陆瞳如此熟悉,不是因为先前雀儿街的那次偶遇,而是更早——早在盛京的熟药所时,他们就已见过一次面了。

那时他去熟药所送药册,一个女子带着护卫气势汹汹闯来。他在屏风后,听见陆瞳和辨验药材官娄四说话,虽语气柔和,然绵里藏针,字字句句都是仗着太府寺卿之势压人。

娄四畏惧董家权势,最终行了方便。

他便心生不喜。

身为医者,其心不正,只知仗势,医德一行便有损。

但那时他也没太在意,盛京医馆的这些事自有医行统办,太府寺卿权势再大,也不能做得太离谱。

他第二次听到陆瞳的名字,是因盛京一味叫"纤纤"的药茶。

这药茶在高门贵妇间很是盛行,他常年醉心医理,对外界之事闭耳不闻,听闻此事,亦感好奇。他让人买回那两味药茶验看,的确是惊艳的方子,就是用药霸道刚猛了些。

再一次听到陆瞳的名字,是太医局春试,他亲自出的题目,验状一科众学子答得惨不忍睹,唯有一张考卷堪称完美。

那人就是今年春试红榜第一,一位平民医官。

纪珣前两月忙着给御史府上老大人行诊,因此也没能见着这位陆大夫是何模样,直到今夜一见,方知这位新进女医官就是当初他在熟药所中遇到那位仗势欺人的坐馆大夫。

药童想起了什么,提醒道:"说起来,公子前两日遇着董夫人,董夫人对公子话中有话。这次回医官院,又处处传言您对那医女赞扬有加,连崔院使也这么说……莫非是她自己说出去,好与公子攀扯上关系?"

太府寺卿董夫人与纪珣从前并无往来,这回路上偶然遇见,竟破天荒地叫停马车,与他说了几句,明里暗里都是他春试点了陆瞳做红榜第一,难得见他如此欣赏一人云云。

这话说得没头没脑,又有些阴阳怪气,纪珣听得不甚明白。

待回到医官院,又处处传说他对陆曈欣赏有加。

可他甚至都没见过陆曈。

医官院过去的确有这样狐假虎威的医官,扯着旁人幌子耀武扬威。若这话是陆曈自己传出去的,心思就有些深沉了。

"慎言。"纪珣轻斥,"没有证据,不可诋毁他人言行。"

药童连忙噤声。

纪珣摇了摇头。

不管这话是不是出自陆曈之口,他都会对陆曈敬而远之。他一向最厌恶权势纷争,陆曈初入医官院,便已惹出是非纷争,与她走近,自然口舌不少。

他并不想卷入旁人纷扰。

池塘里,有红鲤偷偷浮起,尾尖轻轻一摆,水中冷月便倏然碎裂。

纪珣眉头紧锁。

他对陆曈的过去并无兴趣,他只是疑惑。

刚才在药库前见到收捡药材的二人,陆曈手提的药篮里,隐隐药枝碎叶露出一角。

那是……红芳絮?

下过几场春雨,天气便一日暖过一日。

清晨,临河长堤上开始有稚童放纸鸢,两岸柳树上常常挂着被线绕住的燕子风筝。

金显荣的院子外,一个打扮得俏丽的妇人拧着帕子就要往院里冲,被小厮拦了下来。

"姚姨娘,您不能进去——"

"怎么不能进去？"姚姨娘跺了跺脚，气急败坏往里探着头，"老爷自打身子不适后，就没再来过我院子里。这半月更好，连人也不见了。"

小厮抹汗："老爷真病了，那屋里医官正施着诊呢……"

"什么医官！"姚姨娘冷笑，"我屋里的丫鬟可都瞧见了，明明是个年轻美人！"

"老爷把人抬进屋里，这还不到三个月就厌烦了，哎哟，我的命怎么那么苦……"姚姨娘嘤嘤哭起来，又骂道，"哪里来的狐媚子，原先这府里虽然人多，好歹能一月宿一夜到我房中，这个来了倒好，大半月了，索性连人也不放出来……"

"谁家好人这般难看的吃相，也不怕撑得慌！"

"……"

院门口的吵嚷隔着门远远飘进屋里人的耳朵。

矮几前，金显荣正襟危坐，额上缓缓流下一滴豆大汗珠。

这姚姨娘原是府里请来给他娘唱戏解闷的戏班子里的人，唱着唱着，就被金显荣相中了。姚姨娘不想在戏班吃苦，金显荣贪恋对方美色，一来二去，二人就勾搭上了。

只是老天无眼，他才纳了姚姨娘不到一月，就犯了病，这一冷落就是许久，对方自然生疑。

姚姨娘从前是戏班子里唱武生的，一把嗓子嘹亮高亢，这会儿在门口一哭起来，让人想假装没听到也难。

金显荣又惴惴看向屋中人。

桌前，陆瞳抱着罐子认真捣药。

美人低眸，眉眼如画，那身水蓝衣裙衬得她如空谷幽兰气韵夺人，光是瞧着也觉心猿意马。那只手也嫩得像白葱，握着银色的小药锤，纤巧可爱得紧。

下一刻,美人抬眸,面无表情地从陶罐里掏出一大把不知是猪肺还是什么东西,血淋淋的,一并扔进那只罐子里。

铛铛铛——

银色铁锤落下,溅起的血花让金显荣下腹一凉。他觉得自己的某些物事也像是被这银锤剁碎了。

方才那点遐思顿时不翼而飞,金显荣用力抓紧膝头,坐得拘谨而乖巧。

距离这位陆医官初次登门施诊,已经七日了。

这七日里,陆瞳还来过几次。她姿态冷淡,神色平静,每次登门施诊都没什么表情。

一开始金显荣还因为她容色美丽而生出侥幸之心,总想调戏几番,但每次他的调戏都仿佛对牛弹琴,无论是恶意的还是隐晦的,这医女听完都没半分反应,既不惊慌也不羞涩,冷漠得像块木头。

倒是金显荣有几次被这医女的话吓着。

她说:"行针用药易生错事,金大人最好配合,否则错一步,将来药石无灵。"

这是威胁……这分明就是威胁!

但金显荣很吃她的威胁。

尤其是陆瞳不知从哪里寻来的猪肾、牛肾、羊肾,装在罐子里,当着他的面把那些肾囊一片一片切得薄如蝉翼,又扔进药罐重重捣碎,很难不让人联想她这是杀鸡儆猴。

如此行径,再美的初见只怕也染上几分血腥色彩,令人倒胃。

药锤捶打罐子的声音停了下来。

陆瞳把那团血肉模糊的东西盛进一只瓷碗,用盖子盖好,看向金显荣。

"金大人，今日的敷药做好了。可需下官为您上药？"

"不用！"金显荣断然拒绝，又意识到自己拒绝得太快颇显刻意，忙干笑着补了一句，"怎好劳烦陆医官？下人替我上药就是。"

陆瞳沉吟着看向他。

金显荣攥着衣摆，紧张得后背湿了大片。

倒不是他洗心革面转了性子，实在是这姑娘每次打量人的目光太过瘆人。

不知是不是他的错觉，每次陆瞳看向他腰间的眼神，冷冰冰的，含着挑剔的审视，让人觉得她像是在看一块死猪肉，正在思量着要将这块死猪肉如何料理。

金显荣一向在女子面前引以为豪的自尊心，在她跟前塌得稀碎。

他不敢让陆瞳亲自为他上药，甚至都不敢解开腰带让陆瞳看上一眼，生怕这冰凉的眼神落在他腰间，回头身体的病是好了，心里的病落下了。

陆瞳把碗放到一边："好吧。"

金显荣松了口气。

她又看了看漏刻："金大人请坐好，下官要施针了。"

金显荣一震，忙坐直身子，脱掉外裳露出后背，好让陆瞳施针。

说起来，陆瞳给金显荣施了几次针，他的情况确有好转。虽如今并不能行房，但至少肾囊痈的问题缓解了不少。

这也是金显荣对陆瞳言听计从的原因。

整个翰林医官院都是废物，她若真有本事能治好自己的隐疾，对她客气一点又何妨？

毕竟这可关系到他下半辈子的幸福。

金显荣想着,听到身后传来陆瞳的声音:"金大人,下官有一事相求。"

他一愣,随即后颈微微一痛,一根金针缓缓刺入皮肤。

金显荣不敢动弹,遂问:"陆医官何事相求?"

"不瞒大人,下官身为医官,医官院中还有一干事务要忙。除了大人这处,还须得上京营殿帅府为禁卫们行诊。"

陆瞳从绒布上再抽出一根针,对准穴位慢慢刺入,才不紧不慢地继续开口。

"时时来去,属实不便。听说户部有司礼府,寻常官员也在此处理公务,司礼府离殿帅府很近,只有一街之邻……下官想,今后能不能直接到司礼府为大人行诊,也免于奔波来去,减省时日。"

"就这个?"金显荣听完,"行啊,反正他们也知道我在治肾囊痛,你日后就到司礼府来行诊吧。"

他还以为陆瞳要仗着功劳给他出点难题,没想到只是贪点便利。

医官行诊也常有在各司卫殿府的,虽然这病究竟有一点不光彩,但他这点事朝堂上下几乎人尽皆知了,破罐子破摔呗。

陆瞳有点犹豫:"不过,司礼府还有旁人在,会不会不大方便?倘若耽误大人们公务,或是对他们有影响……"

"什么公务,除了本官都是些闲职,每日就是喝茶发呆。再说了,你一个弱女子能影响什么?"

金显荣一心想讨好陆瞳,又觉得这女医官确是平民出身没见过世面,一点小事也这般忐忑,于是方才被剌得稀碎的自尊心又冒出来一点,拍胸道:"小事,陆医官不用放在心上,今后就直接上司礼府。"

陆瞳轻声应了。

既帮了对方一回,展示了自己的豪爽,金显荣方才熄灭的心又蠢蠢欲动起来。

于是他道:"陆医官,今日时候还早,不如留下一起用午饭?"

回答他的是陆瞳略显冷淡的声音:"不必了,下官之后还要去殿帅府送药。去得晚了,恐怕裴殿帅不喜。"

听见"裴殿帅"三个字,金显荣不吭声了。

过了一会儿,他哼了一声,小声道:"裴云暎啊……"

陆瞳继续手上动作,故意道:"裴殿帅身居高位,不比大人平易近人,下官位卑言轻,不敢轻易得罪。"

因畏惧裴云暎权势,金显荣倒不好说什么,但刚刚冒出来的男子自尊瞬间被打回原形,面子多少有些挂不住,于是哼哼了两声,不屑开口:"厉害又有什么用,至于高位……他亲爹连夫人都见死不救也要忙着立功,陛下能不给他加官晋爵吗?"

"有这么个卖妻求荣的爹,那裴云暎能是什么好货色……"话没说完,金显荣突然哎哟一声惨叫。

屋中婢子吓了一跳。

"你干什么?!"

"行针寻常知觉而已,大人不要乱动。"陆瞳缓缓取下另一根针,对准穴位蓦地扎下。

哎哟——

"大人坐好,扎错了穴位就不好了。"

"……"

"别叫了,大人。"

这一次施针比往日更久更痛。

等太阳从窗缝移到中间,陆瞳收起最后一根金针时,金显荣浑身上下已如从水里捞起来般湿淋淋。

382

他被婢女搀着躺在榻上,脸色惨白,望着陆曈气若游丝地开口:"陆医官,今日这针怎么刺得比以往疼那么多?"

陆曈收拾桌上医箱,认真解释:"这次与上次行针穴位不同,大人病情有好转,所以换了针法。病重下猛药,良药多苦口,大人切勿讳疾忌医。"

金显荣一凛。

"有好转?"他心下松了几分,摸了摸背后疑似肿起来的一大片,有种努力没有白费的欣慰,"有好转就好。"

"陆医官,"金显荣正色道,"那麻烦下次你再给我扎重点。"

陆曈颔首:"好。"

……

离开金府后,陆曈又去了京营殿帅府。

七日时候已到,今日该去给那些禁卫换方子。

陆曈才走到殿帅府门口,迎面就瞧见上回那个禁卫,那禁卫进去一招呼,其他人便全拥了出来。

小伙子们瞧见陆曈都很高兴,热情地将她迎进屋坐下,端茶的端茶,倒水的倒水,殿帅府养的五百只鸭子又开始吵闹起来。

赤箭抱剑站在一头,远远瞧着被众人围在中心的姑娘,不觉皱了皱眉。

他和那些色令智昏的傻子们不同,那些傻子们只瞧见了这女子柔弱纤细的一面,没见着对方面不改色地杀人越货,栽赃嫁祸,更如一个藏在暗处的危险,不知何时会对主子造成威胁……

殿帅府的人都瞎了。

一个年轻禁卫手捧一束野花就要往人群中凑,被赤箭一把拽了回来。

"干什么?"

赤箭一把夺过他手里的花束，花束还是精心搭配过的，红红白白，花枝上扎着粉色绸带。

禁卫伸手过来夺："还我！"

赤箭把花扔还给他，语带嫌弃："什么东西？"

"我打算送给陆医官的。"禁卫吟诵，"美人如花隔云端，你瞧，这花和陆医官是不是很相称？"

这话简直比去年萧副使给殿帅府送来的两筐梅子还要酸牙。

赤箭忍住作呕的冲动，开口："她有什么好？从前又不是没女子来过殿帅府。"

殿帅府都是年轻武卫，身手不凡，过去那些年里，英雄救美的事也做了不少。

陆疃并不是第一个来殿帅府的女子，其中不乏貌美佳人，但似乎只有陆疃来才会如此热闹。

赤箭感到困惑，不明白何以只有陆疃能成功在殿帅府养上这五百只鸭子。

"陆医官和旁的女子可不一样。"

"哪里不一样？"赤箭虚心请教。

同僚看他一眼，凑近低声道："你看啊，咱们殿帅府里的兄弟，也算高大英武，卖相不俗。从前咱们救下来的那些姑娘，一开始对咱们也算不错吧，可每次只要看到殿帅，眼里就看不到别人了。这也没什么，见过了好的，谁还愿意退而求其次，对不对？能理解，太能理解了。"

"但陆医官不一样啊！我观察过了，陆医官虽然待人不够热情，看上去冷冰冰的，但是——她对殿帅也是冷冷淡淡，她不区别对待啊，平等地冷待所有人。"

赤箭："……"

"所以,"禁卫眉飞色舞,"可见她不喜欢殿帅,那兄弟们就有机会了,自该争取争取。她既看不上殿帅,万一呢,万一就看上我们了呢?"

赤箭无言片刻,吐出一句:"找面镜子自己好好看看吧。"转身走了。

桌前,陆瞳把这群禁卫们挤在一起的胳膊看完,日头已过正午。

有人邀她道:"时候不早,陆医官还没用饭吧。殿帅府的饭菜可好吃了,陆医官不如用过饭再走?"

"多谢,但我还得回医官院整理医籍。"陆瞳婉言谢绝。

因今日裴云暎武训去了,她把新写下来的方子交与青枫,同青枫交代完医嘱,背着医箱出了门。

日头正盛,段小宴跟在萧逐风身后一脸苦恼,叹气道:"没想到我年纪轻轻,就已做上外公。"

萧逐风听得头疼。

在他怀里,四只毛茸茸的黑狗崽挤在一起,像团芝麻汤圆,哼哼唧唧蠕动着。

前些日子,栀子不知在外被哪只野公狗勾去了,无声无息诞下一窝狗崽。段小宴站在殿帅府门口破口大骂了三天也没找出那只混账公狗是谁,倒是留下一窝孤儿寡母的烂摊子叫他收拾。

一月多过去,狗崽子们都睁开眼睛,段小宴每日带他们去后武场晒晒太阳,今日也是一样。

"你这么讨厌那只公狗,怎么还留着它们?"萧逐风道。

"孩子是无辜的,大不了去父留子。"段小宴把怀里的团子们抱得更紧,又不太确定地开口,"不过,咱们殿帅府养得下这么多小狗吗?"

多四张嘴而已,倒不是养不起,只是小狗们精力充沛,光栀子一个就时常把院子里的篱笆拆得乱七八糟，这要是一下多了四只，段小宴不敢想象今后鸡飞狗跳的画面。

想了想，他道："还是找几个好人家送养吧。"

正说着，就见殿帅府小院里，有人掀开帘子走了出来，蓝衣布裙，身背医箱，正是陆曈。

段小宴眼睛一亮。

"陆医官——"他热情迎上去。

陆曈刚一出门就听见有人唤自己，才抬头，就见一团影子风一般飘到自己眼前。

段小宴拎着几团毛茸茸冲她一笑，露出一口整齐白牙。

"看——"

陆曈顺着看过去，脑子一蒙。

四只黑色小犬被段小宴陡然拎住后颈提至半空，徒劳踢蹬软绵绵的腿，嘴里发出低声呜咽。

段小宴热情介绍："刚满月的小狗崽，聪明伶俐，憨态可掬，既能摸头揉捏，又能看家护院，实属出行居家必备之吉祥物，陆医官要不要来一只？"

陆曈僵在原地。

有一瞬间，脑子里飞快掠过无数久远画面，污血与泥泞，哽咽和暴雨，支离破碎的躯体，山间坟冢带着哭声的无力。她忽然生出一种荒谬的错乱感，不知道自己是在千里之外的盛京，还是孤灯荧荧的落梅峰上。

正午的日光穿过紫藤花架大片洒下来，刺得人眼睛模糊，明明是三月暖阳，她却仿佛回到身中"寒蚕雨"的日子，如坠冰窖，冰凉刺骨。

身前段小宴还在喋喋不休地诉说："陆医官你看，这四只小狗崽每一只都活泼机灵,两只雌的两只雄的,你挑一只带回医官院,要不带回西街也行,给你们看家护院,偶尔让它母女两个见见面就得了……"

他接下来说了什么,陆瞳一句也没听清,那几团黑色毛球几乎要凑到她脸上,像一张巨大阴霾。她可以感到小狗温暖皮毛触及皮肤的痒意,软软的,让人忍不住发起抖来。

她开始有些喘不过气,脸色渐渐苍白。

就在这时,一个身影忽地插了进来。

有人挡在她面前,隔开了段小宴的靠近,也遮蔽了她的视线。

像是在窒闷水下陡然被人救起,呼吸得救,她恍惚抬眸。

裴云暎站在她面前。

他应当是刚从武场回来,一手提着银晤刀,只看了她一眼就转过头去,问段小宴:"做什么?"

段小宴抱着四只小狗:"……栀子的小狗崽,我想着殿帅府狗太多了,想送陆医官一只……"

"不用了。"陆瞳打断他的话。

裴云暎侧首,看着她没说话。

陆瞳低着头,不去看段小宴怀里的小犬,背紧医箱,只抛下一句"我不喜欢狗"就快步离开。

段小宴望着她的背影张了张嘴,好半天才反应过来,看看怀里的团子,忍不住道:"她……这么可爱,她居然不喜欢?哥……哥?"

青年收回视线,瞥一眼他怀中小犬,道:"闭嘴。"

白日很快过去,夜渐渐深了。

医官院中,医官们都已睡下,林丹青累了一日,精疲力竭,早早上榻休息去了。

陆曈却睡不着，索性去药库里收拾方子。

收拾完方子，她仍旧没什么睡意，便在医书架上寻了本没看过的医籍，在桌前铺了纸笔抄抄医书。

夜很静，院外只有低切虫鸣，层层药架后，陆曈坐于矮几前，就着灯火抄书。

"麦门冬、芍药、景天、鸭跖草，并主狂热……"

"葶苈，卒发狂，白犬血丸服……"

"犬……"

笔尖一顿，她看着那个"犬"字，微微出神。

白日里，少年怀中四只小犬如毛茸茸汤团，她能感到手背触及它们皮毛的温暖，当它们懵懂探头来舔她的手时，总让她想起记忆中的另一双眼睛，澄明的，怯怯的，像两粒发亮的漆黑珍珠。

她对段小宴说"我不喜欢狗"是假的。

她也曾有过一只黑色的小犬，在很多年前。她叫它"乌云"。

那大概是陆曈到落梅峰的第三年，或许更早，她也记不大太清了。

试药的日子多了，陆曈也渐渐适应落梅峰上的日子，学会了在喝完汤药后把自己关在茅草屋中，习惯了芸娘不在时与孤灯相伴的夜晚。

只是这样的日子未免乏味。

于是不试药的时候，陆曈就偷偷翻看芸娘屋子里的书籍。

芸娘的书大多是医书药理，偶尔也有书史经纶。她照着自己采摘回来的药草一一比对，渐渐也学会辨认了一些。

芸娘发现了她在偷看医书，竟没有阻拦，任她翻阅。

后来药草认识得差不多了，陆曈开始会一些简单的方子。芸娘给她试药完后，她也会用山里有的药草给自己解解余毒，调养身子。

那个时候，她是很高兴的，总觉得在山上的日子没有白费，渐渐地生出一种自己将来或许可以成为女大夫的错觉。

再后来,陆曈就常常往茅草屋里捡一些动物。

山间常有受伤小兽,被捕兽夹夹伤的野猫,被狐狸咬断腿的兔子,不慎从巢穴摔下来的幼鸟……陆曈路上遇见了,就将它们带回去,待用药草治好了,再放回山中。

慢慢地忙碌起来,她竟不觉得孤独了,茅草屋恍惚成了间热闹医馆,她就是悬壶济世的坐馆大夫,那些被偶然救下来的小兽便成了前来治病的病患。

苦中作乐起来,苦也成了甜。

有一日,陆曈在乱坟岗捡了一只野犬,出生不久,眼睛还未睁开。或许太过孱弱,雌犬带走了别的幼犬,唯独留下了这只。

她将这只幼犬带回了茅草屋。

幼犬通体乌色,皮毛顺滑,陆曈咬着笔杆想了许久,给它取名叫"乌云"。

"牛尾乌云泼浓墨,牛头风雨翻车轴……"

这诗过去父亲常叫他们写来练字,陆曈最喜欢最后两句,"慌忙冒雨急渡溪,雨势骤晴山又绿"。

她摸了摸乌云的头,悄声道:"遇上我是你幸运,也算是'雨势骤晴'吧!"

乌云很快长大了。

小狗机警活泼,常伴她身侧,下山采摘药草时会帮陆曈叼采药的竹筐,白日里陆曈把自己的食物分给乌云一起吃,到了夜里,陆曈坐在灯下翻看医书时,乌云就趴在她脚下守夜。

芸娘坐在树下的小桌前做药,一面若有所思地看着她。

"你很喜欢这小狗啊。"

陆曈搂着乌云的脖子,低低嗯了一声。

她很喜欢这只小狗,它像老天爷送她的礼物。

有一日清晨,陆曈一觉醒来,没瞧见乌云的影子——平日这个时辰,小狗早已来咬她的被角。

她心中陡生不安,慌忙冲出屋子,最后在角落里找到了乌云。

乌云躺在地上,瞧见她,费力睁开眼,呜咽了一声。

陆曈扑到它身边,手足无措地想抱它起来。

"别担心,我让它帮我试了一味新药。"

芸娘从树下转出来,手里捧着只空碗,瞧着地上的陆曈笑吟吟开口:"还未取名字,成分是卷柏、女青、狼毒、鸢尾、砒石……"她说了很多。

陆曈呆呆望着她,终于忍不住颤抖起来。

砒石有毒,小狗是不能服用砒石的,何况乌云还不到半岁。

芸娘说:"七日。"

"……什么七日?"

"你现在不是学了点医术吗?你要是能在七日内替它解毒,它就能活。"

芸娘笑容温柔,带着点好奇的关切:"我已将此毒材料都告诉了你,小十七,别让我失望啊。"

陆曈紧紧抱着怀中小伙伴,脸色惨白。

那是很短暂又很漫长的七日。每一刻都像是煎熬,她几乎不吃不睡,忘记了时日,翻遍所有医书,痛恨自己读过的药理为何不能再多一点,医术为何不能更精妙。她好像成了一个废物,蠢得可笑。

到了第七日,乌云全身上下溃烂得不成模样。

小狗还没死,已经发不出声音,那双明亮的眼睛含着无限眷恋盯着陆瞳。她的眼泪滴在手背上,小狗便费力伸出舌头,温柔舔了舔她的手。

她做不出解毒的方子,她根本救不了自己的朋友。

陆瞳跪倒在芸娘跟前,哽咽着哀求:"芸娘……芸娘……你救救它……"

芸娘俯身,轻轻扯开她抓着自己裙角的手,叹息着摇头:"小十七,你不能将所有希望都寄予他人之上。"

"而且,"她微微一笑,"你现在,已经没有付与我的诊金了呀。"

当年陆瞳以自己为条件,求得芸娘救了陆家一门。可如今,她连自己都不是自己的,已没有与芸娘做交易的资格。

外面阴云沉沉,乌云在她怀里咽了气。

陆瞳眼睁睁地看着它咽了气。

那具温暖的身体渐渐变得冰冷僵硬,它再不会在每次试药后第一个冲上来舔她的手,那双漆黑的、亮晶晶的眼眸逐渐变得涣散,变成了两颗凝固的、黯淡的死珠子,再也不会映出陆瞳的身影。

她失魂落魄,抱着死去的乌云走到了峰顶松树林里。

漫山松柏常青,陆瞳找到一棵漂亮的小松树,在树下掘坑,想把乌云埋在树下。掘至一半时,忽有雷声隆隆,暴雨顷刻如注。

陆瞳抱起乌云,唯恐暴雨淋湿乌云的皮毛,小狗冷冰冰的身子紧紧挨着他,她终于没忍住,抱着乌云的尸体放声大哭起来。

大雨若决堤之水,狂风号怒,把她的哭声包裹。

她就这样坐着,瞳孔映着夏日山上这场猝不及防的暴雨,直到黑云散去,雨势渐歇。

夏日山雨来得快去得也快,一轮彩虹在日出后泛着霞光。

果如诗上所说,慌忙冒雨急渡溪……雨势骤晴山又绿。

暴雨停了。

可暴雨又没停。

它悬在人头顶，随时会掉下来。乌云死了，可暴雨仍在，它无法永远停下，你不知道它什么时候会降下来，如涨潮的浪头，拖着人沉入水底。

那是芸娘教会她的第一课。

人无法阻止暴雨的落下，就像她无法阻止生命的消亡。

啪嗒——

陆瞳想得出神，手中笔不稳，落在纸上，拖曳出一道刺眼墨痕。

窗外残月朦胧，灯火流满屋子，纸上墨痕像朵漆黑伤疤，骤然刺疼人的眼睛。

陆瞳忽地感到有些烦闷，她抓起面前纸揉成一团，发泄般地扔向远处。

纸团咕噜噜滚着，就着灯火，滚到了一双靴子跟前。

有人弯腰捡起了地上废纸，笑着开口："它得罪你了？"

陆瞳身子一僵，抬眸。

裴云暎从门外走了进来。

夜阑更深，灯火照人，青年脱去白日里的绯色公服，换了件月白暗花云纹玉锦春衫，灯烛下如玉山上行，光映照人。

陆瞳定了定神："你怎么来了？"

这人进医官院几乎如过无人之境，陆瞳已不再意外。倘若被人发现遭殃的也不是自己，也就随他去。

裴云暎走到她对面坐下，从怀中掏出一封纸笺："白日你来殿帅府，落下药方了，特意给你送来。"

陆瞳见那纸笺确实是自己所失，大概是夹在医籍里，和那些禁卫们把脉时弄掉了。

"多谢。"她收起纸笺。

裴云暎点头，继续道："顺便找你讨瓶下食丹。"

陆瞳蹙眉："上回给大人那瓶吃完了吗？"

上回裴云暎来，说殿帅府的司犬脾胃不好，问陆瞳讨了瓶下食丹。那一瓶下食丹不少，而今也没过多久。

她提醒："犬类不能吃太多下食丹。"

裴云暎笑笑："给段小宴的。"

"……"

她便不再多说，起身去药柜旁给裴云暎找下食丹。

裴云暎靠着椅子，盯着她站在药柜前的背影看了会儿，突然开口："你为什么怕狗？"

指尖一颤，陆瞳低头，继续拉开药屉，道："我并未怕狗。"

"那你为何拒绝段小宴的提议？"

"裴大人，我说得很明白，我讨厌狗，所以拒绝。"

"讨厌？"裴云暎勾了勾唇，"可你看起来脸都吓白了。"

陆瞳："……"

她从药屉里抽出下食丹，关好柜子，走到裴云暎跟前。

春夜融融，幽窗半开，远远有林间惊鸟簌簌起飞的轻响，更有梨花花香隔着池水被风推到小院中来，衣袖也沾上芬芳。

桌角的古铜驼灯里，银烛静静燃烧，柔色的光流满了整间屋子，在地上落下微晃的影。

年轻人的眼眸也如盛京春日的凉夜，看似温柔，却泛着更深的冷清，意味不明地看着她。

陆曈默然。

这个人不如外表看起来明朗，像是能一眼看穿人所有伪装。

所以，倒也没必要伪装了。

"嗯，我很怕狗。"

陆曈把下食丹的瓶子往裴云暎面前一顿，重新坐回桌前，不咸不淡地开口："因为小时候被一只狗咬过。那只狗很讨厌，像块狗皮膏药，对我穷追不舍，怎么也甩不掉。"

裴云暎一怔。

过了一会儿，他轻笑起来："怎么夹枪带棒的，看来陆大夫今日心情很不好。"

陆曈不欲与他继续这个话头，瞥一眼桌上药瓶："下食丹已经给裴大人了。"

裴云暎拿起药瓶，却没立刻走，只道："听说你今日为我出头了？"

他这话说得没头没脑，陆曈不解："什么？"

他低头笑了一下，语气淡淡的："白日在金显荣府上，你不是替我多扎了他几针嘛。"

陆曈先是怔住，随后恍然明白过来。

白日里金显荣对裴云暎出言不逊，她那时的确扎痛了他几针。

但那是在金显荣府上的事，当时屋里除了自己，只有金显荣和他府上的下人……

殿帅府……手段果然通天。

一瞬间，有寒意自心头生起。

她抬眸朝对面人看去，年轻人的五官在灯色下俊秀柔和，那身月白锦袍衬得他清贵温和，可是仔细看去，轮廓却是精致凌厉的。

兵器擅长伤人。一把锋利的刀，外表看起来再华丽，也掩盖不住危险的事实。

裴云暎却像是没察觉到陆曈骤然生出的警惕,面上带了点笑,不甚在意地问:"陆大夫为何替我出头?"

陆曈沉默。

按理说,她与裴云暎非亲非故,纵然裴云暎暂时并不打算阻拦她的复仇,可她待他总有些微妙的距离。这人身份很高,暗地里也不知在搞什么勾当,她自己的事尚且应付不过来,实在没有精力也没有心思去做个路见不平的好心人。

她根本不是爱管闲事的性子。

春夜清寒,月色羞怯,一阵晚风从窗外吹来,吹得被灯色笼罩的人影也起了一层淡淡的冷。

陆曈紧了紧衣裳,许久,才开口:"饭钱。"

"饭钱?"

陆曈点头,正视着对方眼睛:"我刚进医官院时,吃了裴大人的荷花酥,裴大人没收银子。这个,就抵做饭钱。"

她说得一本正经,好似在谈什么千万两的交易,却叫裴云暎微微愣了一愣。

那天夜里,陆曈刚被分到南药房不久,小厨房里冷锅冷灶,偏撞着了路过的裴云暎。

她吃了裴云暎的荷花酥,裴云暎却没收她银子,就那样离开了。

裴云暎点了点头:"原来如此。"又望着她笑着开口,"一篮糕点而已,陆大夫分这么清做什么?"

好似她总是将这些恩债分得很清,膏药、点心、救命之情……生怕欠了别人,抑或被别人欠一般。

陆曈淡道:"殿帅有所不知,睚眦之怨必报,一饭之德必偿,这是我们陆家的规矩。"

裴云暎若有所思地看着她。

女子坐在灯下翻着医书，昏黄光色朦胧，她长发绸缎般铺泻在肩头，衬着水蓝色的衣裙如一朵山间夜里的花，幽冷静谧地盛开着。

把玩药瓶的手一顿，想了想，他又问："你怎么不问问我家的事？"

陆瞳抬眼看去。

年轻人撑着下巴，淡笑着望着她，语气漫不经心，一双眼眸却静如深水，藏着点她看不懂的涟漪。

空气中传来极浅的兰麝香气，又或许是院子外新开的梨花太过芬芳，总让人难以忽略。

陆瞳收回视线，淡道："我对旁人家事不感兴趣。"

闻言，裴云暎一怔，望着她的神色有些复杂。

面前医籍密密麻麻的小字在灯火下显得模糊，陆瞳忽而也没了继续看下去的兴致，沉默了一会儿，问："裴大人怎么不问问金显荣为何这样说？"

金显荣话里对裴家极尽侮辱，这位指挥使大人心狠手辣、睚眦必报，实在不像会白白算了的性子。陆瞳还以为他会报复回来，没想到他看起来反而不太在意，就好像根本不在乎昭宁公府或是昭宁公的名声。

裴云暎眨了下眼，极轻地叹了口气："我家那点事，盛京谁不知道？"

"殿帅不生气？"

他耸了耸肩："说的也是事实。"

陆瞳便不说话了，她看不懂裴云暎。

一阵风吹来，桌上驼灯颤动两下。裴云暎伸手拨了拨灯芯，道："宝珠的药快完了，姐姐让我问你，什么时候换新药方？"

陆瞳道:"医官院每月有两日旬休,我上月没离开,这月会回医馆一趟,届时亲自看过宝珠再换药。"

裴云暎点头:"也好。"

又是一阵沉默。

裴云暎拿起桌上药瓶站起身,走到门口时又停下:"陆大夫。"

陆瞳:"怎么?"

青年背对她站着,过了一会儿,笑道:"多谢。"没再多说什么,走了。

屋里又恢复了安静,陆瞳放下手中医籍,朝前方望去。

月破轻云,花影阑珊,凉月流过一地,映出素白寒霜。

门外已没了他的影子。

第十二章

玉台

时日过得很快,转眼到了四月。

越近清明,盛京的雨水越多起来,夜里常常下雨,白日里却开始有了热意,早晚一凉,时人易感风寒。

医官们也有不少受了凉告假。屋子里,崔岷咳嗽几声,端起桌上药茶呷了两口,压下喉间痒意。

春日百病易发,崔岷这个院使也比往日更忙碌,除了进宫奉值外,新方的研制也遇到难题。

想到新方,不免就想起那个新进女医官来。

崔岷放下茶盅,问身侧人:"陆曈眼下如何?"

身侧人回道:"每日依旧如寻常一样,金侍郎那边没说好,也没说不好。"

崔岷微微蹙眉:"没闹出什么事?"

"不曾听闻。"

崔岷没说话,眸色沉了沉。

金显荣好色之行向来难改,纵然如今肾囊有疾,未必会安分守己。然而陆曈已上门施诊数次,竟没闹出什么风月轶闻,已是匪夷所思。

沉吟片刻,他问:"陆曈现下何处?"

"今日是去给金侍郎行诊的日子,陆医官一大早就出门了。"

……

另一头,陆曈正从马车上下来,抬眸望着眼前府邸。

司礼府位于皇城东廊下,户部官员们常在此奉值处理公文。此地幽静,与京营殿帅府相隔不远,不过占地不如殿帅府宽广,乍一眼看去以为是哪户富贵人家的宅子。

陆曈刚走到门口,金显荣身边那个驼背小厮便迎了上来:"陆医官来了,请进,大人已候着您多时了!"

陆曈点头,随小厮一同进了司礼府大门。

司礼府外表瞧着不大,里头却修缮得几近堂皇,门廊讲究,器具繁丽,门前放置一座一整块楠木雕刻的照壁,上头雕刻一头巨象,寓意"太平景象"。

里头更是豪奢,玉榻香几,画案金台,知道的清楚这是处理公务奉值之所,不知道的,只怕怀疑自己误入哪位王孙贵戚的室庐。

金显荣站在陆曈身侧,两道耷拉下来的断眉又飞扬起来,瞧着比之前精神好一些,面色红润不少。

他喜滋滋道:"陆医官,自打用了你的药,刺了几回针,本官这些日子感觉阳气具足,先前的痛楚也不怎么明显。清晨起来那处又有所觉,是不是好些了?"

"是。"

"果真?太好了!"金显荣激动不已,"我就说天无绝人之路,本官运不该绝。"又夸赞陆曈,"还是陆医官医术超群,比医官院那群废物好多了,本官才用几副药,竟有此神效,陆医官如此医术,做翰林医官院一个小小医官实属可惜,我看那崔岷也不过如此……"

陆曈心不在焉地听他吹捧,见司礼府除了金显荣主仆外并无他人,便问:"这里平日只有金大人一人奉值吗?"

金显荣一笑:"差不多吧,如今三司收权,户部跟个摆设一般,除了本官,其他人也都是挂个闲职,平日也就坐着发发呆。今日陆医官要来,我就让其余人先别过来,省得打扰陆医官行诊。"

他倒是考虑周全。陆瞳敛下眸中神色,又走了几步,走到最靠里的一间屋子,一眼瞥过去,不由脚步一顿。

这间屋子很是精致,与方才外面的堂皇富贵不同,看起来更讲究。

门口摆张紫檀嵌宝石屏风,屏风打开一半,露出更深处的紫檀清榻,上头堆着靠背和皮褥,又有紫竹香几,上头摆着文房诸器,一眼望去,格外不凡。

陆瞳停下脚步,问:"这是大人的屋子?"

"哪能呢?"金显荣道,"那是戚公子的金屋。"

"戚公子?"

"当今太师戚大人府上公子啊。"金显荣感叹,"瞧瞧那扇宝石屏风,足足要三千两白银,就是本官也用不起,人家偏偏就敢这么放在司礼府,也不怕被人端走。"

陆瞳点头:"戚公子很讲究。"

"可不讲究吗?"金显荣见陆瞳似感兴趣,带着陆瞳走进那间屋给她瞧,"喝茶要喝精品建州白茶,自打他到了司礼府,本官品茶也品了不少。"

他又一指桌案上的鎏金双蛾团花纹香炉:"点的香是灵犀香,闻闻,一炉可不便宜。"言罢,顺手从桌上小盒子里捡出个香丸递给陆瞳:"陆医官带一个回去试试,凝神静气,旁处可买不着。"

陆瞳接过那颗香丸。

"还有吃的穿的……说实话,户部这点俸禄,还不够他每月茶钱,论讲究,戚公子的确是佼佼者。"许是对戚玉台带点妒忌,金显荣嘴里夸赞之语,听起来也有些泛酸。

陆曈左右看了看,好奇道:"戚公子今日没来吗?"

"他今日有事,暂时不来,别的时候还是来的。"金显荣道,"若他不来,岂不是白白浪费了名香和茶叶?"

陆曈点头,没再说什么,收回视线看向金显荣:"金大人,闲话少叙,下官还是先为您施针吧。"

金显荣一愣,打了个哆嗦:"哦,好、好的。"

这一日施针施得比平日要晚一些。

金显荣病情既有好转,药方也换过,肾囊痈的表症是治好了,不过还是不能行房,得继续治着。

待陆曈回到医官院,天色已近傍晚。

下过几场雨,医官院门口的槐树叶掉了不少,远处长空晚霞慢慢越过来,把院落照出一层柔柔橙红色。

陆曈在医官院门口遇到了纪珣。

他一身素色滚银边白袍,发髻高束,院中霞色落出一隙在他身上,把他眉眼衬得格外清贵静雅,宛如山中隐士。

医官院中不是没有年轻男子,然而刚从太医局中学成的年轻人终究是浮躁了一些。这人很年轻,却没有半丝佻达之气,沉静如一方寒色美玉,总让人心中温宁。

陆曈停下脚步,对他颔首行礼:"纪医官。"

纪珣点头。

他身后跟着那位小药童,似乎要回家去了,方要走,忽而想起了什么,看向陆曈:"金侍郎可有好转?"

如今陆曈给金显荣行诊一事,不说医官院,连御药院的人都无所不知。

"金侍郎沉疴难治,不过好在用药多时,已慢慢有些起色,假以时日,未必不能恢复从前。"

纪珣点了点头,沉吟了一下,突然叫她:"陆医官。"

陆瞳应了。

他道:"之前我遇到你那日,你去药库拣选药材,用过红芳絮吗?"

陆瞳一顿。

她抬眼,正对上纪珣探询的眼神。

纪珣生得端正,眉眼间总有种孤冷清隽,如一方从林间掠过的青鹤,有种与尘世格格不入的清高。

他盯着陆瞳,目光沉静如水。和裴云暎的犀利锋锐不同,纪珣的眸色更浅,认真盯着人时,并不会让人有压迫感,然而被那种澄澈目光凝视着,人心底的阴暗似乎变得无所遁形。

让人觉出自己的不堪。

陆瞳顿了顿,微微地笑了,道:"纪医官说笑,红芳絮归御药院独有,药材珍贵,医官院取用皆有定量,寻常医官是拿不到红芳絮的。我没有用过红芳絮。"

她说得很肯定,纪珣目光在她脸上停留了一会儿,点了点头:"原来如此。"

陆瞳又站了片刻,见纪珣并无别的事要交代,便与他行过礼,背着医箱进了院子。

她走后,纪珣仍站在原地,沉思不语。

那夜见过陆瞳,当时他偶然瞥见陆瞳的竹筐中似有红芳絮残叶。红芳絮有毒,除了御药院医工,医官院的医官们并不能随意取用。

他知道陆瞳如今在给金显荣行诊,但以金显荣之肾囊痈,并不至于用上红芳絮。此药材特别,若非陆瞳如今处理药材的手法能除去枝叶毒性，医官院的医官们其实是禁止使用此毒草的。

事关毒物，理应警醒一些。

但陆瞳却说自己没有用过……

身侧传来药童的声音："公子，马车已在门口候着了。"

纪珣回过神，道："走吧。"

或许，是他看错了。

傍晚时分与纪珣的这场碰面，陆瞳并未放在心上。用过晚饭后，她便去药房里做药了。

医官院后廊有一排空屋子，供这些医官做药研制新方。

不过，能做新药和研制新方的医官寥寥无几，是以除了熬药外，大部分时候药房都是空着的。

自打陆瞳来了后，这排空屋一到夜里便亮起灯火。医官们都说，新来的这位陆医官给户部侍郎行诊，接了个不好伺候的差事，不得不夜夜努力，实在可怜。

陆瞳没觉得自己可怜。

她喜欢待在药房，喜欢和那些清苦药香做伴，比起和形形色色的人打交道，还是冷清的药房更令人安心。

一点一点接近目的的时候，总让人安心。

晴夜明亮，窗外重重树梢里新月掩映，一片清光皎皎。

皎皎月光痴缠着屋中人裙裾，在地上摇曳出团团的影。地上影子伸手，把一大束夹杂红色的草药放进罐中，有幽谧芬芳从罐中渐渐溢出来。

伴随着层层粉色霞雾。

林丹青中途来过一回，从窗户外远远瞧了一瞧，见烟雾缭绕就回去了。

陆瞳静静坐在药罐前，那只银色罐子里充满了各种褐色汁液，浓重芳香围绕着她，衬得影子像张虚幻的画。不知过了多久，烟雾渐渐散去，药罐中那团泥泞汁液不知何时变成了黑色，凝固在罐子底部。

她抬手抹去额上汗珠，侧首看向窗外。

月亮移到数尺之外，院里一片清寂，只有几声低微蛙鸣顺着风飘来。

已是三更天了。

陆瞳低头，脚下炭盆里，药材残渣已被焚烧得干干净净，银罐旁边还散落着几枝零散花枝，枝叶翠色嫣然，点缀着其中的红花艳丽似血。

她俯身，捡起地上残枝，一并扔进炭火的余烬中了。

……

屋中灯火摇曳。

陆瞳回到宿院屋里时，林丹青还在灯下看书。

见她回来，女孩子伸了个懒腰："总算回来了。"又打趣："陆妹妹，你可真努力。难怪能在春试中拔得红榜第一。"

陆瞳只笑笑。

林丹青话虽这么说，其实自己也颇努力。她二人一间屋子，陆瞳时常见林丹青看医书看到深夜。

和陆瞳不同，陆瞳入医官院是别有目的，林丹青家世不差，却也并不懈怠。

陆瞳在桌前坐下，拆下发带梳头，目光瞥过林丹青面前医书，是《明义医经》中《诸毒》一节。

目光动了动，陆瞳还未说话，就见林丹青托腮看着她："陆妹妹，你说你的药怎么就做得那么恰到好处呢？"

陆瞳不解："什么？"

"春水生和纤纤啊！"

林丹青捧着脸望着她:"当初春试后,我心中对你好奇,想着是哪个天才竟能越过我考到红榜第一,后来知道你在仁心医馆当坐馆大夫,又打听到你的事,就让人买了这两副药。这方子我是不能辨出全部,但光是能辨出的几味,已是觉得搭配精妙绝伦。"

"说实话,在那之前我还很妒忌你来着。"林丹青说得大大方方,"后来看了那两味药,才知我确实差你不足,又听说你是平民……咱们梁朝医科,医籍多归由太医局收管。平民于医科想要出头,要么是行诊多年广有经验,要么,就是天才。"

陆曈默了默:"我不是。"

"你就是!"林丹青一拍桌子,"这样我才输得不冤。"

陆曈没说话。

林丹青又叹了口气:"后来我渐渐也就想开了,我出身比你好,从小到大没吃过什么苦,我家老祖宗说过,世上的好事总不会叫一人占尽了。"

"一次春试算不了什么,说不定日后年终吏目考核,我又超过你了呢。"她话说得颇有斗志,语气却有些低落,不知想到了什么,神情有些怅惘。

世间人,大抵人人都有不如意。如林丹青这样看起来没心没肺的姑娘,或许也有心事不能为外人道也。

林丹青打了个呵欠,回头看了眼刻漏:"哎呀,都三更了。"

"时候不早,还是早些睡吧,明日还得早起。"她抱起医书,往外屋榻上去了。

屋子里只剩下陆曈一人。

她从方才抱回来的银罐里拿出一颗香丸。是颗深褐色香丸,还未凑近,便能闻见一股淡淡幽香。

白日里，金显荣将这颗香丸递到她手里，对他说起戚玉台素日吃食穿用讲究："点的香是灵犀香，闻闻，一炉可不便宜。"

灵犀香凝神静气，常用可舒缓心境，调理情志。戚玉台没用别的香，独爱灵犀香，也算与旁的富贵子弟不同。

不过……

陆瞳捡起那颗香丸，灯色透过香丸，细细看去，能瞧见其中隐隐的红色，并不真切，若非如此凑近，难以查出端倪。

情志一事，本就微妙，失之毫厘，差之千里。

深夜的寝屋里，女子对镜坐着，不知想到什么，唇角一弯，笑容有些讥诮。

良久，她拿过一边的医箱打开，把那颗香丸放了进去。

清明过后，雨水多了起来。

一夜涨水，落月桥栏系的牛角灯被淹了一半，连日阴雨，春堤满是泥泞，马车从路上驶过，带起阵阵泥水。

司礼府堂厅里，金显荣坐在椅子上看户部籍册。

他的心情很是不错。

自打换了那位陆医官来为他行诊后，金显荣的情绪平稳了许多。肾囊痛表症已好得七七八八，他按陆瞳给他的方子抓药吃，每日勤勤恳恳敷药，加之陆瞳隔三岔五来为他施针，不知是不是金显荣的错觉，他那处也渐渐有了起色，不至于一潭死水，总算有些知觉。

想来再过几个月，自有再展雄风之时。

金显荣端起茶杯，美美呷了一口。

一辆马车在司礼府门口停了下来。

是辆朱轮华盖马车，比寻常马车大一倍有余。马车帘被掀开，走下来个穿靛青玉绸袍子的年轻男子。

这男子中等身材，个子不算高，一张白净脸，乍一眼看起来很斯文，只是颧骨处有些青白，眼泛红丝，瞧去有几分疲态。

金显荣放下茶盏，笑道："玉台来啦。"

来人是当朝太师府戚家公子，戚玉台。

太师戚清一共育有一子一女，嫡女戚华榲是盛京出了名的闺秀，容貌美丽，才情出众。长子戚玉台虽不如戚华榲容色脱俗，却也通晓诗书礼仪，人品端正，尤其写得一手好字，在盛京人人称道，浑身上下亦无那些贵族子弟的坏脾气，乖巧得像个女儿家。

当然，这只是明面上的。

戚玉台走进厅堂，对金显荣拱手，十分有礼："金侍郎。"

金显荣从椅子上站起来，勾住戚玉台肩往里走，亲昵道："前几日你府上人说你受凉了，老哥我还很是担忧了一阵，这司礼府没了你，独我一人，公务都看不过来，下人也不晓事，茶罐里没茶了也不添点，你回来就好……"

"我即刻差人添茶……"

"哎，这话说的，像我等着玉台你的茶一般……"

"……"

又说了几句客套话，打发了金显荣，戚玉台进了屋，关上门，往椅子上一坐。

桌上摆着些散乱公文，是他不在的日子积攒的，但总共也没多少。如今户部没什么实权，他这都省事，本也只是个虚职，在户部不过混着日子领俸饷，在不在并无区别。

看着那些纸卷，戚玉台有些烦躁。

户部这份差事，是他父亲戚清替他安排的。

戚玉台并不喜这差事。

他身为太师府唯一的嫡子，父亲一人之下万人之上，什么官职捞不着？那些出身不如他的官家子弟尚能凭借家世平步青云，偏偏父亲为他安排了这样一份差事。

闲职，无趣，一眼望得到头，还要忍受爱占便宜的讨厌同僚。

他曾向父亲表达过不满，希望父亲能为他安排更体面的官职。以陛下对父亲的倚重，这根本不难。

但戚清仿佛看不见他的怨言，断然拒绝了。

他便只能在司礼府待着。

桌上公文越发刺眼，戚玉台把它们拂到一边，从罐子里捡起颗香丸，点燃丢进桌上的鎏金双蛾团花纹香炉中。

香丸是上好的灵犀香，自戚玉台懂事起，府里燃的就是此味长香。他来户部后，父亲又让人备了许多，供他在司礼府燃点。

不过上次他走时，罐子里的灵犀香还很满，如今却只剩一颗，想来是金显荣顺手牵羊摸走了。

金显荣一直都很爱占这种小便宜。

香炉里渐渐冒出青烟，熟悉幽香钻进鼻尖，舒缓了方才的躁郁。他深深吸了一口，顿感心平气和，索性往背后一靠，闭眼蓄起神来。

"戚公子。"

"戚公子……"

耳边似有人说话。

谁在叫他？戚玉台想要睁眼，却发现自己眼皮沉沉，怎么也抬不起来。

是做梦吗？

那声音还在唤他:"戚公子……"

依稀是个女子。

女子像是从身后贴上来,在他耳畔低语,温柔的、缥缈的,如场断断续续的梦:"……还记得丰乐楼吗?"

丰乐楼?

戚玉台尚在愣怔,突感自己脖颈抵住个冰凉的东西。

他本能觉出危险,想要大叫,想要支起身子,惊觉浑身像是被看不见的绳索绑缚,没有一丝力气挣扎,就连说出口的话语也是软绵绵的:"……你是谁?"

冰凉的触感在他脖颈游走,对方没有回答。

"戚公子,"那人又问了一遍,"还记得丰乐楼吗?"

随着这话落地,脖颈间的冰凉又深了一分。

戚玉台痉挛起来。

他根本不记得什么丰乐楼。他想要离开,想要从这个莫名其妙的噩梦中醒来,可他张开口,却只能发出微弱的求救声。

那人的动作停了下来。

过了一会儿,戚玉台听见她开口:"戚公子,你不记得了吗?"

"永昌三十七年,你在丰乐楼里遇见一女子……"

"你杀了她。"

她在说什么?

什么女子,什么杀了她,他全然不明白,只能虚弱地挣扎。

那声音慢慢地说道:"永昌三十七年的惊蛰,你在丰乐楼享乐,遇见一妇人。妇人去给他夫君送醒酒汤,你见她容色美丽,就强行将她占有……后来妇人怀孕,你又为毁行灭迹,将她一门四口绝户……"

"戚公子……"那声音温温柔柔的,如一根淬着毒汁的细针,骤然

411

插入他心底隐秘的深处,"你真的不记得了吗?"

戚玉台僵住。

四周一片死寂,仿佛天地间再没了别的声音,忽而又有熙熙攘攘声顿起,他抬头,迎面撞上一片带着香风的暖意。

是个穿着桃花云雾烟罗衫的女子,梳着个飞仙髻,打扮得格外妩媚,伸手来挽他的胳膊,一面笑道:"公子是第一次来丰乐楼吧?好生的面孔,今夜定要玩得高兴……"

丰乐楼……

他便忽而记起,今日是他第一次来丰乐楼的日子。

父亲总拘着他不让他出门。

盛京最好的遇仙楼,里面都是父亲的熟人。素日里他在遇仙楼里办个生辰宴什么的还好,一旦想做点什么,立刻就会被人回禀给家里。

身为太师之子,处处都要注意举止言谈,总是不自由。

丰乐楼是他新发现的酒楼,虽比不得遇仙楼豪奢,却也勉强入得了眼。最好的是,这里没有父亲的人,他要做什么无人盯梢,便有难得的自由。

他随这打扮妖娆的女子上了阁楼,进了阁楼里间。如他这样身份的人,自然不能和那些贱民一般于厅堂享乐。

屋子里散发出奇异幽香,里头矮榻上,两个歌伶正低头抚琴,琴声绵长悦耳,令人心醉。

戚玉台便走进去,在矮榻前坐了下来。

桌上摆着一只青花玉壶,两只白玉莲瓣纹碗,还有一小封油纸包。

他拎起酒壶,倒了满满一碗酒酿,酒还是热的,香气馥郁浓烈,他再打开放在一边的油纸包,就着热酒将油纸包中之物仰头服下,热酒淌过他喉间,在他腹中渐渐蔓延出一片灼热。

戚玉台闭上眼睛，舒服喟叹一声。

此物是寒食散。

寒食散神奇，服用之后神采奕奕，面色飞扬，亦能体会寻常体会不到之快感，令人飘飘欲仙。

然而寒食散有毒，长期服用对人体多有伤害。先帝在世时，曾下旨举国禁用此物，但许多贵族子弟还是背着人偷偷服用。

戚玉台也是其中之一。他少时便沾染上这东西，曾一发不可收拾，后来被戚清撞见，发落了他身边所有下人，将他关在府里足足半年，硬生生逼着他将此物戒除。

但瘾这回事，断得了头断不了根。

每年戚玉台总要寻出几次机会，背着戚清服用寒食散。

他喜欢那种飘飘欲仙的感觉，不再是众人眼中循规蹈矩的太师公子，好像变成了一只鸟儿，纵情高飞于丛林里，摆脱了父亲阴影，握住他求而不得的自由。

那是对旁人背后讽刺他"乖巧"的发泄。是他对父亲无声的反抗。

身体渐渐变得燥热起来，寒食散开始起效。

戚玉台脱下外裳，浑身赤裸在屋中走来走去。

倘若此景被戚清瞧见，必然又要狠狠责罚他。太师府最重规矩礼仪，从小到大，他在外不可行差踏错一步。

戚玉台感到一种莫名快意，仿佛是为了故意报复那种光鲜的刻板。他高喝着在雅室内走来走去，心头宛如生出一团腾腾烈火，这火憋在他腹中难以驱散，心头的舒畅和身体的窒闷难以调和，在那种癫狂的状态下，他蓦地打开雅室大门。

门前传来一声惊呼。

是个年轻妇人，身后跟着个丫鬟，手里提着只红木食篮，似乎没料到忽然有人打开门，二人转过身来，待瞧见他浑身赤裸的模样，丫鬟吓得尖叫一声，妇人涨红了脸，拉着丫鬟就要逃开。

他脑子一热，一把将妇人拖进屋中。

丫鬟高喊着救命，伸手来拽妇人，也被一并拖了进去。

戚玉台感到自己身体变得很轻，耳边隐隐传来尖叫和哭泣的声音，那声音反而令他越发舒畅。像是嗜血的野兽尝得第一口血肉，他变得癫狂，无所不能，只依靠本能啃噬虚弱猎物，周遭一切变得很远很远。

他看不清对方面容，寒食散的效用已开始发作，他只感到极致的快乐，在这残暴的掠夺间得到的自由。

至于哭泣与眼泪，挣扎与痛苦……与他何干？

他并不在意，这种事他做过很多。

雅室里青玉炉里燃着的幽香芬芳若梦，隔着层模糊的烟流，有人叹息了一声。

这叹息悠长响亮，让人魂飞魄散，戚玉台骤然回神。

"你杀了她啊……"

那声音这样说。

"不……我没有……"戚玉台辩解，"我只是……"

话骤然凝住。

只是什么呢？

他从来不曾杀过人，因为根本不必。无论他在外头做了什么，犯了多大的过错，自有人为他收尾，处理得干干净净。

丰乐楼一事，从未被他放在心上，不过是个身份低贱的妇人，他甚至无须知道名字。

他根本不记得对方相貌，只知道管家寻来时，自己迷迷瞪瞪睁开眼,瞧见的是一地狼藉。那妇人在榻上躺着,他没心思看,阁楼门口摔碎了一地汤水,一只红木食篮被踩得面目全非,和死去丫鬟的裙摆混在一处,格外邋遢。

他只看了一眼就嫌弃别开眼,绕过地上蜿蜒的血水,免得打湿脚上丝履。

身后管家跟上来,有些为难:"公子,那女子是良家妇。"

他不以为意:"给点银子打发就是。"

这世上每个人都是用价钱衡量的。一两银子买不到遇仙楼的一盅美酒,却能买到一个出身卑贱的下人。

他们很廉价。

他便整整衣裳回府去了。

后来隐隐听说那妇人有了身孕,他其实也没太放在心上。妇人的丈夫一心盼着搭上太师府,恨不得去舔他鞋底泥,那点微不足道的愤怒实在激不起什么水花。

真正让他生出恐慌的是妇人的弟弟。

审刑院那头传来消息,说妇人弟弟不知从哪得来真相,状子都递到详断官手中,戚玉台这才怕起来。

倒不是怕梁朝律法,抑或对方恨意。

他只是怕父亲知道。

戚清最重声名,若此事交由官府闹大,父亲必然饶不了他。

所以戚玉台才让管家与审刑院那头交涉,对方答应将此事处理干净。后来他听说妇人一家四口都已不在,适才松了口气。

不过……父亲还是知道了。

得知此事的戚清将他软禁在府邸中不得外出,父亲失望的目光简直成为他的噩梦,让他辗转难眠了好一阵,多亏了那些灵犀香,才能使他情志舒缓。

他以为这事已经过去了，在他那过去二十余载中，这种事发生得不计其数，没想到今日会被人提起。

耳边传来的声音幽冷如烟："戚公子，你杀了人啊……"

他下意识反驳："没有，没有，我没有杀人……"

"你支开下人，去丰乐楼就是为了杀人……"

支开下人？

戚玉台愣了愣，下意识道："不，我只是不想父亲知道我在服散……是她自己闯进来……我没有……我不是故意杀的人！"

周遭静了一静。

陆曈垂着眼，低头看着椅子上神色迷蒙的戚玉台，眸色一点点冷却。

门口那扇紫檀嵌宝石屏风上，璀璨的红宝石把香炉青烟也沁出一层惨淡艳红。那些缭绕的烟雾影影绰绰像是灰蒙蒙的影子，模糊地存在着，又很快消散，留不下半点痕迹。

服散。

陆曈默念着这两个字。

戚玉台闭着眼睛，嘴里低声喃喃，像是睡着，只有靠近才能听见他说的是什么。

陆曈的目光落在他身上。

御药院的红芳絮，本为如妃娘娘专治不寐之症的药材，可原料有毒，久闻之下头晕脑涨，口鼻流血。

她去御药院向何秀要了些残剩的红芳絮碎枝叶，何秀一听说她要用，问也没问做什么去，就连夜给她送了半捆来。

她将那些残枝稍稍处理，放在银罐中浸泡捣碎，连同别的药材熬煮，最后一并揉进了金显荣递给她的香丸中。

灵犀香可安神宁志，可只要稍稍调改一点，便能使人妄言谵语，分不清梦境现实……

美梦成噩梦。

椅子上的人仍沉浸在梦里，陆曈居高临下俯视着他，手中银针从脖颈渐渐滑过脸颊，最后停留在他并不饱满的颧部。

从这里刺进去，尽数刺进，他会当即殒命。

戚玉台还在喃喃："不是我……我没有……"

陆曈伸手。针尖抵住肌肤，缓缓往里推去。

戚玉台似有所觉，面露痛苦之色。

吱呀——

正在这时，身后突然传来响声。

啊——

下一刻，戚玉台从矮榻上猛地坐起，满脸冷汗涔涔。

屋中寂静，空气中似乎还散发着灵犀香馥郁余香。

一个关切的声音从耳边传来："大人没事吧？"

他抬头，就见矮榻不远处，站着个陌生女子，一面说话，一面伸手朝他腕间探来。

"滚开——"

戚玉台一把推开面前人，声色俱厉道："你是谁？"

极度惊悸之下，他忘记自己是在司礼府，语气凶狠暴躁，对方愕然看了他一眼，似乎有些委屈，抿了抿唇没说话，默默退后几步。

倒是站在女子身后的金显荣走出来，轻咳一声，打圆场道："玉台，这位是翰林医官院的陆医官，刚才叫你不醒，我让她来瞧瞧你是不是病了。"

医官？

戚玉台愣了一愣。

梦里人的声音似乎还在耳边萦绕，他记不太清那声音，依稀是个女子，她在他耳畔提醒、追问，探寻丰乐楼那一夜命案事实，像个为复仇而来的阴森女鬼。

令人脊背生寒。

他望向门口的陌生女子，神色有些怀疑："刚才是怎么回事？你们怎么在这里？刚才在我耳边说话的人呢？"

"说话的人？"金显荣左右瞧了瞧，"没有啊，这屋刚刚就你一人在。"

"就我一人在？"

"是啊，陆医官忙着为我施针捣药，我本想问你是否需要陆医官顺便瞧瞧你的风寒好得如何。一进屋，你趴在桌上叫也叫不醒，吓我一跳，还以为你出事了。"

金显荣端详着戚玉台脸色："玉台，你这是做梦了？是不是风寒还未全好，精神不大好？要我说嘛，户部本也没什么事，你要是还病着，就在府里多休息几日，否则太师大人怪责下来，哥哥我也不好交代啊……"

他兀自说着，戚玉台仍有些恍惚。

刚才……是做梦？

可那人声音如此清晰，仿佛贴着他耳朵吟说。

他抬头，又看向门边的年轻女子，这才注意到对方身上穿着新进医官使的蓝色袍裙。

确乃医官不假。

犹疑片刻，他问女医官："你刚才，没有进过这间屋子？"

女子摇了摇头："下官刚才一直在堂厅为金大人制药。"

金显荣点头："陆医官做完药还要回医官院去。"又上下打量一眼戚玉台，忽而了然一笑："玉台这是做了什么好梦了？"

对方说得如此肯定，金显荣倒也没必要骗他，戚玉台便有些不确定起来，或许真是他做的一个梦。

只是这梦，未免也太过真实。

金显荣往前走了两步，见他额上冷汗将衣襟都已浸湿，忍不住劝道："玉台，你这脸色不大好看，不如让陆医官替你把把脉，要是风寒未好，干脆还是回府养一养得了。"

不等戚玉台说话，金显荣便回头对那女子开口："陆医官，劳烦您给戚公子瞧瞧。"

女子称是。

戚玉台坐在矮榻上，也就是在这时忽而反应过来，金显荣对这女子的态度客气得过分了。此人一向好色，但凡见了有两分姿色的女子都要上去调戏几把，戚玉台早已见怪不怪。这女子生得美丽，然而金显荣待她言谈间竟无半分狎昵不敬，规矩得像是变了个人。

金显荣狗改不了吃屎，莫非此女另有身份？

他正想着，女子已经走到他身边，指尖搭上他脉搏。

戚玉台忽地打了个哆嗦。

女医官的手指很凉，被她触碰的地方像是被冰块冻住似的，一点点僵硬起来。

与之相反的是她的面容。她生得很美丽，螓首蛾眉，神清骨秀，云鬓藏着的耳朵洁白如玉，越发衬得那张脸玉雪动人。

美人垂首，专心致志替他把脉时，长睫垂下若蝶翼，令他这样见惯了丽色的人，心中也忍不住荡起一丝涟漪。

医官院中何时来了这样的美人？

他正有些意动，医女却突然收回了手，站起身来。

"陆医官，怎么样？"金显荣问。

女子眉头微蹙，神色有些奇怪。

见她如此，戚玉台心中一凛，方才遐思荡然无存，急急问道："可是有疾？"

女子摇了摇头："戚公子身体并无大碍，只是……"

"只是什么？"

"只是血热亢盛，以致情志失调。"

她看向戚玉台，慢慢地说道："戚公子脉搏急促有力，舌质绛红而干，亦有发热口渴之症。是为血热亢盛所致，开几副清血解毒方子服下就好。至于情志失调……"

她起身，走到屏风后的书案前，拿起书案上那只鎏金双蛾团花纹香炉，打开香炉盖子。

香炉里空空如也，一炉香已经燃尽，她把燃尽的香灰倒出来，走到窗前，丢进窗下花树的泥水里。

"医官，你这是……"戚玉台不解。

"戚大人，这里是灵犀香吗？"

"是。"戚玉台答道。

他们家中用的都是此种香丸，此香贵重，香气馥郁，别地想买都买不到。

女医官微微一笑："灵犀香凝神静气，可缓失眠不寐之症，不过，长期使用此香，难免形成依赖。久用之下，反而适得其反。戚大人不妨试着少用此香，以免成瘾伤身。"

戚玉台怔住。

成瘾……

他自小到大用的都是此香，府中从未用过别的香，只因都是父亲安排。这些年，的确容易成瘾。

父亲怕他服食寒食散成瘾伤身，可笑的是，灵犀香一样如是。

女医官说完，对他二人欠了欠身，退出屋子。金显荣忙跟了出去，不知道是问什么去了。

戚玉台靠着枕靠，只觉浑身上下皆已湿透，青天白日竟做这样一场噩梦实在晦气，他抹了把额上汗，指尖抚过鬓间时，觉得像是有蚂蚁爬过。

针刺般痒疼。

给金显荣行完今日的针，又将敷药留下，陆曈背着医箱回到了医官院。

今日回来得算早，医官院中没几个人，林丹青也不在。

她把医箱放在桌上，伸手推开窗。

院中青石板被昨夜雨水洗得干干净净，雨后草木清新混着泥腥气，将方才灵犀香的幽谧冲散了一些。

四月的风本不该有寒意，柔柔吹来时，陆曈却蓦地打了个冷战，觉出些凉来。

她在窗前坐了下来。

一枝槐花树枝生得茂盛，从窗外遥遥伸进来。陆曈视线落在花枝上，伸出指尖轻轻抚过，细小枝叶微微颤抖，令人想起银针抵着温热血脉时，皮肤上骤然升起的鸡皮疙瘩，仿佛能触碰到里头汩汩的血流，只消轻轻一刺，便会四处喷涌。

可惜被打断了。

她收回手，神情有些遗憾。

她在灵犀香中掺入红芳絮，使得戚玉台分不清梦境还是现实，又在为金显荣施针时令他沉睡，让金显荣以为自己从头至尾不曾离开过捣药前厅。

户部本就人员甚少，戚玉台不喜旁人跟随，金显荣更是生怕多一个人知道他阳虚血弱，空空荡荡的司礼府，正好便宜了她行事。

戚玉台在梦境中吐露一切，那时她的银针已抵在对方颞部，那时她是真的想杀死他。

只差一点就能杀死他。

可惜金显荣的小厮拿药回来了。

陆曈冷漠地垂下眼。

她若在当时就杀了戚玉台，自然会跟着丧命。她这条命死不足惜，原本也没打算留着，不过比起这个，她更在意戚玉台嘴里吐出的另外两个字。

服散。

"我只是不想父亲知道我在服散……"

当时，戚玉台是那么说的。

陆曈慢慢在桌前坐了下来。

先皇在世时，梁朝贵族间曾流行过一阵服食寒食散的风气，后出法令禁止，违者重罪，此法令延续至今。

倘若戚玉台支开下人是为了不让戚清知道自己私自服散，倒也能解释当日丰乐楼中为何陆柔并未遇见戚家护卫阻拦而撞上戚玉台。

或许陆柔撞见此事，欲将此事告知陆谦，却被柯家谋害，但那封留下来的记载着戚玉台服食药散的信函，却成了陆谦选择告官的铁证。

其实，他们二人的想法并没有错。

仅凭陆柔被污一案，或许很难扳倒太师府——一个平民女子的清白实在太过微不足道。

何况还有柯家伥鬼从中作梗。

但换作服食药散则有不同。私下服食寒食散乃重罪，一旦捅出去，太师府也很难善了。只要抓住机遇，同样能达到目的。

只是陆谦没想到那位青天大老爷并不清廉，而表叔刘鲲一家，会将他当作换取富贵的砝码，同范正廉做一门染血交易。

陆家所有灾祸，全因戚玉台偷服药散而起，更有甚者，范正廉对陆家赶尽杀绝，也不过是怕戚玉台服食寒食散一事被发现帮着善后。

原来如此。

原来真相就是如此荒谬地简单。

窗前绿茸茸的春意映着女子无悲无喜的脸，良久，陆瞳伸手，拿过桌上纸笔，提笔在白纸上写出一个"戚"字。

她盯着那个"戚"字看了许久。

戚清只有一子一女，世人皆言太师朴素节俭，戚玉台所用器服却华丽奢靡，可见戚清"爱子之心"。

当初陆家一事，虽由戚玉台而起，可最后毁尸灭迹，替戚玉台周全首尾，未必没有戚清和太师府下人手笔。

杀了戚玉台，太师府绝不会善罢甘休。

而她如今只是个小小医官，连入内御医都比不上。今日一过，戚玉台只会更加警醒，而如白日那样的机会更是罕见，很难再寻到机会动手。

陆瞳低头，提笔在白纸上那个"戚"字上勾画几笔，漆黑墨汁一掠过纸面，方正的字便被涂抹成一道浓黑的阴影，像没了颜色的血迹，淋漓地淌了一整张。

再辨不清痕迹。

她搁下笔。

太师权盛,医官位卑,以一人对一门,痴人说梦。

不过……

直者积于曲,强者积于弱,将来如何,尚未可知。

戚清要护,就连戚清一并除掉。

鸷鸟将击,卑飞敛翼。一个一个,总会寻到时机。

不过早晚而已。

身后传来脚步声,林丹青从屋外进来,瞧见陆曈一愣:"咦,你今日回来得倒早。"又瞧见陆曈摊在桌上,被画得一片墨黑的白纸:"这写的是什么?"

陆曈随手将墨纸扯下,团成一团扔进废纸筐里,道:"随便练练字。"

林丹青便没在意,把怀中油纸包着的东西往桌上一搁,笑道:"你回来得正好,我叫人从外面买的髓饼,还热乎着,你尝尝。"

医官院中饭食清淡,林丹青嗜辣如命,常偷偷使人去坊市间买了偷嘴。医正常进不许医官使们在宿院偷偷用饭,林丹青便只好藏在怀里,背着常进偷拿进来。

她把油纸包打开,拿油纸垫了底,分了一块给陆曈。

腾腾香气顿时散得满屋都是。

髓饼是牛羊骨髓炼成的脂膏作馅的饼,"以髓脂、蜜合面,厚四五分,广六七寸,著胡饼炉中,令熟,饼肥美"。

"尝尝呀,"林丹青催促她,"医官院那饭食还不如万恩寺斋菜,吃上这么几月,我觉得自己都快立地成佛了,偏偏你不挑。"

陆曈低头咬了一口饼,饼馅很香,空空的腹似乎因了这点人间的实惠,渐渐变得温暖而充实。

她吃得慢，吃了几口，突然开口道："我今日在司礼府见到了戚公子。"

"戚公子，哪个戚公子？"

"太师府公子，戚玉台。"

林丹青咬着饼子的动作一顿："他？他怎么了？"

陆曈摇头："他有些奇怪。"

"哪里奇怪？"

"我去给金大人行诊，戚公子进了屋后昏睡不醒，后来金大人叫醒戚公子想让我为他把脉，谁知他一见我如见蛇蝎，说些妄语，神志不大清楚。"陆曈语气踌躇，迟疑片刻后才道："我为他把脉，见他脉象急促有力，血热亢盛异于常人……像是……像是……"

许久，她才低声道："像是长期服用寒食散所致。"

屋中寂静一刻。

林丹青三两下咽下嘴里髓饼，抬手将窗门关上了。

"陆妹妹，"她提起桌上茶壶倒了盏姜蜜水，小声叮嘱她，"这话你在我面前说说得了，可不能在外说。"

陆曈盯着她。

林丹青便摆手："先皇有令，朝中官员一旦发现有人服用寒食散，严惩不贷。我是知道一些贵族子弟会背着人偷偷服用，但他不是太师公子吗？要知道你在外说，非找你麻烦不可。"

陆曈若有所思点头："太师府公子很不好惹？"

"也不是不好惹，怎么说呢，"林丹青端起姜蜜水喝了一口，斟酌着语句，"我从小长在盛京城中，听过无数贵门子弟的糗事。别看他们个个人模人样，私下里什么见不得人的事我都见过，唯有这个戚公子不同……"

林丹青手托着下巴,想想才道:"我没听过他什么不好。盛京那些长辈提起他,都说乖巧懂事,规矩教得极好,从不行差踏错一步,人又温和守礼,当为年轻小辈中的表率。"

林丹青摇了摇头:"我不喜欢他。"

陆瞳问:"为何不喜欢?"

林丹青瞪大眼睛:"陆妹妹,一个人没有其余长处,唯有'规矩'二字广为人称,不是一件很可怕的事吗?"

"像只傀儡戏里偶人,你不知道他喜欢什么,讨厌什么,一举一动被人牵着,偏偏旁人还要叫你学他乖巧懂事,想想就厌烦。偷偷告诉你吧,"林丹青凑近陆瞳低声道,"我可知道盛京那些官家子弟背后议论他,说他是'假人'。"

假人?

陆瞳心下一哂,这话说得刻薄却真实。

要知道今日刚见到戚玉台真容时,她也很难想象那个看上去温吞平常之人就是害死她陆家一门四口的凶手。

"所以,"林丹青点着桌子,对陆瞳循循善诱,"你可别滥好心多说什么,离他远点才是。"

陆瞳点了点头,低头喝了口姜蜜水。蜜水清甜,煮了生姜驱寒,这样天气饮下最是熨帖。

陆瞳饮尽杯中蜜水,开口道:"可我要给金侍郎行诊,将来常去司礼府,免不得会遇见戚公子。"她看向林丹青,"你可知戚公子还有何禁忌,能否一并交代我,免得我不明不白的,冲撞了他。"

林丹青闻言,想了想:"说实话,我与他也不是很熟,好多事也都是听旁人说来。要说禁忌……"

她绞尽脑汁想了许久,突然道:"我只知这人讨厌画眉鸟,你莫在他面前提就是。"

陆瞳心中一动:"画眉?"

"是啊,说来也奇怪,戚太师爱养鸟,我记得从前每年戚太师生辰,不乏官家四处搜寻名鸟送去太师府,也就是前几年吧,太师府突然将府中鸟雀全都放生出去,说是因为戚公子讨厌鸟。"

陆瞳问:"他为何讨厌鸟?"

林丹青耸了耸肩:"不知道。"

陆瞳神情微敛。

倒是林丹青,这时终于反应过来,狐疑开口:"话说回来,你今日怎么一直向我打听戚玉台的事,这可不是你的性子。"

陆瞳平日在医官院中,除了看书制药,对别的事一概漠不关心,还是第一次对与做药无关的事追问这么多。

林丹青凑近,盯着她的眼睛缓缓开口:"莫非你……对他有意?"

陆瞳:"……"

"这可不行!"林丹青大惊失色,晃晃她肩膀,"且不论他人品如何,长得也实属平平无奇,哪里配得上你,陆妹妹,你清醒一点!"

陆瞳被她晃得头晕,只好道:"我没有……"

"我不信,你发誓!"

"我发誓……"

直到陆瞳再三与她保证绝不会对戚玉台起心思,林丹青方才罢休。

她复又坐回自己的位置,拿起刚刚吃剩的髓饼塞进嘴里,右手胡乱捏了个兰花指,道:"总之,我掐指一算,陆妹妹,你的正缘不在这里,那戚玉台不是良人,还是趁早断了念想吧。"

陆瞳:"……"

她有些好笑,不过被林丹青这么一打岔,方才沉郁的心情倒是荡然无存。

陆曈低下头，望着桌上白纸，眸中闪过一丝异色。

寒食散，灵犀香，画眉……

戚玉台的秘密，似乎比旁人想象的还要诡异。

因白日回来得早，医官院也没旁的事，这一日陆曈上榻的时候也比平日早一些。

到了夜里，林丹青与她看了一会儿医书，自己上榻睡去了，宿院里一片安静。

月光从窗外照进来，照亮桌上漏刻，陆曈从榻上起身，随手披了件外裳，拿起灯点燃，摸黑出了宿院门。

外头一片漆黑，夜霜凝结成露，惨白的月被游荡乌云吞没，天地仿佛变成一片望不见头的长渊，唯有手里的孤小火苗成了唯一一束亮色。人走过时，那点光束也随着人在夜色里忽明忽暗穿梭。

陆曈在一户门前停下脚步。

她推门走了进去。

一进屋，鼻尖便传来一股陈旧雾埃气息，伴随着浓烈墨香。她回身把门掩上，再端着油灯往里走。

微弱火光将屋内照亮。四面都是书架木梁，其上堆叠厚厚籍册，一眼望去，密密麻麻。

这是医官院存放病者医案的医库。上至后宫嫔妃皇亲国戚，下至各个大小官员，由医官院奉值行诊过后，皆会记录在册，存放于医官院的医库中。

戚玉台的医案也是如此。

陆曈擒灯行至一处木柜前，拿出钥匙打开木柜门，里头整整齐齐竖摞着一叠卷册。

陆瞳目光从一卷卷医案封皮掠过,须臾,在一处停了下来,伸手将医案从书架上用力抽了出来。

微弱灯火下,能看清封皮下三个模糊的小字:戚玉台。

戚玉台乃户部官员,原本他的医案并不能随意调看,好在陆瞳如今给金显荣行诊,金显荣也是户部官员,户部官员医案的柜子钥匙在她手中,正好便宜了她行事。

这是戚玉台的医案。

白日里她见戚玉台脉象奇怪,比起寒食散所积热亢之症,似乎还有长期使用凝神安志药物的影响,思来想去都觉此事有异。然而医官不可随意调看非行诊对象之医案,她只能趁夜里无人时来此翻找戚玉台的医案。

陆瞳拿着籍册,刚关上柜门,就听得吱呀一声。

门口传来一声轻响。

有人来了!

电光石火间,她猛地吹灭油灯,不动声色地将自己隐于重重书架之后。

院里院外一片死寂,天上的云渐渐散开,露出一两丝微淡白月,月光拉长着地上人影,又随着掩上的门重新消散。

那人悄无声息地进了屋,轻车熟路来到重重书架前。

陆瞳敛着呼吸,紧紧握着手中医案。

嗒、嗒、嗒——

脚步声不紧不慢,陆瞳感到对方正朝着自己一步步走来,不由摸索到袖中银针。

嗒、嗒、嗒——

声音越来越近，越来越重，眼看着再走一步就能瞧见书架后躲着的陆曈。

她握紧银针。

对方突然停下脚步。

紧接着，窸窸窣窣的声音响起，似乎是钥匙开锁的声音，接着又是一阵翻找。

陆曈谨慎地贴着书架，一架之隔，听着那人在屋里幽暗的动静。

又过了一会儿，对方似乎找到了自己想找的东西，关上柜门。

陆曈听到脚步渐渐远去的声音，伴随着医库门关上，四周再没了一点动静，唯有团团漆黑深不见底。

……是离开了？

她又在黑暗里站了一会儿，确定没再听到任何响动才彻底放下心来。

应当是走了。暗暗松了口气，她拿着灯与油案从书架后走出来。

才走出一步，一道冰凉的锋利抵住她咽喉。

陆曈眉心一跳。

漆黑的屋子里，窗隙只有一点微光，沉默地投在重重书架上，把书架后的两人照得像皮影戏中的暗影。

有人站在她身后，不知在此守株待兔了多久。

熟悉的兰麝香气从身后传来，伴随着对方平静的声音。

他开口的语气是与平时截然不同的冷漠："真沉得住气。"

陆曈一怔。

听见这个声音，她反倒放松下来，袖中淬了毒的银针收起。陆曈任由对方挟持着自己，不再反抗。

她道："裴大人，是我。"

屋中静寂一刻。

片刻后，抵在脖颈上的锋利渐渐放松下来，对方松开手。

陆曈转过身，摸索出火折子，将灯重新点亮了。

微弱光明照亮了书架后一小段，也照亮了对方的脸。

裴云暎站在木架前，似被突然的灯火晃得微微眯起眼，望着她道："陆大夫。"

孤灯冷月，良夜荒芜。四面书架，满室洪流般的籍册里，人也像是要淹没其中。

青年只穿了件简单黑衣，不似白日时明朗，显得幽寂冷峻，连目光也没了平日的温煦，平静晦暗如深海。

陆曈目光掠过他手中籍册，他手里拿着一本医案。

医库里的医案纵是医官也无法随意调看，何况裴云暎一介外人？可刚刚她分明听见裴云暎拿钥匙开锁的声音，且不论他是从何处得来的钥匙……他今日来此是为了一册医案？

手中燃着的油灯只能照亮一小段，医案上小字像是荡起的涟漪，从模糊渐渐有点清晰的影子，依稀可见……

还没等她看清楚，眼前骤然一黑。

双眼被人捂住了。

覆住她眼睛的那只手微凉，像雪花停留脸颊上那点微妙的痒意。

耳边响起裴云暎含笑的声音："还敢看？陆大夫真是不怕死。"

陆曈沉默。

须臾，那朵微凉的雪花从她双眼离开，眼前渐渐恢复光明，再抬眼时，裴云暎已将医案收回怀里了。

陆曈蹙眉。

她其实并不在意裴云暎过来做什么，大半夜跑到医官院医库来，总不会是为了散步。

431

此人身为殿前司指挥使,可先前雪夜追杀,宫中刺客,还有今夜的不请自来……桩桩件件,怎么看都不简单。

神秘,但也危险。

他俯身接过陆曈手里油灯,目光瞥过陆曈拿着的医案,微微一顿,道:"这么晚出来,陆大夫打算做什么坏事?"

陆曈:"这话应该是我问裴大人吧?"

同样深夜潜入医库,要说抓把柄,也算彼此彼此了。

他点了点头,望着她微微地笑道:"本来是想神不知鬼不觉的,谁知道会撞上你。"

"……怎么办呢,陆大夫?"

陆曈神色冷淡。

他离她很近。

方才捂她眼睛时,陆曈便被他逼得往后退了一步,脊背抵上书架,抬头,就是他那双幽黑的眼。

眉眼是极好看的,俊美又温淳,像是盛京春夜入梦而来的良人,影子都带了几分风月芬芳。

然而眼神却极冷,像有刺骨的雪藏于平静深海,只有从偶然荡起的涟漪,能窥见其匿下的冷峭。

陆曈平静地看着他:"裴大人想怎么样?"

她想起刚才黑暗里落在自己脖颈上那一线冰凉,那一刻她感受到对方身上传来的气息危险。

不是错觉。

裴云暎笑了一下,放下油灯,正欲说话,目光突然停在她身后的木架上。

那里,放着一只小小药瓶。

他拿过药瓶。

药瓶精致,灯色下隐约照亮瓶身上三个小字——雀静散。

裴云暎低头瞥过,待看清,神色忽然变得有些意味深长。

"这么危险的东西,怎么放这里?"

医官院四处都放有各种成药,方便随取,医库也不例外。

雀静散是哑药。宫中犯了错的下人,抑或主子为保守秘密常用此物。

这一瓶不知是谁随手放在这儿的。

"裴大人不妨有话直说。"

他看一眼陆曈,把药瓶在陆曈面前晃晃,向来明朗眸中毫无笑意:"陆大夫可知,皇城宫内,常用此物保守秘密。"

夜色如水,有微风吹来,油灯里一小团光也摇摇欲坠,像细弱微浪要淹没在黑夜海潮里。

陆曈冷冷盯着他。

他神色淡淡,不为所动。

须臾,陆曈突然伸手,一把夺过裴云暎手中药瓶,拔开瓶塞仰头灌了下去。

她动作太快,裴云暎也没料到,待反应过来,神情骤然一变:"你做什么?"

"裴大人不是让我喝了它吗?我喝完了。"

手腕被一把扣住,他怒道:"你疯了?"

陆曈微微皱眉。

"谁让你真喝了?"他方才的咄咄逼人荡然无存,神情竟有几分震怒与紧张,一把拽起陆曈的手往外走:"走。"

陆曈甩开他的手:"干什么?"

"找大夫。"

"我就是大夫。"陆曈往后退一步,"要我喝药的是你,要我找大夫的也是你。裴大人,你是在同我玩笑?"

他似有些头痛,声音不复方才淡然:"我不过是想要你知道此事机密……"声音骤然一顿,看向陆曈,"你怎么还能说话?"

雀静散服下顷刻生效,然现下已过几息,陆曈安然无恙。

裴云暎迟疑地看着她:"你刚才……"

"药瓶是空的。"

陆曈微微一笑,神色有些嘲讽:"雀静散是毒药,裴大人,你不会以为医官院会随手放置这样的毒药吧?"

那药瓶放在此处都不知多久了,是个空瓶,常进先前说过几日放些防虫蛀的香丸进去以免书简腐坏,谁知一直忘了这事。

闻言,裴云暎怔住。

陆曈道:"其实就算喝下也没什么,不过,"她仰头盯着裴云暎,"服毒的是我,殿帅何必紧张?"

她离裴云暎很近,裴云暎低头,对上陆曈认真的目光。

那双眼睛大部分时总是平静的,偶尔也会撞见其中汹涌波澜,以至于忽略这双眼睛本来的模样。不知是灯火的光太幽谧,还是盛京的春夜太温柔,那双眼眸澄澈如水,装满了真切的疑惑,如方才路过院落中时那片月光,脉脉照亮整个树林。

他顿了顿,倏然移开目光,冷冷道:"我可不想自找麻烦。"

这理由不算很好,但陆曈也没有继续追问了。

屋中静了一会儿,裴云暎回头看向陆曈:"如果那药瓶不是空的,你也会喝下?"

"会。"

他拧眉:"为何?"

"我相信,裴大人不会让我喝哑药。"

他盯着陆瞳,神色有些奇怪:"你很信任我的人品?"

"不是啊。"陆瞳轻飘飘地开口,"是我觉得,如果裴大人真担心我泄露秘密,会直接一刀杀了我,而不是给我一瓶哑药。"

"大人不会如此善良。"

裴云暎:"……"

他嗤地一笑,语气很淡:"听你说来,我十恶不赦了?"

陆瞳不答,只看向窗外,长空乌云彻底散开,一轮皎月垂挂梢头。

油灯里的灯只剩短短一截。

快四更了。

她提醒:"裴大人还不走吗?等下若有人察觉追来,我便只能说是你挟持于我了。"

裴云暎瞥她一眼,陆瞳站在那点微弱火光里,四面八方皆是黑暗,而她一身雪白中衣立于书架前,乌发如瀑落在肩头,孱弱苍白的模样,像从卷册里走出来的清丽女鬼。

看似温驯,实则凶险。

他便无所谓地笑笑:"那我就说我们是一伙的。"停顿一下,又看着她:"不过应当不会,至多以为你我私通。"

陆瞳反唇相讥:"大人放心,私通也不找你这样的。"

他嚯了嚯,像是被气笑了,又看了陆瞳一眼,转身往门外走去。将要走到门口时,忽又想起了什么:"对了。"

陆瞳抬眸。

"下次要藏,记得屏息。"

他像是故意气她:"呼吸声太明显,一进门就听见了。"

陆瞳:"……"

435

屋中重新陷入安静。

陆瞳握紧手里的医案。

早知如此,方才就应一针捅下去的。

不该手下留情。

春山夜静,四更天的长空没有一粒星。

院子里,黑犬趴在棚窝里,忽地睁开眼睛,直身竖起耳朵朝门口方向听了片刻,复又重新缩了回去。

殿帅府的书房里,有人进了屋。

屋中灯火通明,高柄铜灯里灯火明亮。

萧逐风坐在书桌前,听见动静抬起头,就见裴云暎闪身进了屋。

"找到东西了?"他问。

裴云暎伸手,从怀中掏出一册文籍丢他面前,一面脱去身上黑衣。

萧逐风接过文册,低头翻了几下,目光微动:"……竟然还在。"

裴云暎换完衣服,给自己倒了杯热茶,低头喝了一口,闻言道:"能交差了?"

萧逐风点头,又问:"去医官院没被人看见?"

喝茶的动作一顿,裴云暎盯着茶盏里沉浮的茶叶:"没有。"

萧逐风点了点头,又问:"陆医官也不在?"

年轻人蓦地抬眸:"问她干什么?"

他这反应陡然激烈,叫萧逐风也怔了一下,随即开口:"总觉得你每次都会和她在意想不到的场合见面,我以为以你二人孽缘,今日会撞见也说不定。"

说到此处,萧逐风倏尔一顿,狐疑看向他:"没见到就没见到,怎么一副做贼心虚样?"

裴云暎神色微变,像是被话中某个字眼蜇到,冷然开口:"你无不无聊?"又把茶盏往桌上一搁,"自己拿着东西交差吧。"转身走了。

萧逐风:"……"

他把那本籍册收好,冷冷道:"莫名其妙。"

……

昨夜的风惊动了医库里的人,惊动不了清晨的日头。

翌日天晴,风和日丽,堂前新燕绕着院门口的柳枝双双来去,春华竞秀。

清晨不必去给金显荣行诊,殿帅府那头也无事,陆瞳便起得晚了些。方梳洗完,就见林丹青背着个大包袱从门外进来。

陆瞳视线掠过她身后鼓鼓囊囊的行囊,问:"你要出去?"

林丹青点头:"是啊,今日旬休,我要回家。来医官院都两月了,我都没回去过,攒了两月的日子。"复又想起什么,瞪着陆瞳:"陆妹妹,你是不是忘了今日旬休了?"

陆瞳怔了怔。

医官使家在京城的,不必留宿院中,她与林丹青算是特别,夜里宿于宿院内。留宿医官使每月能多一两俸银,不过,她二人倒并不是为多俸银才留下。

陆瞳是为了接近戚玉台,至于林丹青,不得而知。

每月两日旬休是医官院的传统,自进入医官院后,各种事情纷至沓来,陆瞳没同常进告假,本想说攒着这月一起,却又因戚玉台一事耽误,此刻若非林丹青提起,她差点忘了这回事。

见陆瞳沉默不语,林丹青干脆过来挽住她胳膊道:"陆妹妹,要不你去我家吧?我家府邸很大,你同我回去,我给你看我养的金丝猫儿绣球。"

林丹青知道陆曈孤身一人在京,虽先前在西街医馆坐馆,可医馆少东家与陆曈到底非亲非故。旁人旬休各自归家,陆曈家又不在盛京,真要离开医官院,也没别的地方可去,倒不如随她一起回林家去。

　　陆曈回神,婉言谢绝:"不用了,我要回西街。"

　　"真的?"林丹青觑着她脸色,"你可别跟我客气!"

　　陆曈摇头。

　　再三邀请陆曈无果,直到林家的马车在门外催促,林丹青才扛着行囊出去了。她归家之心似箭,蹦蹦跳跳出门时,背影都透着欢喜,陆曈瞧着,不免也微微笑了。

　　笑着笑着,神色又淡下来,她起身,走到屋里木柜前,弯腰抱出一个包袱。

　　包袱扁扁的,没装什么东西。

　　林丹青入医官院前,带来的衣裳、零嘴、话本子一干七零八碎的东西,足足有五个大木箱,宛如迁居。陆曈却不同,除了几件衣裳和绒花,裴云暎送来的四只瓷瓶,杜长卿的本钱,就只有银筝偷偷塞给她的那一袋碎银。

　　那袋碎银她一角也没用,好好地保存着。

　　陆曈把包袱提起来,又背上医箱,打开屋门走了出去。

　　门外春色妖娆,晴日下风吹过,满树杏花飘扬似雪。她抬头,日头从头顶倾泻而下,晒得她微微眯起眼睛。

　　许久没回医馆了……

　　不知银筝他们现下如何?

第十三章

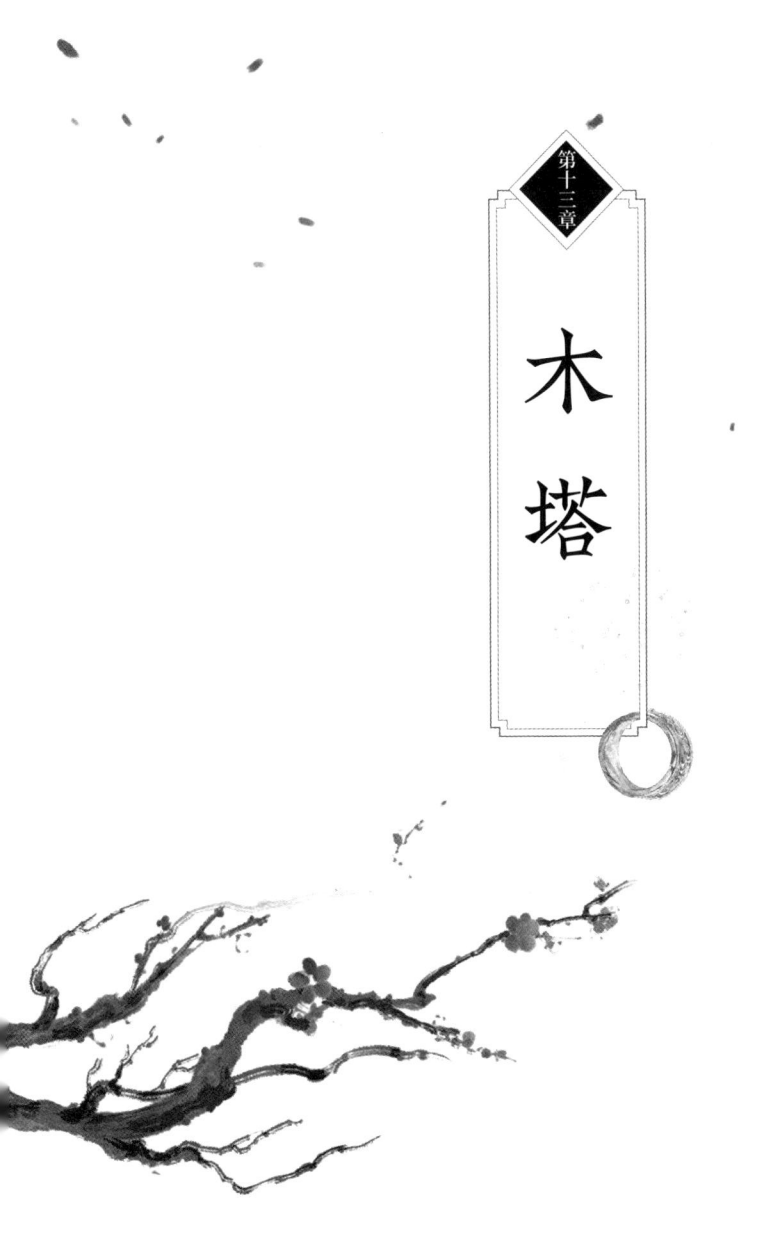

木塔

仁心医馆今日热闹得很。

一大早，杜长卿带着阿城去庙口戴记肉铺买肉去了。

银筝和苗良方在医馆里擦地，苗良方站在屋里，看银筝踩着椅子擦门外那块牌匾。

对街葛裁缝起来开门，见医馆里忙忙碌碌，多嘴问了一句："银筝姑娘起这么早，今儿是有客人要到？"

银筝站在椅子上回头，冲葛裁缝一笑："今日我们姑娘旬休回医馆！"

噢，原来是陆大夫回医馆！

葛裁缝恍然大悟，又看一眼正将药罐子摆出个花样的苗良方，没忍住嘀咕了一句："回就回呗，这么大阵仗，不知道的还以为新娘子回门。"

丝鞋铺的宋嫂从铺子里出来，白了他一眼："仁心医馆就是陆大夫的家，可不就是回娘家么！"

又走到医馆门前招呼银筝过来，把一篮新鲜的黄皮枇杷递过去："昨日我就听杜掌柜说陆大夫……不，是陆医官要回来了。孩他爹自己摘的枇杷，又甜又新鲜，拿回去洗洗给陆医官尝尝。"

银筝推却："这怎么好……"

"怎么还客气上了？"宋嫂急了，"别是做了官就瞧不上咱们这些

440

街坊，回头得了空，叫陆医官来咱们丝鞋铺里挑几双新鞋。"又拉着银筝小声道："陆医官进了皇城，认识的才俊不少，有合适的别光顾着孙寡妇，也给咱家小妹也留意留意呗。"

银筝干笑两声，好容易打发了宋嫂，那头苗良方又在叫她。

老大夫蹲在医馆门口，专心致志盯着柜台上摆得乱七八糟的药罐，谨慎开口："银筝姑娘，你说这个罐子究竟要怎么摆才合适？是摆成一朵花儿好，还是摆成四个字'欢迎回家'好？"

银筝："……"

葛裁缝说陆曈回医馆，弄出了新嫁娘回门的阵势，其实真差不了多少。

陆曈前两日托人回来说今日旬休要回医馆，一听到这个消息，仁心医馆就忙碌上了。

杜长卿提前拟了菜单，带着阿城去各处菜市肉铺扫荡，买鸡的买鸡，买鱼的买鱼，过年也没见这么隆重。

银筝和苗良方把铺子里瘸了角的木桌木椅修缮一新，那锦旗一天被阿城擦十遍，要不是银筝阻拦，杜长卿甚至连门口那棵李子树也要修剪一下。

陆曈不在的日子，似乎没人觉得少了一个人有什么。但当陆曈要回来时，众人的想念便如泄了闸的洪水，关也关不住。

日头渐渐升至头顶，杜长卿拎着两大筐菜肉满载而归，一头扎进厨房开始忙活。直到熬煮骨头的香气渐渐从小院飘到西街上空，直到对街的葛裁缝午饭都已吃过，医馆门口也没瞧见陆曈的影子。

杜长卿打发阿城去街口看了几次也没瞧见人，举着炒菜的铁勺站在门口李子树下，像是等女儿回门遍等不到的心焦老母亲，眉头紧锁："都什么时辰了，怎么还不回来？"

正说着,前方忽有动静声传来。

杜长卿精神一振,就见一辆破马车叮叮当当摇着,在医馆门口停了下来。

马车帘被掀起,从车上下来个背着医箱的年轻女子。

"陆……"杜长卿话没说完,身后银筝一把推开他,跑了过去。

陆疃才下马车,就被迎面一个人紧紧抱住。

银筝哽咽:"姑娘,您终于回来了!"

她怔了怔,犹豫了一下,伸手在银筝后背拍了拍。

苗良方扶着拐棍和阿城站在一处,杜长卿身上系着围裙,阴阳怪气觑着她:"这么晚?饭菜都要凉了,我还以为陆医官今日不回来了呢。"又翻了个白眼,"都领俸禄的人了,就不能雇辆体面马车,寒碜!"

陆疃无言一瞬。

人既回来,便没有在医馆门口干等着的道理。众人随陆疃一同往里去,里铺还是原来的样子,药柜桌子擦拭得干干净净,正门墙上那幅锦旗一如既往金光闪闪,药柜上头字画却变了。

一整幅绢纸垂挂着,依旧是银筝的簪花小楷,上头娟秀写着——阴晴圆缺都休说,且喜人间好时节。

陆疃盯着那句诗,听见走在前面的苗良方笑道:"小陆,你留的那几副方子,我照着先做了一方,虽然今年不能再卖春水生,医馆铺子各进项也不错。隔壁杏林堂没了,街邻都在咱们医馆瞧病,有时候我一人还忙不过来,好在阿城和银筝姑娘也能帮得上忙。"

杜长卿不乐意了:"这话说的,难道东家没有帮忙吗?别忘了谁给你们发的月给!"

他这话被众人默契地忽略掉了。

阿城挑起毡帘:"陆大夫快进来!"

陆曈便跟了进去。

小院似乎还是从前的模样,青石板被水泼洗得干干净净,泛着层苍绿,窗前梅树上挂着只红纱提灯。许是春日,银筝种在窗下的映山红全开了,艳艳缀在芭蕉叶下,一片烂漫红云。

银筝拉着陆曈进里屋看,笑道:"知道姑娘要回来,前几日我就把这屋里被褥洗了晒干重新换上,还去官巷花市买了两枝山茶——"

陆曈随着她手指方向看去,桌上白瓷花瓶里插着两枝新鲜山茶,草编盘子装满了黑枣、煮栗子和橘饼,还有一把不知是谁放的豆糖。

见陆曈看过去,银筝悄声道:"是阿城买的,说姑娘爱吃甜,特意去果子铺称了二两。"说着就递给陆曈一块:"姑娘尝尝?"

那块粗糙的豆糖躺在掌心,陆曈低下头,慢慢剥开糖纸放进嘴里。

朴实的甜意从舌尖化开。

陆曈有些恍惚。

幼时还在常武县时,陆谦每半月从书院下学归家,家中也是这般。爹娘早早准备陆谦爱吃的饭菜,陆柔把小院地扫了一遍又一遍,她倒没什么可做的,晌午用完饭后就坐在门槛上托着腮等。她知道晚霞占满整个山头,门前长街都被昏黄染透前,陆谦就会出现。

他总是会在黄昏前归家。

而陆曈总是会蹦跳着冲上前,绕着他的书箱打转,等着他从怀里掏出一把豆糖——他会给她带书院门口杂货铺里卖得最好的黄豆糖。

"……姑娘?"

耳边传来银筝的声音。

陆曈回过神,忽而觉出几分窘迫,迟疑地道:"我没有……给你们带东西。"

正往外走的杜长卿闻言脚下一个趔趄,险些没摔一跤,回头道:

"陆大夫,你上差脑子上出毛病了?说的什么胡话?"

苗良方推着杜长卿往前走:"少说两句吧,快快摆饭,别把小陆饿着了。"

阿城便雀跃地应了一声,去厨房端饭菜了。

银筝拉着陆曈去小院石桌前坐了下来。

说来奇怪,从前陆曈与银筝住在此地时,时常觉得冷清,如今人一多,竟还觉出几分狭窄。

杜长卿和阿城端出饭菜,满满当当摆了一桌子,都是些什么"酒蒸羊""红熬鸡""蜜炙斑子""元鱼烧鸡"之类的肉菜,一看就知是从食店里买的现成的,唯有最中间那碗炖得稀烂的棒骨汤像是出自他手。

银筝夹了一个大青团子放到陆曈碗里,笑眯眯道:"前几日清明做青团,本想说送几个到医官院让姑娘也尝尝,苗叔说医官院的厨房都有,就没去,还好姑娘回来了。"她道:"今年青团是大伙一起做的,孙寡妇送来的新鲜艾叶,姑娘快趁热尝尝!"

青团碧清油绿,像只青涩果子,陆曈低头咬了一口,又糯又甜。

她道:"很香。"

杜长卿见她夸赞,适才得意开口:"废话,自家做的当然比那什么医官院做得好。我就说了,那皇城里也不是什么都有的!"

阿城撇嘴:"不信。"倒了碗青梅羹推到陆曈跟前,仰头好奇问道:"陆大夫也给我们说说医官院什么样子呗。里头的床软不软?你们每日吃什么?那些大人平日里用什么香?有什么乐子事听听?"

杜长卿一巴掌拍他头上:"你就知道乐子!"

阿城捂着头怒视他:"东家,苗叔说了打头会长不高的!"

小孩儿心性总是好奇,陆曈笑了笑,一一耐心地答了。

话毕,众人纷纷点头,陆曈想问问仁心医馆近来如何,才一出口,杜长卿便拍胸脯说了起来——

"……那当然是好得很了。虽然你不在，医馆每日照旧热闹，老苗按你方子做的那方新药卖得好，进项多得我都不耐烦记账。"

"……前几日屋顶漏雨，找人来修了修，觉得这铺子也有些年头，放药窄得很，想搭钱再往旁边扩扩。你回来得正好，替我瞧瞧扩多大合适？"

"……老苗？老苗如今不得了，他长得老，怪会唬人的，来找他瞧诊的人比找你的还多。可见老树皮也能有再一春。"

"银筝就不提了，吃我的住我的，说两句还常不乐意，要不是你的人，我早就好好教训她一番，叫她知道什么叫尊重东家。"

"……阿城过了年也不小了，银筝平日里教他识字什么的，我估摸着要不行也学吴秀才，让他上上学堂，万一考中了，我就能多个当官的儿子孝敬，白享清福……"

"反正一切照旧，发不了财也饿不死，你要是在医官院干不下去了还能回来。看在咱俩以前的交情上，施舍你个坐馆大夫当当……"

他絮絮叨叨说了许多，其间夹杂着阿城的打断和苗良方的反驳，抑或银筝的讽刺，略显嘈杂，却又如这四月春日里照在人头顶的日头，暖洋洋晒得人安心。

这顿饭吃得很长。

杜长卿又是第一个醉倒的。

阿城扶着大少爷提前回家去了，苗良方倒是还想和陆瞳多说几句，奈何前面铺子有人来瞧诊，耽误不得，便也只能先去瞧病——没了杏林堂，西街独一家的医馆就显得珍贵起来。

陆瞳和银筝收拾完残羹剩炙，又坐着歇息片刻，日头渐渐西沉，门口的李子树被晚风吹得唰啦啦作响，霞色斜照过房瓦，铺满整个小院。

445

银筝陪着陆瞳在院子里坐了会儿，直到苗良方进来催促，说天色晚了要关门，让银筝去前头清点今天剩下的药材，银筝才出去。

院子里便只剩下陆瞳一人。

日头落下，渐渐光线暗了下去，天却隐隐亮了起来，银蓝长空上出现个浅浅弯月，薄薄挂在梢头，随着天边的浮云聚散微明微暗。

陆瞳低着眼坐着。

她在医官院待了几个月，每日给人行诊做药，采红芳絮也好，给金显荣施针也好，内心总是无波无澜，似汪死水。

然而一进仁心医馆，便如这死水也得了一丝生机，那是另外一种截然不同的宁静，仿佛风筝在漫无天际的长空与人间得了一丝细细的线，看不见摸不着，却又彼此牵连。

身后传来响动声。

银筝挑开毡帘，走到院中梅树下，将挂在梢头那盏红纱灯点亮，小院就有了点金红色的光。

苗良方跟在她身后："小陆。"

他踟蹰着，扶着拐棍的手紧了又松，银筝看看陆瞳，又看看苗良方，倏地一笑："厨房里还有些药材，我先过去收拾一下，省得夜里被老鼠抓了。"话毕，自己端着盏油灯走了。

苗良方松了口气，拄着拐棍一瘸一拐走到石桌前，在陆瞳对面坐下来。

"苗先生。"

陆瞳望向苗良方。

几月未见，他胡子留长了些，洗得干干净净，修剪成山羊须形状。穿件阔袖宽大褐色麻衣，麻布束起发髻，不见从前佝偻，多了几分疏旷。

的确像位经验丰富、性情分明的老大夫。

陆曈便笑了笑："苗先生瞧着近来不错。"

苗良方也跟着笑，有些感慨："是挺好。"

当年被赶出医官院，他多年不曾也不敢行医，未料有生之年还有施诊的机会。西街街邻不知他往事，他在医馆里为人行诊，有时见病人贫苦，他便不收诊银，杜长卿见了也只是睁一只眼闭一只眼。

令人唏嘘的是，多年以前他一心想通过春试进入翰林医官院，偏偏在如今潦倒一无所有之时，方才得行祖上多年之教诲——不可过取重索，但当听其所酬。如病家赤贫，一毫不取，尤见其仁且廉也。

世事弄人。

收回思绪，苗良方看向陆曈，神色有些担忧："小陆你呢……进了医官院后，可有被人为难？"

平民医工初进医官院会受到什么样的区别待遇，苗良方比谁都清楚。当年的他亦有不平之心，何况陆曈这样的年轻姑娘。

"没有。"陆曈摇头，"医官院一切顺遂，并无他事发生。"沉默了一下她才继续说道："只是答应苗先生的事，现下还无法兑现，初入医官院，行事不好冒险。"

她说的是对付崔岷一事。

闻言，苗良方连连摆手，急道："我就是想同你说，你一个姑娘家做此事太过危险，当初之事和《苗氏良方》……都不强求了。"

或许人安逸日子过得好了，便会感谢上天垂怜，对于"仇恨"与"不甘"也会冲淡许多。如今在仁心医馆寻到安定，对于往事也释怀几分。他想，崔岷虽然夺走《苗氏良方》改成《崔氏药理》，可说到底，那药方传给天下医者，也是造福百姓。

此恩通天地，便不必计较芳垂万世的那个人究竟是谁，而陆曈也不必为他一己之私断送大好前程。"

陆瞳默然。

过了一会儿，她才慢慢开口："答应先生一事，我一定会做到，这是当初你我交易的条件。"

"小陆……"

"其实我今日回来，还有一事想请教苗先生。"陆瞳打断他的话。

苗良方一愣："何事？"

整个西街陷入沉沉夜色，风从更高处刮来，把梅树上挂着的红纱灯笼吹得摇摇晃晃，拉扯着地上凌乱树影。

陆瞳收回视线。

她道："苗先生当年在医官院做院使多年，医库中各官户记录在册的医案应当都已看过。我想问苗先生，当今太师戚清府上嫡出公子戚玉台……过去曾有视误妄见、知觉错乱之症吗？"

苗良方怔住。

四周阒然无声。

良久，苗良方开口，望向陆瞳的目光满是疑惑："小陆，你问这个做什么？"

陆瞳沉默。

那一日在医库中，她见到了戚玉台的医案。戚玉台早已及冠，医案记录之言却寥寥无几，或许是因过去多年身体康健。

然而五年前的深夜，他却请医官院院使崔岷出诊。医案记载戚玉台是因肝火炽盛而郁结成积，相火内盛以致失调，崔岷所开药方也皆是些疏肝解郁、滋阴生津之材。

但陆瞳却瞧见其中还有一些别的药材，多是宁心安神一类。

戚玉台这份医案写得极为简略，几乎没有任何病者情状记录，只有简单几句结果。在那之后近半年，戚玉台又请崔岷为他行诊几次以固根本，但所用药材亦是多以镇定去癫为主。

加之先前在司礼府，戚玉台自己也亲口承认多年使用灵犀香安神。

桩桩件件，倒像是长期为稳癫症之行……

然而医案记录有限，此等秘辛又无旁人知晓，她便只能回医馆向苗良方讨教。

陆瞳抬眼："苗先生，能告诉我吗？"

苗良方哽了一下。

这位年轻医女精通各类毒物药理，身份神秘成谜，杜长卿与她相处甚久对她也几乎一无所知。还有银筝，素日里同西街一众街邻谈天说地，唯独对陆瞳的事守口如瓶，不发一言。

她怀揣秘密而来，没人知道她想做什么，来到西街不到一年，扶持医馆，制售药茶，参加春试，进医官院，到最后临走时，还不忘安排仁心医馆各人今后归处。

但其实她今年也才十七岁而已。

若他自己有女儿，如今也当是这个年纪了。

苗良方叹了口气，道："没有。"

陆瞳一怔。

"我离开医官院之前，不曾听说戚玉台有癫症癔病，抑或视误妄见、知觉错乱之症。"他说得很肯定。

陆瞳微微攥紧手心。

没有。

那些医案上的安神药材和长期使用的灵犀香……若无此症，何须长年调养？

何况她当日曾摸过戚玉台的脉，脉细而涩，是血虚神失所养，倒不

449

像是因服用寒食散所致。

只是单看戚玉台言行举止，确与寻常人无异。

莫非……是她想岔了？

正想着，耳边传来苗良方的声音："不过你这么说，倒是让我想起一件事。"

"先生请说。"

"我离开医官院时，戚玉台还是个半大孩子，他的事我不甚清楚。但是十多年前，我曾给戚玉台母亲行诊……他母亲，是有妄语谵言之症。"

陆瞳猛地抬头："什么？"

苗良方道："那是很多年前的事了。"

那时苗良方刚当上医官院副院使不久，他医术出众，颇得皇家人喜爱，不免有几分得意。朝中老臣有个头疼脑热的常常拿帖子来请他，有时候忙起来了，也不是人人都能请得动的。

有一日苗良方接了个帖子，是戚清府上的。

当年戚清还不如现在这般权倾朝野，戚家人来得急，只说戚夫人病重，请苗良方赶紧去瞧瞧。苗良方便提起医箱匆匆去了戚府。

戚夫人是戚清的第二任妻子。

戚清早年间有位夫人，身体不好，早早就去了，也没留下一儿半女。戚清直到中年才娶了这房继室，是礼部尚书仲大人的小女儿，比戚清小了近二十岁。

仲小姐年轻貌美，嫁与戚清后，很快诞下一子一女，颇得戚清宠爱。

苗良方就是在那时见到的戚夫人。

"那位戚夫人很奇怪。"苗良方回忆着当日画面，"她躲在屋中不愿见人，神思恍惚，我辨症摸脉，见她应已提前服用过安神之药，体虚无力,但我一靠近,她就浑身战栗,面色惊惶。"

当时的苗良方觉得有些不对。戚家人说戚夫人是因为受惊所以情志失调,之所以找他来,是想着他医术超群,能将戚夫人治好。

他行诊时,戚家下人一直在屋内盯着,后来苗良方寻了个机会将几个下人打发出去,细细观察那位戚夫人,终是察觉出哪里不对劲来。

那位戚夫人对着身侧窃窃私语,然而身侧并无他人,又说听见伶人奏乐,欢欣鼓掌。

苗良方瞧得暗暗心惊。

此等妄闻幻见之症,分明是癔症。

无缘无故的,戚夫人怎会得了癔症?

他不敢惊动他人,装作疑惑回到医官院,说要翻翻医书。谁知第二日,戚府的人送来帖子,说戚夫人有所好转,不用他继续治了。

"好了?"陆曈蹙眉。

"谁知道呢?"苗良方叹了口气,"我后来没再见过她。"

但他那时年轻,心中终是牵挂病者,对戚夫人业已痊愈的说辞将信将疑,于是在医库里遍寻医书医案,试图找到一点医治癔症的办法,直到一位老医官找到他,对他说了一则有关戚夫人的秘辛。

陆曈问:"他说了什么?"

"他说……"苗良方沉默了一下,才慢慢说道:"戚夫人早逝的母亲,当年也曾犯过呼号疾走、状若癫狂之举。"

那位忠厚的老医官拍着他的肩,眼底是诚挚的劝慰,叮嘱他道:"副院使,不要再插手此事了,医官院不比外头坐馆。有些人能治,有些人,治不得。"

老医官还乡去了,留下苗良方在医官院中反复思量这句话。后来他听说那位年轻的戚夫人积郁成疾,不久就病死了。再然后他被赶出医官院,这些显贵之家的秘辛传言,与他不再有半分关系。

没想到今日会听陆曈提起。

苗良方看着陆曈:"小陆,你这样问,可是那位戚公子出了什么事?"说着神色一变,"难道他也……"

陆曈怔忪片刻,像是明白了什么,低头恍然一笑。

她声音很轻:"苗先生也知道,若一家中有亲辈患不慧健忘、妄闻失调之症,其子女或有极大可能传其癫症,或早或晚,总会发病。"

苗良方面皮抖了一下,问:"戚公子也发病了?"

陆曈摇头:"现在没有。"

长年使用昂贵的安神灵犀香,医官院那些写得模模糊糊的医案,他虚浮的脉象……

她现在有些明白了。

看来,戚清很怕这个儿子走上与其母亲相同的道路,才会从小到大谨小慎微以安神之方养着。

偏偏戚玉台爱上了服散。

真是可笑。

苗良方愈发不解:"那你为何突然提起此事?"

陆曈与太师府素无渊源,突然打听起戚玉台的事。当年他做副院使时,尚有老医官对他谆谆提醒,如今陆曈刚入医官院……他是不知陆曈要做什么,但心里总觉不安。

"小陆,你不会和太师府有什么过节吧?"

陆曈抬起头,看着苗良方笑了。

"只是对医案有些不解之处,所以来问问苗先生。先生放心,"她神色平静,"我只是一介普通医官,人微言轻,能做得了什么。"

这话倒是事实,戚家权势滔天,陆曈这样的小小医女,恐怕连见上对方一面也难，实属天渊之别。

苗良方稍稍放心了一些。

"不过，"陆瞳顿了顿，"苗先生可知戚玉台讨厌画眉一事？"

"讨厌画眉？"苗良方一愣，"没听说啊。他爹当年不是爱养鸟吗，府上专门请了鸟使来料理，有时候一只鸟儿开支抵得过平民一家一年，奢侈得很哪。"

陆瞳点了点头。

也是，苗良方十年前就已离开医官院，然而戚玉台医案记载崔岷为他头次行诊，是五年前的事。那时苗良方已经不做院使，自然无从得知。

又说了一阵话，苗良方问了些陆瞳在医官院近来境况，见天色实在不早，适才拄着拐杖回去了。

陆瞳起身回到屋里，银筝正在床边收拾箱笼。

听见动静，银筝回头看了一眼："姑娘，苗先生回去了？"

陆瞳嗯了一声。

"正好，我给你做了两条新裙子，还有几朵绢花，你试试。"银筝说着，从箱笼里捧出几条崭新衣裙。

陆瞳看去。几条衣裙都用的是好料子，虽算不得奢侈金贵，一眼看过去工艺也用心讨巧。

银筝笑道："葛裁缝前几月进了好多新料子，我瞧着都很适合你，就自己画了样子，挑着颜色嫩些的让葛裁缝做了几条。"

"……还有两双丝鞋，是在宋嫂铺子里买的，姑娘你试试。听说医官院每日穿的都是同样颜色的衣裳，那有什么可看的，平白浪费一张脸。"

她像只喜鹊般叽叽喳喳，拿着衣裙在陆瞳身上比画，眉梢眼角都是笑意,丝毫不见当初陆瞳离开时因银票与她置气的低沉。

想到那一袋碎银,陆瞳神色柔和下来,她问:"怎么做了这么多?银子还够不够?"

"够的!"银筝声音也透着股飞扬,"杜掌柜如今赚了银子,可大方了,每个人的月给都添了,我素日吃住都在医馆,也用不着什么钱。而且这哪算多呢?要不是怕姑娘进医官院胖了瘦了,尺寸与过去不同,担心不合身,我还得多做几条呢。"

她把那件绣花绢纱裙在陆瞳背后比量一下长短,满意地点了点头:"姑娘明日不是要去王妃……不对,是裴小姐府上行脉吗?届时穿这件新裙子正好。"

陆瞳一顿。

此次旬休,除了回医馆瞧瞧银筝他们,她还得去见一见裴云姝。

有段日子没见裴云姝母女,宝珠该换新药,小儿愁之毒虽已解去大半,但宝珠年幼,之后还应继续调养。

她本来是这般打算的。

不过……

陆瞳低下眼。

除此之外,似乎又有别的事要忙起来了。

翌日清晨,晴空万里。

东坞巷裴府,一大早,院子里就响起小孩哭声。

仆妇匆匆进屋,抱起摇篮里的小姑娘轻轻摇晃,边叮嘱其他人将窗户打开透气。

院子里杜鹃花丛下,站着个穿鹅黄色软缎阔袖长衣,下着玉色罗裙的年轻妇人,一张温柔脸蛋,眉眼甚丽,格外温柔可亲。

听见哭声，妇人放下手中浇花的大勺，径自往屋里走去，直到接过仆妇手中的婴孩，原是尿了，又是一阵手忙脚乱地换尿片，焦头烂额的模样瞧得一旁两个丫鬟都有些忍俊不禁。

这妇人是昭宁公嫡长女裴云姝。

当初裴云姝与文郡王和离后，并未回裴府居住，裴云暎在自己宅子边为她买了一栋宅子，裴云姝便搬了进去。

这宅子虽比不上文郡王府豪奢气派，却自有精致雅丽。裴云暎又为她安排了护卫仆妇，府中人手不缺，加之裴云暎就在一墙之邻，凡事有个照应，裴云姝住着竟比未出阁前还要自在。

裴夫人江婉先前还来过，委婉地劝说裴云姝一个和离之妇，应当归家以免外人闲话。不过，自打后来裴云暎的侍卫当着江婉的面将裴家下人扔出门外后，江婉也就不再来了。

无人打扰，日子就清静了不少。裴云姝带着女儿住在此处，瞧着宝珠一日日长大，心中比任何时候都要满足。

正哄着怀里的女儿，门房来报："小姐，仁心医馆的陆大夫来了。"

裴云姝闻言一喜："快请陆大夫进来！"

陆曈刚到裴府，就被婢女带了进去。

引路的是裴云姝身边的芳姿，芳姿笑说："小姐昨夜听说陆大夫要来，今日一大早就起来等着了。"

绕过门廊池塘，方走进院子，就见花架下有人笑着唤了一声："陆大夫！"

陆曈抬眼。

裴云姝把怀里的宝珠交给身边嬷嬷，笑着道："总算来了。"

陆曈颔首："裴小姐。"

裴云姝便拍了一下她的手，假意嗔怪："又叫错了，不是说了叫我姐姐就行。你救了宝珠的命,此恩同父母,何故与我见外。"又拉着陆曈的手去看嬷嬷怀里的小姑娘:"你瞧,是不是大了不少?"

陆曈朝襁褓中的婴孩看去。

小孩儿一天一个样,她还记得宝珠刚出生的模样,像只瘦弱未长成的小猫,如今不过大半年,已然饱满白胖如年画娃娃。她生得随母亲,皮肤雪白,一双乌黑眼睛又大又亮,盯着陆曈的目光满是好奇。

陆曈忍不住伸出一只手,宝珠胖乎乎的小手也伸过来,一把抓住她手指,像是也为这胜利得意,咯咯咯地笑起来。

陆曈微怔。

那只手很柔弱,软绵绵的,努力地、费劲地攥着她,却像是猫儿爪子拂过人心上,再冷硬的人也会为之动容。

她医治过不少人,见过生也见过死,然而或许是因这新生与她有关,亲眼见证一粒细弱种子破土抽芽,茁壮成长时,心中总觉微妙。

耳边传来裴云姝的笑声:"宝珠很喜欢你。"

陆曈收回手,望着婴孩漂亮的小脸:"她长得像云姝姐。"

裴云姝面上的笑容就更大了些:"大家都这么说。"又看向陆曈,想了想道:"若是她长大之后能生得如陆大夫一般好看聪慧,我也就知足了。"

陆曈汗颜:"云姝姐说笑。"

"是真的。"

裴云姝让嬷嬷带宝珠去晒会儿太阳,自己拉着陆曈在小桌前坐下:"先前知道你春试得了红榜第一,我心中为你欢喜。本想带礼登门恭贺,奈何宝珠年幼离不得我,我也不好带她一起出门,便只能托人给你送去贺礼……但总觉过意不去。"

陆曈摇头:"云姝姐无须放在心上,况且那些贺礼已经很丰厚。"

"又哪里及得上你救命之恩万分之一。"裴云姝说着，又笑起来，"后来我就想罢了，等你旬休得了空再来寻你。总算盼得了日子，今日你就留在这里，我叫厨房做了些好菜，也算是隔了这样久与你的庆贺，可好？"

她盛情难却，陆瞳遂道："好。"

裴云姝高兴起来，不过很快，她又想起什么，转头往身后瞧去。

陆瞳："怎么了？"

"奇怪，今日阿暎休沐，我前几天叫人与他说，今日一起坐下吃顿饭。还打算要他在医官院中多照拂你几分。医官院和殿帅府隔得不远，你刚进去，难免有不熟悉的地方，他离得近，照应一下也是应该。"

"刚才我让人去叫了，"裴云姝疑惑，"怎么现在还没回来？"

裴云姝派去的下人回来说，裴府侍卫称，裴云暎昨天夜里出门去了，似有公务，到现在未归。

裴云姝便点头："原来如此。"语气有些遗憾。

陆瞳倒并不在意，她今日过来，本也要先为裴云姝母女诊脉。又说了几句话，便先去瞧摇篮中的小宝珠。

说来庆幸，当初宝珠出生九死一生，情势凶险，看着令人担忧，然而此祸一过，似乎真应了否极泰来一说。小儿愁似没在小姑娘身上留下任何影响，她逐渐由孱弱长得壮实，虽然因早产显得比同龄婴孩略小一些，身体却健康有力。

被陆瞳摸着手，宝珠黑亮的眼睛便一眨不眨盯着她，并不怕生的模样。

陆瞳与裴云姝说了宝珠的近况，裴云姝悬着的心暂且放回肚里，又连连感谢上苍保佑，说得了空闲一定得去万恩寺捐些香火。

见宝珠无甚大碍，陆瞳又给裴云姝诊脉。

比起宝珠，裴云姝反而需要调养的地方更多。

当初因中小儿愁之毒，裴云姝不得已催产，产时失血耗气，营卫两虚。后来生下宝珠，又担忧宝珠身体，其中还伴随着与文郡王和离、搬离郡王府，大约操心之事太多，忧思过重，血虚营分不足，卫虚腠理不固。

陆疃就给她开了些扶气固卫、养血调和的方子。

这一忙活，半日就过去了。

到了晌午，快至用饭时，裴云姝拉着陆疃去厅堂，笑道："家里人少，饭菜简单，陆大夫不要嫌弃。"

陆疃便随她在桌前坐下来。

和在仁心医馆不同，陆疃回一趟医馆，杜长卿满桌大鱼大肉，生怕把人饿着。裴府的吃食却要精致许多。

有菊花与米合煮成的金米，盛在巴掌大的青瓷碗中，颜色粒粒分明。有煮得嫩嫩的豆腐羹，清淡又滋味丰富。笋鲊、脂麻辣菜、冻三鲜、金橘水团……肉菜也有，白炸春鹅、个煎小鸡都是用草做的碟子装着，上面点缀些时鲜花朵。

每样分量不多，卖相却很漂亮。

裴云姝给陆疃盛了一碗姜橘皮汤，有些不好意思地笑道："我不会下厨，从郡王府带出来的丫鬟也不会，府里的厨子原本是在酒楼里做菜的，被阿暎替我请了回来。我也不知你爱吃什么……"忽而又想起什么，把一碟点心挪至陆疃面前："对了，陆大夫尝尝这个。"

粉色荷花盛在翠绿荷叶状的瓷碟中，花叶舒展，如新摘清荷般，总让人想起夏日池边的晚风。

陆疃一怔。

是荷花酥。

裴云姝的声音从耳边传来："……陆大夫趁热尝尝，阿暎说你喜欢吃这个。"

陆曈握着筷子的手一顿："裴大人？"

裴云姝笑起来："我实在不知你喜欢吃什么，那天正犯愁拟着菜单，恰好阿暎过来看宝珠，就顺嘴问了他一句。本也没指望他知道，不承想他还真说了出来。"

她看向陆曈："陆大夫真喜欢吃这个？"

沉默一下，陆曈点头："嗯。"

"那真是太好了。不过……"裴云姝有些奇怪，"他怎么知道陆大夫喜欢荷花酥，你同他说过？"

陆曈想起南药房的那天夜里，自己藏在库房中，吃完了裴云暎带来的那篮荷花酥。

其实那篮点心究竟什么味道，她已经忘了，当时又累又饿，只管填饱肚子，并无心思细细品尝，依稀觉得是甜的。

陆曈回过神，温声回答："许是之前在郡王府时与裴大人提起过。"

裴云姝点头，望着陆曈，语气似有深意："这样看来，陆大夫与我们家阿暎还是很熟的。"

下一刻，她凑近，眼里闪过一丝狡黠："不过都过去这么久了，怎么没见你那位未婚夫呀？"

陆曈："……"

她默默夹起一块荷花酥，决定以缄默回避这不知如何回答的问题。

这顿饭吃得很是艰难。裴云姝也不知怎么回事，突然对她素未谋面的"未婚夫"抱起十二万分的兴趣，旁敲侧击地打听起来。这人本就由她杜撰而来，只能含糊应付过去，一顿饭吃得脑子生疼。

待用完饭后，宝珠已睡下。这个年纪的小孩儿一日除了短暂地玩

459

儿,大部分时日都在吃睡。

陆曈见还有些时候,裴云姝饭间曾提起近来总是腰痛,便让她进屋里去,俯卧在床,在她腰臀下肢按揉放松,后又取穴位用先泻后补法针刺。

待这一干事务做成,裴云姝腰痛果然减轻了许多,陆曈又开了些汤剂方子嘱咐芳姿。

忙起来总不觉时日流逝,此时太阳渐渐西沉,又到了黄昏,残阳照着外头一片暖红,宝珠也从睡梦中惊醒,咿咿呀呀地找奶娘去。

屋子里点上灯,裴云姝觉出冷,进屋换了件厚实些的锦衣出来,一眼就瞧见陆曈背对着她站在厅堂挂画前看得认真。

裴云姝走过去,跟着看向墙上挂画,问:"好看吗?"

陆曈点头:"好看。"

其实她不懂书画,幼时只听父亲说过,古人云,画人最难,次山水,次狗马,其台阁,一定器耳,差易为也。什么"画有八格",什么"意得神传",她听得一知半解,似懂非懂。

她从来静不下心品味这些山水意境,还不就是张画儿?

因此每每瞧见陆谦、陆柔说得头头是道时,她总万分不耐烦。

但后来一个人在落梅峰待得久了,性子渐渐被磨平,有了大把空闲时间,渐渐也能品出一二。

陆曈盯着墙上的画。

绢素匀净,墨色清晰,其间画着个身穿淡色长裙的少女倚窗作画,窗下一片花丛,蝴蝶翻飞。画上少女低眉拭泪,满腹心事难言,笔触极为灵动逼真,真有"还似花间见,双双对对飞。无端和泪拭胭脂,惹教双翅垂"之意。

"这是我母亲所作。"

身侧传来裴云姝的声音。

陆瞳有些意外。

先昭宁公夫人?

她对这位昭宁公夫人的印象,仅仅停留在杜长卿和金显荣嘴里那位在叛军手里被夫君抛弃的妇人一面。

裴云姝望着绢画,怔了半晌才道:"我母亲很爱作画。"

"我和阿暎小时候,每年新年,她都会画一幅全家的画放在家里。"

"后来她过世了,府里的画全都跟着一同随葬,我偷偷藏了一幅,江氏进门,画不好挂在家里,我进文郡王府,又唯恐下人养护不周伤了画卷。倒是如今开府另过,能大大方方挂在此处,无惧旁人闲说。"

陆瞳轻声开口:"夫人画得很好。"

裴云姝拢了拢衣裳:"其实阿暎也画得很好。"

"裴大人?"

裴云姝莞尔:"阿暎的丹青是我母亲亲自教导,书院的先生也交口称赞……"顿了一下,她才道:"不过母亲过世后,他就不再作画了。"

话至此处,语气有些伤感。

陆瞳默然。

看上去,裴云姝姐弟与先昭宁公夫人感情极好。

正说着,芳姿走进厅堂:"夫人,世子回来了。"

裴云暎回来了。

陆瞳顺着芳姿目光看过去。

天边最后一点晚霞余光散去,花明月暗,庭院风灯次第亮起,一道挺拔身影穿庭而过,渐渐地走上前来。裴云暎穿件朱红色的连珠对羊对鸟纹锦服,一张俊美的脸,却在昏暗处显出几分肃杀。

待走近,随着灯火渐渐明亮,那点肃杀便也慢慢褪去,青年眸色温柔若和煦长风，脉脉拨弄一洇春水。

裴云姝朝他笑道："才说你呢，就回来了，今日不是休沐，怎么回来得这样晚，都没赶得上用饭。"

裴云暎不甚在意地回道："有公务在身。"又瞥了陆瞳一眼，唇角微弯："陆大夫也在。"

语气有些疏离。

陆瞳不言。

他又笑了笑："刚才说我什么？"弯腰去逗被奶娘抱在怀里的宝珠。

宝珠抓住他的手指，试图往嘴里塞，被裴云暎阻止。

裴云姝道："也没什么。你回来得正好，陆大夫等会儿要回西街，姑娘家一个人走夜路危险，你既回来了，就由你送送人家。"

"不用。"陆瞳道。

话一出口，裴云姝与裴云暎同时朝她看来。

陆瞳神色自若："我有话想对裴大人说。"

裴云姝愣了一下。

裴云暎侧首，漆黑的眼眸安静凝着她。

过了一会儿，他直起身，松开逗宝珠的手，对陆瞳道："你先去书房等我。"

陆瞳："好。"

芳姿带着陆瞳去裴云暎书房了，裴云暎也回去换衣裳。厅中只剩下裴云姝和婢女。

裴云姝后退几步，在椅子上坐下，忽然想起了什么，问身侧嬷嬷："阿暎刚刚说，让陆大夫去书房等他？"

嬷嬷道了声是。

"奇怪……"裴云姝疑惑地眨了眨眼。

裴云暎一向不喜人进他屋子,他的书房连裴云姝也没怎么进去过,唯恐里头装着什么朝堂公文,生怕误事。

但裴云暎居然就这么让陆曈进去了?

且不提那盘荷花酥,莫非二人之间……还有些什么她不知道的事不成?

裴云暎的宅子与裴云姝的宅子仅一墙之隔,倒是走不了几步。

只是在陆曈看来,这府邸看起来就比裴云姝的那间宅子冷清了许多,人走进其中,便觉出一层清幽冷寂。

芳姿带着陆曈穿过台阶门廊,绕过小院,在书房前停步:"陆姑娘请进,世子稍后就来。"说完,她就垂首离开了。

陆曈推门走了进去。

这书房很简致。靠窗处有书桌,屋内偏东则放着张案几,上头摆着书灯、熏炉、砚山笔墨一类。靠近书案处又有博古架,上头陈列着些古玩器皿,还有一盆水仙盆景。

屋内简逸随性,比起戚玉台司礼府的穷极豪奢,实在古朴得过了头,与裴云暎素日里华美皮囊截然不同,透着股冷冽。

陆曈往屋里走了几步,见屋中最深处放着一张极小的圆桌案,上头高高重叠着一堆东西,不由走近一看——

原是一座小塔。全是由木头削成指头大的丸子,不算方正,却也圆融,一粒一粒从下往上搭成一座小塔,巍巍峨峨,一眼望上去颇为壮观,若不凑近看,还以为是故意凑成的盆景。

陆曈瞧见最上头那粒木头小块儿不知是被风吹斜了还是怎的,半粒都挂在塔尖外头,摇摇欲坠,像是下一刻就要崩塌,想了想,便伸手想要将那块塔尖的木头往里推一推——

"别动。"

哗啦!

青年阻止的声音与木塔倒塌的巨响几乎同时响起。

高大木塔瞬间破裂,如冰封一整个严冬的瀑布得了纾解,陡然奔泻而下,轰然流了满地。

陆瞳豁然回头。

裴云暎站在门口,目光在垮掉的木塔前掠过,面无表情地开口:"你故意的吗?"

陆瞳:"……"

这回她确实不是故意的。

她抿了抿唇:"抱歉,我帮你重新堆一个。"

"不用。"

裴云暎弯腰,捡起一块滚至靴边的木头块,走到案几前放下。

陆瞳瞧着他,不知是不是错觉,抑或裴云暎心情不好,她总觉得今日这人尤其疏离,像是刻意保持距离。

不过裴云暎心情如何,这人究竟为何如此,陆瞳都没兴趣知道。包括他为何要在书房里摆出这么一座木塔,神秘兮兮的模样,可里面又没有藏什么机密卷册。

连块金砖都没有。

故弄玄虚。

裴云暎注意到她的目光,笑了笑,没管这满地狼藉,只在案几前坐下,问陆瞳道:"陆大夫找我做什么?"

陆瞳沉默,在他对面坐下,一时没说话。

他挑眉:"这么难说出口?"

其实不难说出口,只是如今的她,确实没什么可以同裴云暎做交易的条件。

陆曈道:"裴大人耳目通天,盛京皇城司打听不到的秘闻,裴大人都知晓。"

"你指的是什么?"

陆曈倾身,盯着他的眼睛:"太师戚清挚爱鹫鸟,但五年前,太师府不再养鸟,裴大人可知道,五年前戚家发生了什么?戚玉台做了什么?"

她问:"他为何讨厌画眉?"

屋内安静下来。远处有风声吹拂花窗,将这寂静的夜衬得落针可闻。

陆曈的目光越过案几,落在散落了一地的木头块上。

戚玉台母亲瞿患癫疾,戚玉台或许幼时也曾有过癫疾之举,所以太师府多年为戚玉台用安神的灵犀香温养,甚至不曾用过别的香丸。

一切似乎很是平稳。但五年前,太师府秘召崔岷入府行诊,那份写得模模糊糊的医案却泄露出一丝不同。

那些安稳神志的方子与药材,似乎昭示着戚玉台有犯病的苗头。但他犯病的原因是什么?

倘若只是发病时候到了,为何戚玉台又格外讨厌鸟,尤其是画眉鸟。

画眉鸟⋯⋯

正如当年的陆曈眼睁睁瞧着芸娘下毒,失去乌云,从此后,再见黑犬幼崽便会浑身发冷,战栗难制。戚玉台也一定有什么原因讨厌见到画眉。

她想要为戚玉台调配一副难以寻迹的毒药,就要知道其中最重要的那副药引是谁。然而戚家权势滔天,有关戚玉台的秘密总被掩埋,寻不到半丝痕迹。

戚玉台为何讨厌画眉,林丹青不知道,苗良方不知道,快活楼里的曹爷不知道……

但裴云暎或许知道。

想要知道真相,就只能问眼前这个人。

收回思绪,陆曈看向对面。

年轻人已换下回府时那身朱红锦衣,只穿了件霜色雪华长袍,衣袍宽大,在灯色下泛着点凉意。

岁暮阴阳催短景,天涯霜雪霁寒霄。那层冷调的白令他俊美的眉眼也镀上一层锋利,昏暗灯色下,是与平日截然不同的冷冽。

裴云暎看着陆曈,眼神平静。昏昧灯火在他幽黑瞳眸中跳动,那黑眸里也隐隐映出陆曈的影。

片刻后,他垂下眼睫:"知道。"

陆曈心中一喜。

"可是陆大夫,"他开口,语气倏尔锐利,"我为何告诉你?"

屋中寂静,满地木块像空旷长滩上的落石,七零八落地砸在人心上,留下莫名乱痕。

陆曈听见自己平静的声音:"当初在文郡王府,我与夫人与宝珠间也有救命之恩……"

裴云暎不置可否地笑了一声。

陆曈倏然住口。

救命之恩的情谊,早在后来零零碎碎的遇仙楼一干事宜中挥霍得七七八八,再来挟恩图报似乎也已不大现实。况且裴云姝与宝珠如今已无性命之忧,裴云暎想要过河拆桥轻而易举。

如此待价而沽,或许是为了今后的盘算。

陆曈想了想,又道:"如果下次裴大人想要再取谁的医案,我可以代劳。"

裴云暎静静看着她，摇了摇头。

还是不行。

沉默片刻，陆曈仰起脸，冷静地开口。

"若裴大人肯告诉我，金显荣的保养之药，我愿为裴大人另配一副。"

此话一出，面前人平静神色陡然龟裂。

陆曈心中一哂，看来他也不是全无反应。

她再接再厉："此药珍贵，我保证别的地方都没有，殿帅得此，受益无穷。"

裴云暎冷笑："多谢，但我不需要。"

"裴大人有所不知，男子上了年纪多有此症，血亏阳虚，大人现在看着还好，将来年纪大了，难免有力不从心之时，若有此药，保你风采如昔。"

裴云暎匪夷所思地看着她。

陆曈坐在案几前，说得一本正经，眼神十分诚挚，真如一位好心肠的大夫在劝说不听话的病人。

她总用这种平淡语气说最惊世骇俗之语。

裴云暎捏了捏眉心，几乎是咬牙道："将来也不需要。"

"将来会很需要的。"

他倏尔觉出几分疲惫，抑或无奈，只伸手拿起桌上镇纸，问："告诉了你，陆大夫准备如何？"

"裴大人，"默了默，陆曈叫他，"你只需告诉我这件事，并不用多做什么，于你而言并无任何损失。而我，如今身在医官院，能帮得上大人的地方还有很多。如果将来有一日大人用得上我，抑或有什么仇人……"

她轻声道:"我也可以替大人杀了他。"

这声音很轻,像是接近初夏的夜风,温柔拂过人面时,带出一丝细细的寒。

裴云暎打量她一眼:"陆大夫不是说,过去不曾杀人,将来也不会杀人吗?"

陆曈微顿。

这是她曾在落月桥下对裴云暎说的话。那时他们曾短暂合作,在军巡铺前上演一出彼此心知肚明的戏码,抓住孟惜颜派来的人。那时他尚不知她底细,步步试探,而她处处防守,不想被眼前人窥见蛛丝马迹。

"杀人亦是救人。"陆曈神色未变,"我能做大人的帮手。"

"帮手?"

裴云暎笑了,身子往后一仰,靠在椅子上,淡淡看着她:"你不问我想做什么?"

"那不重要。"

裴云暎要做什么,为何这样做,陆曈丝毫不关心。这只是一桩你情我愿的交易,能不能做成,端看对方付出的筹码够不够令人心动而已。

裴云暎叹息一声。

他俊秀的眉眼在灯火照耀下简直摄人心魄,声音却带着隐隐嘲弄,慢条斯理开口:"和不知底细的人交易,陆大夫也不怕血本无归。"

他笑得很淡:"难怪会在灯市被人骗着射箭,陆大夫还是不太擅长生意事啊。"

陆曈望着他:"裴大人这是答应了?"

屋中静了片刻。

过了一会儿,裴云暎的声音响起。

"盛京外城陀螺山下有一处茶园。你要打听的画眉,就在此处。"

茶园？陆曈心中一动。

她问："那茶园叫什么名字？"

"茶园如今已被私人买走，寻常人进不去。"

这话未免令人失望。

陆曈盯着他："裴大人明日可否陪我一同前往？"

裴云暎有官职在身，若她贸然前往，或许会惊动他人，有此人掩护反倒更好。

不过这人的回答却很无情。

"我明日有事。"

陆曈："……"

她有些失望。两月加起来的旬休到今天已去了两日，如果明日不能进到茶园，就得等下月旬休，耽误不少时间。

屋中光线朦胧，她眸色黯淡，倒显得人有几分可怜。

裴云暎目光微动。

片刻，他突然道："明日巳时我来接你。"

陆曈讶然看向他。

他双眸微垂，不知在想什么，仿佛刚才的话只是随口一提。

陆曈想了想："多谢大人，你的药……"

"给宝珠看诊就行。"他打断陆曈的话，一字一句道，"我不用。"

陆曈唇角一扬。

不知从什么时候起，她似乎也习得了杜长卿一些恶劣趣味，譬如每次看裴云暎忍怒模样便觉舒心不已。仿佛在这个时候，她才能瞧见这游刃有余的人无可奈何的一面。

无聊的趣味，但很有趣。

他瞥一眼陆曈，见陆曈心情不错的模样，顿了顿才开口："今日天色不早,你也忙了一日,先回去休息吧。"话毕起身,"我送你。"

陆瞳道:"不用。"

"孤男寡女,夜里一同出入总是不好。西街人多,万一见着了,惹人口舌。"她语调温和,"我未婚夫也会不喜。"

裴云暎扬了扬眉,似笑非笑看着她。

"差点忘了,陆大夫还有个未婚夫。"他说得揶揄,却也没再继续坚持,道:"我叫青枫送你。"

陆瞳便没再推辞了。

青枫驾来一辆马车,裴云暎送陆瞳到裴府门口,待陆瞳上了车,马车消失在夜色尽头,方转身往回走。才走两步,就见裴云姝匆匆从隔壁宅子里奔来,望着马车方向面露懊恼之色。

"怎么出来了?"

裴云姝瞪他一眼,语气有些埋怨:"不是说了让你亲自送陆大夫回去,你怎么让别人送了?"

她故意咬重"亲自"二字。

裴云暎笑得散漫,并不回答她这问题,又见裴云姝手里抱个盒子,看上去有几分眼熟,不由微怔:"这是什么?"

裴云姝低头:"我正想与你说这事。陆大夫今日上门,说给宝珠带了礼物,我以为是草药,就没推辞。等她走了,芳姿一拆,才发现不是。你看——"

说话的工夫,她已将盒子打开,露出里头一对漂亮的金蛱蝶。

蛱蝶躺在黑绸之上,羽翅轻盈舒展,蝶翼点缀晶莹粉色宝石,在夜色下熠熠生辉,一看便知价格不菲。

裴云姝还在说:"我想着陆大夫如今俸银也不算丰厚,这礼实在贵重,是不是寻个机会还回去……阿暎,阿暎你有没有听我说话?"

裴云暎回过神，望着那对黑绸上展翅欲飞的蝴蝶，许久，轻笑一声。

"……还真是不肯欠人人情。"

这对金蛱蝶最后还是被裴云姝收下了。裴云暎劝她，一副首饰罢了，既是给宝珠的心意，收下就是，之后他以其他方式还给陆瞳人情也一样。

裴云姝转念一想也是，旁人送出去的礼退回去总显得失礼，既然裴云暎这般说，将来也有的是机会，便将东西收下了。

待芳姿挽着裴云姝回去后，裴云暎也进了门。

书房里的灯还亮着，青铜花灯盛着的灯油尚有余温。他推门进入，入眼的是满地狼藉——

被陆瞳推倒的木块落得满地都是。

他这书房陈设一向简致，有时候甚至会觉得空荡过了头，头一次这般杂乱，却显得那空旷也淡了些，反而有种热闹的拥挤。

青年弯下腰，俯身去捡落下的碎木。

木塔是他许久之前堆好的，一粒一粒，已堆了多年。

他从不让旁人进他书房，于是这木塔便也安然无恙地停留了许多年。

谁知陆瞳头一次进来就给推倒了。

她轻轻一碰，这小山似的木塔便瀑布一般流下，垮得丝毫不留情面。

"抱歉，我帮你再堆一个。"

那女子站在桌案前，嘴里说着道歉之言，语气却没有半分愧疚。坦荡得像她才是这书房主人，而他是个没经允许闯入的不速之客。

敷衍得理直气壮。

须臾，他直起身，把捡起的木块随手搁在桌上，无声叹了口气。

真是自作孽，不可活。

……

许是熟悉的医馆令人安心,又或许是明日就能接近戚玉台的秘密令人兴奋,这一夜,陆曈睡得很熟。

第二日一早,陆曈醒来,银筝就捧着衣裳站在她榻前,笑得十分坚持。

"姑娘今日要和裴殿帅出门,穿这件新衣裳,否则后头天气更热,姑娘平日又在医官院,更没机会穿了。"

陆曈:"……"

昨日她去裴云姝府上,因要背医箱,就还是穿了旧衣,让银筝很是失望。得知今日她要和裴云暎出门,银筝心中就又生出新的期待来。

她把陆曈按在梳妆镜前,恨不得将所有首饰都给陆曈戴上,边为陆曈梳妆边道:"丝鞋铺家的宋小妹,开了年快十五了,我先前让葛裁缝给姑娘做衣裳,画的花样子叫宋嫂看了去,就要我也给宋小妹画了几张。"

"……每次瞧见宋小妹打扮的模样,我就想着,这衣裙穿在姑娘身上也好看。如今好不容易等姑娘回来了,总算也不白费。"

陆曈任由她打扮着,低声道:"我并非出门游玩。"

她是去茶园打听戚玉台的事,穿什么戴什么,实在毫无意义。

"小裴大人是个男子。"银筝拿梳子给陆曈梳理长发,"瞧上去是不易接近,又心有城府。但英雄难过美人关,姑娘若打扮得俏丽,指不定他成为姑娘裙下之臣,时时照拂,说不定还能给姑娘多提供一些线索。"

不等陆曈开口,她就继续道:"男子嘛,姑娘喜不喜欢是一回事,能不能用得上又是一回事。不必过于抗拒。"

陆曈沉默。

裴云暎外热内冷,看起来不像是会为女色动摇之人,倒不是说此人是伪君子，单纯只是他看不上这些情爱罢了。

他会成为自己裙下之臣？陆曈并不认为自己有那个魅力。

一把刀再美丽，也只是兵器。会伤人，但不会爱人。

又过了大半个时辰，银筝总算是将头梳好了，又把香粉胭脂给陆曈淡淡扑了一层，拉着陆曈去镜前照。

"姑娘瞧瞧，是不是正合适？"

陆曈朝镜中看去。铜镜里站着个年轻女子，腮凝新荔，鼻腻鹅脂，沉默地望着自己。

竟有几分陌生模样。

银筝扑哧一笑，推着陆曈往门外走，杜长卿正百无聊赖地看账本，听见动静回头一瞥，目光顿时凝住了。

"哇！"阿城瞪大眼睛，把手里扫帚一扔，围着陆曈打了个转，"陆大夫新裙子真好看！"

她过去在仁心医馆从不施粉黛，难得穿件繁复衣裙，倒叫众人眼前一亮。

苗良方从药材堆里抬起头，眯眼细细看了一番，赞叹道："小陆这样打扮一回，看着伶俐多了！年轻姑娘家，就该穿这样鲜亮的！"

"那是当然，"银筝得意，"葛裁缝家新进的料子，亏得我抢得快，上来两天就没了。式样也是我给葛裁缝画的，这手艺比京城成衣铺子也不差吧！"

众人纷纷点头。

一片赞叹中，唯有杜长卿眉头紧锁，满目警惕地看向陆曈："大清早穿这么光鲜，干吗去啊？"

陆曈道："医官院还有些事要处理。"

"你一个人？还有没有其他人同行？男的女的？去哪儿？"他一迭

声地问。

银筝翻了个白眼："杜掌柜，你能不能别煞风景？"

"这哪是煞风景？你不懂，"杜长卿从里面走出来，"盛京的歹人不少，陆大夫这年华正好的女儿家，不识人心，最怕交友不慎，而且你看她穿的，这像是要办事的模样吗？不行，你站住，给我说说清楚……"

银筝对阿城使了个眼色，阿城会意，二人冲上前，一左一右将杜长卿拦腰抱住，银筝回头对陆曈道："姑娘快走，晚了人该等急了。"

杜长卿气急："什么人啊？怎么就等急了？我要去看看！"

银筝："看什么看，人家未婚夫关杜掌柜什么事！"

杜长卿一愣："未婚夫？"

没管身后的鸡飞狗跳，陆曈提裙走出医馆，苗良方乐呵呵对她摆手："小陆早去早回啊——"

身后喧嚣渐渐远去。

待到了西街尽头，果见一辆马车停在路边。青枫坐在马背上，见到陆曈对她颔首："陆大夫。"

陆曈回礼。

昨日与裴云暎约好，今日巳时以后在西街门口等她。陆曈没让裴云暎去医馆前等，省得被杜长卿瞧见又是好一通发问，她实在不耐烦应付这些。

正想着，马车帘被掀起，裴云暎那张脸从帘后露出来，日光照亮他衣袍，衬得那张脸目若星辰，唇似桃花，格外英姿俊秀。

他扬眉："陆大夫迟了点。"

陆曈："抱歉。"

事实上，若不是银筝和阿城拦住杜长卿，她还能再迟点。

裴云暎点头，目光落在她身上。

474

日光下，女子没有背医箱，只穿了身淡粉的双蝶绣花襦裙，袖口与领口绣了白纹蝴蝶，满头乌发垂落肩头，发髻上却插着支木槿花发簪。

她素日里极少穿鲜亮色彩，便将那骨子里的幽冷也淡去了，显得格外娇俏。耳畔垂下的两条粉色丝带，衬得那张脸眉目如画，明媚生辉，如一枝春日里将开未开的粉色山茶，满眼都是青春娇美。与平日截然不同。

裴云暎神色微动："你今日……"

陆曈看向他："我今日什么？"

顿了顿，他唇角一弯："没什么。"

这人莫名其妙。陆曈没多说什么，提起裙裾打算上马车，然而马车太高，新裙子行动间又很是不便。

见她动作艰难，裴云暎便一手打着帘子，一手握住她手臂，一把将她拉上来。

待上车，帘子放下，陆曈看向裴云暎："裴大人，我们现在是去茶园？"

他点头，吩咐外头的青枫："走吧。"

第十四章

画眉

马车驶过盛京街巷。

陆曈与裴云暎面对面坐着。

裴云暎似乎也考虑到他们今日出行不宜张扬，便挑了辆最寻常的马车。车内并不宽敞，两个人坐着，距离很近，陆曈一抬眼就能瞧见对面的人。

今日休沐，他没有穿平日的朱红公服，只穿了件梨花白色的窄袖圆领锦袍，腰身以青玉銙带收起，衬得人极是干净利落，高束发梢垂在肩头，纵然神情冷淡，仍见锦绣风流。

林丹青说，殿前司的亲卫们选拔，不仅要选身手能力，还要考察相貌身姿。陆曈心想，裴云暎能年纪轻轻坐上殿前司指挥使的位置，或许真不是因为昭宁公裴棣的关系。

可能是凭他的脸。

她这般恶劣地想着，裴云暎注意到她目光，抬眸看来，不由扬了扬眉。

他问：" 陆大夫看我做什么？"

陆曈移开目光：" 我只是在想，茶园还有多久才到。"

要去陀螺山得出城，行程挺远，一来一去，回来时多半都傍晚了。

他笑：" 还早，山路颠簸，陆大夫可以在车上先睡一觉，到了我叫你。"

陆曈想想也是，路程遥远，在车上养养神也是好的，遂闭上眼睛。

谁知才一闭眼，马车行过一处窄巷，土路凹凸不平，迎面跑来一个小孩儿，青枫忙勒马闪避，动静太大，车厢被甩得一偏，陆曈身子一歪，猝不及防朝前倒去。

"驭——"

陆曈的头撞到一片柔软衣襟。

衣裳是温暖的、芬芳的，胸膛却是坚硬的，宛如穿戴了一层薄薄甲胄，硌得人微微生疼。

有极淡兰麝香气扑面而来。

她抬眸，对上裴云暎漆黑的眼睛。

青年手扶着她胳膊，似乎是她扑撞过来时下意识的反应，人却有些意外，正低着眼看她，蹙眉问："没事吧？"

他的眼睛生得很漂亮，但因为过于明亮漆黑，有时反而让人难以窥清真正情绪。然而此刻没有戏谑、疏离与冷漠，他看过来的目光关切，像落月桥下那泓粼粼春水，暖而柔缓，潋滟逼人。

窗外响起青枫的声音："主子，刚才有人过去了。"

陆曈蓦地回神，坐直身子，听见裴云暎道："没事，走吧。"

马车又继续行驶起来。

车里的气氛有些微妙。

为了驱赶这种陌生的情绪，陆曈主动开口："裴大人。"

"怎么？"

"能不能让我看看你的香袋。"

此话一出，裴云暎一怔，似乎没料到她会提出这个要求。

不过很快，他就笑了笑，爽快解下腰间袋囊递了过来。

陆曈伸手接过。

这是只白玉透雕莲花纹香囊，镂刻得很是精巧，一拿近，从里头散发出淡淡芬芳药香。

陆曈心中一动。

从万恩寺那一次起，陆曈就已经注意到他身上香气。

时人爱配香袋，男子亦然。和杜长卿那宛如腌入味的浓香不同，裴云暎身上的香气很淡，若有若无，透着股清冽。

她随芸娘在山上做药，芸娘也会做香，寻常的香只要闻一闻就能知道所用材料。然而裴云暎的香却不同，初闻似乎是兰麝香，里头却好像还有别的药材，清神镇定，比咸玉台的灵犀香更胜一筹。

这样的香袋，应当是有人为裴云暎特意调配而成，她无法分辨其中每一味香料，不如直接问裴云暎。

思及此，陆曈便问："裴大人这香袋与市面熏香不同，能不能将方子送我一份？"

她常年失眠不寐，在仁心医馆时还好些，自打到了翰林医官院，总是到深夜才能睡去。

她自己凝神安眠的药调配一大堆，然而在落梅峰用药太多，寻常药物已难对身体生效，倒是每次闻到裴云暎身上香气时，顿觉心神宁静。

若能得一香料，或许对入眠有好处。

裴云暎对身外之物一向很大方，应当不会太过为难。陆曈是这般想的。

然而裴云暎闻言却是一顿，并未立刻答应，只问："你拿这个做什么？"

陆曈随口编了个理由："我见裴大人所用之香幽清冷冽，很是喜欢，打算按这方子自己做一副佩于身上。"

"自己做一副佩于身上？"他缓缓反问。

陆曈点了点头。

裴云暎面色古怪。

盛京时人爱配香袋不假,香药局中各色熏香推陈出新。然而香药局中人人能买到的香和私人调配的香又有不同,贵族男女们常找调香师为自己调配独一无二之香,以此昭显身份尊贵。

既是独一无二,便没有两人用一模一样之香的说法。除非用香二人身份是夫妻或情人,方用同一种香方以示亲密。

他的"宵光冷"当年是由专人特意调配……陆曈刚刚话中之意也是如此,明知这是香药局买不到的成香,是他独一无二之香,她却还说要做一副一模一样的佩于身上?她是不是根本不清楚这是何意?

陆曈自然不知。她在落梅峰上长大,市井风俗明白得少,本就对男女大防并无太多感觉。加之常武县又是小地方,素日里也没见几个人佩香袋,更不知这"情人香"从何说起,只在心底疑惑,不就是一张香方,何以裴云暎看起来不怎么乐意。

沉默了一下,陆曈探询地望向他:"裴大人可是不太方便?"

感觉昨夜要他出卖太师府时也没这般踟蹰。

"是不太方便。"裴云暎别开眼,"我不知道具体香方是什么,日后再说吧。"

这敷衍之语……看来是真不太愿意了。

陆曈心下遗憾。或许这方子确实很贵,不过也没有强人所难的道理,不愿就不愿吧。

她没再继续说话了。

经过香方一事,方才车内的微妙氛围也冲淡许多。马车一路疾行,很快出了城门,往陀螺山的方向驶去。

陀螺山位于盛京外城,山形上窄下广,整座山如一只倒着的巨大陀螺,又值春日,满山青翠,从马车里看过去,一片绿意盎然。

不知过了多久,路上颠簸渐渐平息,外头响起青枫勒马停驻的声音。

"主子,陆姑娘,茶园到了。"

茶园到了。

裴云暎下了马车,伸手将陆曈扶了下来。

陆曈站定,朝周围看去。

这是一片茶园,或者说是茶山。高山间生长大片大片茶树,山林茂密,灿金日头从头顶直接洒下来,照得峰峦千叠翡翠,万顷碧涛。

这就是陀螺山上莽明乡最大的茶园——翠微茶园。

如今正逢季节,茶林中正有许多茶农采茶,见有马车经过,有人就停下手中动作朝这头看来。

陆曈从袖中摸出一张轻纱面巾佩好,一抬头,对上的就是裴云暎异样的目光。

"为何戴面巾?"

"怕有损大人清誉。"陆曈面不改色地答。

其实她只是担心若此地有戚家眼线,将来事发,被人一眼认出脸,后患无穷,不如稳妥一点为上。

顿了顿,她又开口:"裴大人要不要也戴上帷帽?"

他和戚清同朝为官,虽然行事一向无束,但究其原因,今日还是她拽着裴云暎过来的。

"不用,"裴云暎扯了扯唇角:"我又没有未婚妻。"

陆曈:"……"

青枫走到正挑着一担茶叶的茶农面前,那茶农是个已有些年迈的老者,放下担子,与青枫攀谈起来。

陆曈远远瞧见青枫给茶农看了一下腰牌,还递给他一锭厚实的银子。

她看向裴云暎。

裴云暎笑道:"陀螺山上茶园皆由莽明乡上茶农所种,翠微茶园主人是户富商,外人难以进入。"

陆曈点头。

外人难以入内,但裴云暎却可以进,钱权果真是这世上最好用的通行令。

"你该不会是在心里骂我?"

他扬眉望着她,语气有点莫名:"我平日从不这样。"

陆曈微笑:"裴大人愿为我破例,我感激还来不及,怎么会在心里骂你,多虑了。"

他嗤道:"你这夸奖很没有诚意。"

陆曈颔首:"是大人太过多疑。"

裴云暎:"……"

唇枪舌剑了一个来回,青枫已与茶农说完话,回到二人跟前,对裴云暎道:"大人,现在可以进去了。"

裴云暎点头。

青枫没再跟上来,陆曈与裴云暎并肩走着。

陀螺山上虽有茶园,路却很好找。树林与田野间有清晰野道,上头有人脚印和车轮轧过的痕迹,从茶园山林处一直往里蔓延,应当是去往人居住的村落。

这林间小道虽不如方才山路崎岖,路上却也有凸起的乱石陷坑,算不得好走。裴云暎走在陆曈身后,见女子两手捉裙,在这山间小路上走得很快。

她素日里看着柔柔弱弱的,好似多走几步便会累得喘气,一副苍白病美人模样,偏在这里毫无阻碍,像是常年在山间行走,如只敏捷小鹿,在山林间轻盈穿梭。

他蓦地生出一股奇怪错觉,好像眼前这人对这样的环境已熟悉多年。

感觉到他没跟上来的步伐,走在前面的陆瞳回过身,面纱覆住的脸上,一双眼露出疑惑。

他便低头笑笑,跟了上去。

走了约半炷香工夫,茶园渐渐减少,林木也不如方才茂密。他们穿过最后一处茶园,渐渐有屋舍出现。

两边都是红泥屋舍,路边坐着几个茶农打扮的乡人,正拿簸箕筛选新鲜茶叶。

这里是莽明乡,陀螺山上种茶的茶农几乎居住于此。正是白日,在家闲着的乡人少,大部分都去茶园干活了。

裴云暎走到靠外一间屋舍,檐下坐着个包着头巾拣茶的中年妇人,他上前,笑着问道:"这位婶子,请问杨翁家怎么走?"说话时递过去一枚银两。

妇人一抬头,见他生得出色,言谈举止又亲切,便收了银子,热情伸手往街道尽处一指:"杨翁啊,就走这条街到头,向右一直走,瞧见烧焦的那户就是。"话至此处,忽又有些狐疑,盯着裴云暎问:"他们家人都不在了,你们找他做什么?"

"曾在杨翁茶园买过茶叶,回京后得知他家出事,特意来看看。"裴云暎回答自若。

妇人闻言道:"原来如此。"神色间又有几分唏嘘,"哎,也是造孽。"又嘱咐他,"那屋子周围现已荒了,公子小姐还是别待太久……平日人也不许过去的。"

裴云暎含笑应下,这才起身,示意陆瞳与他继续往前走。

早在听到这妇人嘴里"烧焦"二字时,陆瞳就心中疑惑,动了动嘴,最终却还是什么都没说。

总归就要到了。

果如这妇人所言,这条街走至尽头,向右拐进小路,眼前出现一片荒杂田地。田地四面长满半人高杂草,杂草后,一间被烧得漆黑的屋舍突兀出现在人面前。

苍山翠岭中陡然出现这么一处烧焦房屋,焦黑墙皮大片大片脱落下来,如被撕裂的伤疤,正往下滴着干涸的黝黑血迹。

触目惊心。

陆瞳目光凝住:"这是……"

"这是杨家人屋舍。"

陆瞳蹙眉:"杨家?"

裴云暎向前走了两步。纷乱杂草在他身后,淡白的衣袍和这一片翠绿映在一起,明明是茸茸春日,竟也觉出几分凄清。

他道:"你可知,戚清爱鸟。"

陆瞳沉默。

她当然知晓。

梁朝贵族爱养鹤,其中又以文臣为主。因白鹤舞姿翩翩,体态脱俗,与文臣追求清流高拓境界十分相符,故而贵族庭院总会养上几只用来观赏。

戚清也曾养过,也不止鹤,他还养过孔雀、鸳鸯、鹦鹉……

但戚清最喜欢的,是画眉。

俗话说"文百灵,武画眉",文人爱养百灵,武官爱养画眉。戚清身为文臣,却尤爱画眉鸟。府中曾养过数只画眉,每一只都价钱昂贵,雇了专人修缮鸟房照顾这些画眉。

他还喜欢"斗鸟",过去常爱提着鸟笼捉对比斗。想要攀附太师府

485

的官家过去多投其所好，花重金买来品相皆宜的画眉送与太师府，以图与太师府交好。

林丹青与陆瞳说起这些事时，陆瞳心中还很疑惑。太师府内常年豢养鸟雀，戚玉台也从小见惯这些鸣禽，何以在一夜间对画眉生出厌恶，使得整个太师府在今后数年一只鸟的影子都遍寻不到？

反常得很。

"杨家人是茶农，一家四口都在翠微茶园中种茶。"裴云暎的声音打断陆瞳思绪。

"屋主杨翁五年前过世，过世时刚过花甲。他生前有一爱好，喜欢晨起在茶林里遛鸟。"

他走到屋舍前一棵烧焦的枯树下。树已被一把大火烧得面目全非，只剩漆黑枝丫胡乱向上挣扎，远远看去，像个烧焦的人形在痛苦挣扎，给这荒芜增添几分阴森鬼气。

裴云暎望着那截伶仃枯枝，声音平淡："杨翁曾养过一只画眉。"

一瞬山风吹过，陆瞳蓦地瞪大眼睛。

她陡然意识到什么，看向裴云暎。

他垂眸："那是只很不错的画眉。"

时人挑选鸣禽，条件颇为苛刻。杨翁这只画眉是远近闻名的出色，不仅形貌优雅，叫声悦耳，还活泼好斗，生动有趣。

更重要的是，这画眉鸟是杨翁的女儿杨大姑娘生前最喜欢的鸟。

杨大姑娘几年前病逝了，她在世时，这画眉由她亲自照管，她过世后，杨翁把个鸟儿养得更加精细，仿佛这是女儿尚在身边的余温。

这鸟儿不知怎的，名声越传越远，有茶馆里的养鸟人听闻此信，特意来莽明乡寻杨翁，想要出重金买这只鸟儿，被杨翁一一回绝。

杨家人不想卖掉这只画眉。

裴云暎道："五年前，戚清六十大寿，戚玉台想要搜罗一只盛京最好的画眉鸟作为寿礼，听闻莽明乡有一画眉，特意带足银子携人前往。"

陆曈问："杨翁没有同意？"

裴云暎没作答。

沉默许久，他才开口："戚玉台离开当日，杨家夜里失火，一门四口包括杨家痴傻的儿子，尽数葬身火海。"

青山如黛，低田傍水。

远远近近一畦绿秀里，有影影绰绰鸟雀声从中传来，叫声清脆悦耳，不知是画眉还是别的什么。

裴云暎站在枯树投下的阴影里，看向远处山巅飘散的浮云。浮云笼在村落上空，像片驱散不了的阴翳，将长日紧紧包裹。

一只鸟能值多少银子？

十两？二十两？

五百两？一千两？

都不是。

原来一只鸟贵重起来，可以抵掉四条人命，或许更多。

多荒谬，天平两端如此不对等的砝码，荒诞得近乎可笑。

陆曈听见自己的声音："杨家其他人在何处？"

裴云暎说，杨家一门四口尽数葬身火海。她问："可还有别的远亲？"

"没有。"裴云暎道，"杨家大女儿出事前就已病逝，除杨家夫妇外，只有一位女婿和痴傻儿子，皆已不在人世。"

陆曈沉默。虽然早已猜到这个结局，但真正听到这句话时，心中仍覆上一层阴翳。

她看向荒草地上的屋子，慢慢地走上前。

大火焚尽一切,这屋子已经看不出原来模样,只有塌掉的屋舍门框能窥见一二丝当日情况的危急。

那屋墙下还挂着个铜钩。陆曈伸手,抚过被烧得漆黑的铜钩,似乎能瞧见在这之前,铜钩下挂着的碧纱鸟笼,画眉于笼中欢欣歌唱,而屋门前后,一家四口笑着筛茶乐景。

她收回手,低声道:"真像。"

裴云暎看向她。

陆曈垂下眼睫。

杨家一门遭遇,和陆家何其相似。同样的一门四口灭门绝户,同样毁去一切的大火。不同的是陆家因陆柔而起,杨家因画眉而起。匹夫无罪怀璧其罪,平民遭受无妄之灾,如猪羊被拖进屠宰场,毫无还手之力,只能任人宰割。

甚至在那些权贵眼中,人命不如一只画眉鸟值钱。

猪狗不如。

像是从心里升起腾腾烈火,愈是平静,越是汹涌。她压下心头恨怒,问裴云暎:"如此说来,戚玉台是因为向杨家人索要画眉不成,进而杀人夺鸟?但如此一来,戚玉台为何又会讨厌画眉?"

人不会无缘无故厌憎某一项事物,而且太师府多年不曾养鸟这回事,比起厌憎,看上去更像回避。

戚玉台为何回避?

裴云暎淡淡道:"我后来得知此事,曾向皇城司打听,皇城司透过消息,杨家屋舍中曾有打斗痕迹。"顿了一下,他继续道:"听说那几日戚玉台出行时路遇匪盗,身负重伤。"

陆曈心中一动:"这是……"

"杨翁的女婿杨大郎,曾跟武馆教头学过几年拳脚功夫。"

一瞬间，陆曈恍然大悟，脑海中混沌迷雾渐渐清晰起来。

戚玉台对画眉鸟势在必得，所以带上人马前去莽明乡。可杨翁深念逝去爱女，对戚玉台带来的银两视而不见，婉言谢绝。戚玉台恼羞成怒，二人或许中途发生争执，杨翁的女婿杨大郎赶来，杨大郎身怀武艺，并非逆来顺受之人，见老丈人受欺过来帮忙……

戚玉台或许就是在此时吃了杨大郎的亏，受了伤。

只是杨大郎纵然武艺再高强，最终也寡不敌众，加之又伤了太师府公子，于是一门四口尽数身死。

戚家人离开时一把大火烧了杨家的房子，毁去所有证据。然而戚玉台却因此事患上心病……

传言此人胆小，又有亲眷素有癫疾，心神本就恍惚，当日因杨大郎受惊，是以对画眉鸟敬而远之。

而深爱儿子、生怕儿子走上妻子老路的戚清，也因此驱走府中所有鸟雀，以免刺激戚玉台，使得隐藏的癫疾提前发作。

整桩事件中，戚家高高在上，如清理鱼肉残血一般清理整个杨家，抹去所有痕迹。而其中的冤屈恨楚，无人知晓。

就如当初清理陆家一般。

不同的是，杨家已经败落，除了这处烧焦的屋舍和无人吊唁的坟冢，再无活人。而陆家还有一个她。

戚玉台……也不能抹去所有痕迹。

陆曈在屋舍前站了很久，直到茶园中隐隐有人催促，怕他们在此地耽误太久，才转身与裴云暎一道离开。

莽明乡依旧如来时般平静祥和，街上一排屋舍门开着，檐下一群妇人正坐在太阳下拣茶，挑选嫩叶赚取工钱。

四处都是茶筐，随处可见的青碧把方才的阴翳冲散了些。陆曈走在裴云暎身侧,听见他道:"时候不早,就在此地用饭吧。"

他二人出来时早,此时已过晌午,一路劳顿连口水也没喝,陆曈便道:"好。"

前面有个茶棚,二人正往前走时,陡然间路边蹿出一条半大黄犬,陆曈还未反应,便觉手肘被人一扣,被裴云暎拽到里侧。

"你做什么?"

裴云暎反倒奇怪地看她一眼:"你不是怕狗吗?"

怕狗?陆曈心中微怔。

那时在殿帅府,段小宴带来四只黑犬幼崽使她失态。后来裴云暎问起她也随口敷衍,没料到他还记得。

黄犬甩了甩尾巴,跑到前面去了,陆曈平静开口:"它看起来不咬人。"

裴云暎笑了一声。

他没再说什么,陆曈也就没有继续这个话头。

待到了茶棚门口,这才看得清楚,与其说是茶棚,倒不如是一户农家把自家小院敞开了,在房梁上挂了幅旗帜,红底白字写着一个"茶"。院中只放了一张跛脚的木桌,几把竹椅,应当是庄户主人为过路人准备,赚取几个茶钱。因此外地人来得极少,搭得也很是简陋。

从里走出个包着黄头巾的妇人,一见他们就笑了:"呀,公子又来了。"

是他们初到莽明乡在路口为他们指路的妇人。

裴云暎在院中椅子上坐下,递过去一锭银子,道:"劳烦婶子,替我二人准备一点饭菜茶水。"

见裴云暎出手大方,妇人笑得更是开怀:"说什么劳烦,应该的,就是自家粗茶淡饭怕公子吃不惯,别嫌弃才好。"边提起茶壶给二人倒了两杯热茶,"两位先喝茶润润口,稍等片刻。"言罢,往厨房里去了。

这院子不大,打扫得却干净,台上放着几大筐新鲜茶叶,在太阳下晒着。

陆瞳撩开面纱,端起茶碗抿了一口。

裴云暎笑道:"喝得这么爽快,不怕茶里有人下毒?"

陆瞳下意识看了一眼手中茶碗。红泥茶碗比盛京城里的更大,材质粗糙,透着股淳朴,然而茶水极是甘甜,翠绿茶叶在水中沉浮,把那茶水也浸出几分碧色。

她看向裴云暎:"所以大人刚刚不喝,是在等我为你试毒?"

他笑笑,既不点头,也不否认。

陆瞳心中轻嗤。

权贵子弟,惯来造作。她从前只听过宫里的天子用膳前要宫人试毒,没料到眼前这人也是。

思及此,陆瞳就没说什么,只等裴云暎也喝了一口清茶后才开口:"那大人可能要失望了。"她讽刺,"我百毒不侵,也许这杯茶我喝完安然无恙,裴大人饮一口却会一命呜呼。"

裴云暎:"……"

不过想象中血溅当场的事并未发生,喝完这碗茶,半炷香后,两人都无事发生。

院中鸟雀啁啾。

沉默了一会儿,陆瞳把空茶碗放回桌上,道:"裴大人,我不明白,杨家之事,你明明可以在昨夜直接告诉我,为何偏要今日亲自陪我前往此地?"

如此简单之事,三言两语就能说清,何故亲自跑一趟?

总不能是昨夜她弄坏裴云暎的木塔,这人蓄意报复,才将简单之事变复杂,非要折腾她跑这么一趟吧。

裴云暎盯着她,笑着开口:"陆大夫这话,怎么像在怪我多管闲事。"

"裴大人多心。"

"你说过我许多次多心了,显得我像个使心用腹的小人。"

陆曈把那句"难道不是"咽回肚子,只微微笑道:"绝无此意。"

他便点头,散漫地开口:"怕你不信啊。"

"不信?"

正说着,妇人端着一张大木托盘从里头走出来,将热菜一碗碗往桌上放:"两位久等,乡里亲戚,都是些粗茶淡饭,莫要嫌弃。"

确实都是些简单的农家菜,什么猪油煎肉、杨花粥、荞麦烧饼、拌生菜……热气腾腾地盛在红泥碗中,香气扑鼻,还有一篮黄澄澄的新鲜枇杷。

妇人上完菜,道了一声"慢吃"就要离开,被裴云暎叫住。

"婶子,"裴云暎笑道,"我们刚刚去杨翁家看过,被烧得很彻底啊。"

"可不是吗。"妇人站定,跟着唏嘘,"好好一家人,什么都没了。"

"杨翁家究竟是怎么起火的,当时怎么没人发现?"

妇人撇了撇嘴:"什么怎么起的,那说起就起了,大家都在茶园干活,发现时已经晚了呀。"

"会不会是有人纵火……"

妇人惊了一惊,连连道:"这话不好说的呀。咱们都是小老百姓,谁要来纵杨翁家的火?公子这话以后也莫要说了,传出去我们也要遭殃！"言罢，像是忌讳什么，捧着空木托盘匆匆出了院子。

院子里重新安静下来。

裴云暎给陆疃空了的茶碗中斟茶，淡淡开口："陆大夫看明白了？"

陆疃没说话。

这妇人方才一副热情好客模样，然而裴云暎几句话就吓得她落荒而逃，显然对杨家一事噤若寒蝉。

"杨家出事已五年，莽明乡风平浪静。"裴云暎把斟满的茶碗推到陆疃面前，"如果陆大夫想借画眉案对付戚家，现在就可以放弃了。"

陆疃沉默。

且不提戚家那把火已将所有证据烧得一干二净，也不提杨家被灭门绝户一个不留，单就五年过去，杨家一案到现在也没有任何风声传出，足以说明就算莽明乡的乡邻知道此事或有蹊跷，也没人敢深入查，更没人敢为杨家开这个口。

"卑贱人"对"高贵人"的畏惧，似乎与生俱来刻在骨子里。

陆疃现在有些明白裴云暎为何非要带她走这一趟了。

是要她亲眼看见百姓对"权贵"的畏惧，领会到事实的残酷，并非他在字里行间夸大其词，而是复仇的确难于登天。

"无论出价多少，没人敢开口，没人敢说话。"裴云暎看着她，神色沉寂下来。

"姑娘，"他平静道，"将来你面对的敌人会越来越多，越来越强，不是玩笑。"

闻言，陆疃反倒笑了。

她点头，声音温和："多谢裴大人提醒，我会看着办的。"

"你打算怎么办，给戚玉台下毒？"

"这就不劳大人费心。"

他没理会陆曈的疏离，无所谓地笑笑："戚家不比柯、范两家，你若杀了戚玉台，恐怕难以全身而退。"

"但至少他死了不是吗？"

裴云暎一怔。

陆曈淡淡道："反正我总归也会死的，对一个将死之人，将来若有得罪，大人多少也宽宥一些吧。"

裴云暎眉心微蹙。

她总是口口声声把死挂在嘴边，很无所谓的样子，仿佛对自己的性命并不爱惜。是有恃无恐，还是心存死志？

陆曈摘下面纱，拿竹筷夹起一块脆糖饼，道："大人还是快点用饭吧，等下饭菜凉了。"

裴云暎顿了片刻，没再说什么，跟着拿起筷子。

陆曈咬了一口脆糖饼。刚出锅的脆糖饼容易烫嘴，晾了一会儿刚刚好，一口咬下去，芝麻和红糖的甜香充斥舌尖。

裴云暎若有所思地看着她。

他问："陆大夫很喜欢吃甜？"

先前在仁心医馆时，陆曈也曾给过他一竹筒甜得发腻的姜蜜水，连段小宴都受不了，她看上去却习以为常。

似乎好几次他去仁心医馆，都瞧见里铺的小几上放了甜浆水……还有荷花酥，陆曈口味极其嗜甜。

陆曈嗯了一声。

他点头："原来如此。"

也没再说什么了。

这顿饭吃得很好。农家菜总是实惠，比起京城酒楼的精致，倒是更多些天然风味。待二人用完饭，里头的青枫也吃完了，三人一同回到来时的茶园门口,青枫牵来马车,三人一同下山。

此时太阳已渐渐西沉,整座陀螺山不如来时苍翠,被丹红流霞照出一层血色,沿途湖畔有两只白鹭飞过,渐渐消失在远山峰峦中。

下山路向来比上山路好走,马车驶过山脚时,太阳刚刚落下,山脚下的人家门口灯笼光亮起。

马车外隐隐传来嘈杂人声,陆曈掀开车帘,见长街一处庙口有一群人正排着长队,最前方则支着个粥摊,有几个身穿皂衣家仆模样的人正从铁锅里舀出米粥,盛在排队人手里的碗中。

这群人皆是衣衫褴褛,面黄肌瘦。陆曈看了片刻,恍然明白过来,这是在施粥?

常武县那年大疫时,一开始,街头也是有好心富商施粥的。

"那是太师府的人在救饥。"身侧传来裴云暎的声音。

"太师府?"陆曈豁然转身。

裴云暎靠着马车,瞥一眼外头热闹景象,声音很淡:"你应该知道,戚清老来得子的事。"

陆曈不言。

苗良方曾与她说过,戚清曾有过两房妻室。第一位妻子与他成婚多年未曾有孕,一直到病逝也没留下一男半女。倒是后来娶的继室生下戚玉台与戚华楹一双儿女。

但这和戚清施粥又有什么关系?

裴云暎勾了勾唇:"戚清多年无子,有大师替他算了一卦,说他祖上罪孽深重,要他多周济施舍,善心布施。"

他嘴角含笑,眸色却有些嘲讽:"后来戚清年年赈济饥民,请高僧建道场,修桥搭路,娶了继室后,果然连生一儿一女。再后来,咱们这位戚太师就很相信宿命因果了。"

他说得揶揄，陆曈听着却只觉可笑。

倘若戚清真是相信宿命因果之人，又怎会对陆家杨家痛下杀手？倘若世上真有因果轮回，难道就因戚家分发几碗粥，做几次道场，就能抵消戚家灭门绝户的罪恶？

真是荒唐。

裴云暎看了她一眼："你在想什么？"

"我在想，太师府之所以如此，无非是相信'人可欺，神佛不可欺哉'。"

"可是他错了。"

陆曈冷冷道："人，才是最不可欺的。"

天色渐晚。马车下了山，行驶的路便平稳了许多。

经过戚家粥棚后，陆曈便沉默起来，一路上一言不发，裴云暎也没再开口。二人这般静静坐着，不知不觉，西街已近在眼前。

已是夜里，街边铺面都已关门，静悄悄的，没几个行人经过。青枫把车停在医馆门口，陆曈对裴云暎道过谢，转身要下马车，被他从身后叫住。

"陆大夫。"

陆曈回身望着他。

"昨日你说，如果我告诉你戚家的事，你也会替我做事。"

陆曈一怔。

那时她的确说过。不过当时这人将架子摆得很高，一副不愿与她做生意的模样。今日一番好心护送，原来最后要说的话在这里。

天下间果然还是没有白吃的午餐。

陆曈问："大人想让我做什么？"

裴云暎低头，从怀中掏出一封信函，递到陆曈手里。

陆曈不明所以地看着他。

"你以为这是让你杀人的名册吗？"裴云暎好笑，"别一副如临大敌的表情。陆大夫医术高明，我想请你帮我查验，这些药方有没有问题。"

药方？这里头装着药方？

手中信函冰冷，陆曈下意识捏了一下，适才看向裴云暎："这就是大人与我交易的条件？"

"不错。"

陆曈便明白过来。

"我知道了。"她点头，把信函收进袖中，对裴云暎颔首："待我弄清楚，就去殿帅府找大人。告辞。"

言罢，捉裙下了马车，进了仁心医馆大门。

银筝在医馆里已等了许久，听到陆曈敲门赶紧将门打开，陆曈进铺子前往回看了一眼，马车帘已经落下，青枫起鞭驾车，车轮声渐渐消失在空旷街道。

陆曈关上大门。

银筝举着油灯跟在陆曈身侧，一迭声地道："姑娘总算是回来了，不是说去山上茶园转转，怎么这么晚才回来？用过饭没有？小裴大人没为难您吧……"

陆曈一一回答了。

银筝又问了几句，见陆曈面露倦色，猜她奔波一日累了，便把油灯放回桌上，等陆曈梳洗后就出了屋，嘱咐她早些歇息。

银筝离开后，陆曈并未立刻上榻。窗前灯亮着，她披上衣裳，走到桌前坐了下来。

今日她跟裴云暌去了陀螺山莽明乡，知道了杨翁一家旧事，虽事迹模模糊糊，人证物证也早已消失殆尽，但裴云暌的话几乎已说得很明白。杨家就是另一个陆家，因为一只画眉鸟被戚玉台灭了满门。

杨大郎或许在与戚玉台争执中打伤了戚玉台，使得戚玉台留下极深的印象，以至于接下来数年极度厌憎鸟，爱鸟如命的戚太师因此将府中豢养的鸟雀全部驱逐。

除非"画眉"有可能影响戚玉台的平静生活，否则戚清不会无缘无故做此决定。

戚玉台的母亲、外祖皆有癫疾，而戚玉台极有可能也会发病。所有可能刺激到他的人或物，也许都会成为那个药引。

如今，她找到了那个药引。

陆曈伸出手指，向着油灯里燃烧的火苗慢慢靠近。

火焰盯得久了，原本分明的颜色也变得混沌，有隐隐灼热感从指尖传来，似乎再近一步就能将人灼伤。

陆曈收回手。

画眉之于戚玉台，就如乌云之于她。

乌云已经死了，可画眉却会成为戚玉台的乌云，永远、永远地笼罩在他头上，直到暴雨将他彻底掩埋。

药引子已经找到了。接下来……就是如何将这味药引完美融入药材之中，细细熬煮。

窗外有野猫叫唤，春夜里如一方凄凄夜钟，将陆曈唤醒。

她回神，想了想，打开桌屉，抽出一封信函。

这是今日裴云暌临走时交给她的信函。裴云暌说这里装着药方。

药方……

陆曈倏尔想起那天夜里他潜入医库，手里拿着一册医案，她没能看清楚医案上的记录就被对方捂住眼,但他当时翻找的那个位置……

灯火静静燃着,陆曈垂下眼睛。

罢了,他要做什么与她无关,总归只是一场交易而已。

她低头,打开了手中信函。

京营殿帅府中灯火亮得比平日更晚一些。月半风幽,窗前丛丛青绿芭蕉里渐有断断续续蟋蟀低鸣。

萧逐风回到殿帅府时,夜已经很深了。

府营四周安静得出奇,浓重夜色里,似乎只有这一块发出昏黄亮光。

他推门走了进去,屋子里,年轻人坐于桌前,低头批阅面前军册。在他手边,摞起来的文册几乎有小半个人高,差点将人淹没。

萧逐风问:"怎么这么晚还不回?"

已过了子时,平日这个时候,殿帅府除了轮守宿卫,应当已无人。

裴云暎头也不抬:"公文没看完。"

萧逐风退后两步,靠着门框抱胸看着他,拖着声音道:"白天陪姑娘游山玩水,到了夜里点灯熬蜡看军册,真是用心良苦。"

裴云暎提笔的动作一顿,看向他:"什么意思?"

萧逐风仍冷着一张脸,宛如一块万年不化的冰山,语气却十足讽刺:"亲自送她去莽明乡,就算戚家人发现也会有所忌讳。这还不算用心良苦?"

裴云暎一哂:"我有那么好心?"

萧逐风点头,盯着桌前年轻人:"我也想问。陆曈对付太师府,与你无关,你为何处处插手,是嫌麻烦不够多?"

这语气咄咄逼人,让裴云暎手中的笔再也落不下去。他索性搁了笔,想了想才开口:"我想取一件东西,需要有人替我除去路上障碍。

她是最适合的那个人。"

"是吗?"萧逐风意味深长,"可我看你更像那个替人清理障碍的傻瓜,还无怨无悔。"

裴云暎:"……"

屋中诡异的安静了一瞬。

裴云暎嗤笑一声,没再继续这个话头,只随口道:"医官院找到的医案方子,我给陆曈看了。"

"你疯了?"

"她医术比医官院那群废物好得多,说不定能看出什么。"

萧逐风皱眉:"你不怕她泄密?"

裴云暎翻过一页公文:"她很守信用。"

"谁说的?谁为她担保?"萧逐风不赞同,"出了问题你负责?"

"行。我为她担保。"

他重新提笔,语气不甚在意:"出了问题,我负责。"

三日旬休,一刹而过。

等陆曈带着满满一车乡货回到医官院时,林丹青也忍不住惊叹。

"陆妹妹,我原以为我回趟家带的东西够多了,没想到你也不遑多让。"她捡起个枇杷剥了咬一口,"真甜!"

陆曈笑笑:"柜子里还有。"

"那我就不同你客气,"林丹青边吃边笑,"你回去一趟后,瞧着气色好多了,来这么久,都没见你这样开心。"

这话并未夸张。陆曈自打进医官院来,总是冷冷淡淡的,旬休一次后,虽然还是老样子,可总觉得面上微笑都真切几分,像是有什么好事发生。

林丹青感叹："果然，人活着，乐子全靠旬休。"又叹气，"就是太短了点，三日哪里够。"

陆瞳笑笑，正想说话，又听见林丹青道："医官院这么多人，咱们也就旬休这几日，一回来就一堆事，弄得跟没了咱们就不行一般。我今日才回来，常医正就问我你回了没，说户部金侍郎催了几次了……"

"金侍郎？"

"是啊，"林丹青吐出个果核，"一个肾囊痈，又不是什么绝症，至于这样着急忙慌……"

金显荣自然很慌。自打他知道自己得了这病，成日提心吊胆，生怕步了亲爹后尘。他按时吃药，精心保养，只盼着病木回春，再有重振之日。

然而年少时自以为是，抢了一府的莺莺燕燕，长期称病难免引人怀疑。金显荣引以为傲的男子自尊不允许被别人践踏，于是三日前没忍住，与府中小妾春风一度，第二日醒来，顿时大惊失色。

先前陆瞳给他治病时便一直嘱咐，治病期间不可行房，这一破戒，也不知会不会前功尽弃。金显荣有心想问问陆瞳，叫人去医官院，却得知陆瞳旬休回家的消息。

这三日简直度日如年。

金显荣连做三日噩梦，每天夜里都梦见自己变成个太监，原本稀疏的眉毛如今掉得几乎要看不见了。

如今陆瞳旬休归来，金显荣简直要热泪盈眶。

"陆医官，您看我……还有机会吗？"金显荣攥紧双手，紧张得像个孩子。

陆瞳皱眉看着他，语气严肃："治病期间行房是大忌，金大人犯了忌……"

她沉默的时间有点久，久到金显荣一颗心都提到嗓子眼快要哭出来时，才慢慢说道："之后施诊效用会变慢，但金大人切记这几月不可再度行房了。"

"只是变慢？"金显荣松了口气。

他以为陆瞳都要宣判他的死刑，未料还有生机，一时生出劫后余生的庆幸，只连连点头称是："那是，那是，不行了不行了，一定谨听陆医官交代。"

陆瞳起身整理医箱，走过一处屋门前，往里瞥了一眼。门口的紫檀嵌宝石屏风还在，更深处的那张紫檀清榻上却无人踪影。

她状似不经意地问："戚公子不在吗？"

"玉台啊。"金显荣摆手，"自打上次你来后，他不知是先前受凉没好还是怎的，精神不大好，户部也没什么事，就叫他回府休养去了。"

"原来如此。"陆瞳点点头，回身道，"金大人，下官有一样东西要给您。"

金显荣一愣："什么？"

太师府。

正是午后，日头慵懒，庭中两个扫洒丫鬟打扫完院子，正躲在树荫下乘凉。

年纪小的那个穿青色比甲裙，生得眉清目秀，模样尚带几分稚气，正趴在假山池塘边低头看池子里游来游去的金鱼。

"素情，你趴池子边做什么，当心摔下去。"年长的婢女坐在一边提醒。

"姐姐，我第一次瞧见这么多好看的鱼。姑姑没有骗我，太师府真是太好了！"小丫鬟素情嘻嘻笑着，手指在池水上方虚虚一点，把聚来的游鱼吓了一跳,一下子散开了。

太师府采选下人条件严苛,要相貌端正能干机灵的良家子。素情年纪小,今年才十四岁,戚家管家挑选下人时,瞧她生得白嫩讨喜,一并也选上了。

这消息传来时,素情一家都喜得说不出话来。

那可是太师大人的府邸!

这位大人不仅位高权重,还清正忠直,更是个心肠特别好的大善人,年年都会在城里设立粥棚施粥救饥,又修桥修路。纵是太师府一个下人的差事,也是许多人挤破脑袋也求不来。

素情一家都在庄子上给人干活,未承想竟会被挑中进太师府,进府三日,虽连主子人都没见到,素情每日却高兴得很。

太师府游廊漂亮,花园漂亮,杯盏碗碟皆是华美精致,就连这池塘里游来游去的金鱼都比别处瞧着要金贵。

素情毕竟年纪小,玩心一起,追着最漂亮的那条墨眼小跑,连有人来了也没瞧见。直到眼前突兀出现一道人影,把她面前的路斩断了。

素情一愣,下意识抬起头,就见面前不远处站着个黑袍老者,正淡淡看着她。

老者须眉交白,穿一身黑色道袍,生得仙风道骨,眉宇间颇有几分孤高。他身后跟着个矮小管家,垂首恭敬立在一边。

身后传来年长婢子惶恐的声音。

"……老爷。"

老爷?整个太师府中,能称得上"老爷"的只有太师戚清。

戚太师平日这时都在午憩,她没想到这时候会有人来。府中一贯注重下人规矩,她这般当着主子面跑跳打闹已属言语无状,是要打板子的。

素情忙跪下身磕头："奴婢无礼，求老爷开恩。"

半晌无声。

正在素情心中惴惴时，头上传来老者平静的声音："起来吧。"

素情一怔，小心翼翼抬头，老者垂眸看着她，神色并不似她以为的发怒，语气甚至十分温和。

"新来的？"

"是。"素情小声道，"奴婢素情，三日前进的府。"

老者点点头："池边容易落水，日后小心。"

素情一愣，随即有些激动。

太师竟然没有怪责她！不仅没责骂，甚至还提醒她莫要摔下池子！

寻常富贵人家待下人总是苛刻，哪有这般好说话的？外头传言没有骗人，戚太师果然慈悲心肠。回头她要将此事写信给爹娘，要将戚太师的善名好好传扬！

素情低下头，隐去心头雀跃，乖巧地应了。

老者见她如此，点了点头，不再多说，就要离开。错身之时，他的目光落在跪着的人身上——小丫鬟梳着少女双髻，谦卑地低着头，露出里头一截衣领，雪白衣领上绣着个小小图案。

羽翅鲜亮，引吭高歌。

是一只画眉。

他倏尔停下脚步。

素情跪着，见那原本已经提步的人忽然又停住脚步，下一刻，一只枯槁如树皮的手伸来，蓦地捏住她衣领，手指如一截苍白枯木，狠狠碾过衣领上凸起的图案。

她心中一慌。

"这是什么？"头顶传来老者的声音，辨不出喜怒。

"是……是画眉。"

她身后,年长的婢子身躯一抖,恐惧地看向她。但素情没有看到。

"画眉?"

素情小心道:"奴婢小名画眉,这是阿娘绣的。"

她进太师府前,家中虽为她高兴,却也担忧。临走时,素情将自己原来的里衣带上了,这衣裳上有母亲亲手绣的画眉,穿在身上,就如家人在身边一般,总添几分温暖。

头上迟迟没有动静。

不知为何,素情的心咚咚直跳,像是预感到有什么不祥之事将要发生,穿在身上轻薄的衫裙也变得厚重,令她不知不觉起了一层细汗。

四周寂然无声。

素情想要偷偷看一眼主子的神情,于是鼓起勇气抬起头,看见了——

那位须眉皆白的老者站在日光下,午后日头穿过树影缝隙直直落下,把人眼睛晃得看不清楚。

像个慈悲又冷漠的仙人。

许久,他抬手,抚了抚腕间佛珠,慢吞吞地开口。

"拖走。"

第十五章 拥抱

"听说了吗,长春宫今日杖杀了几个婢女。"

"啊?这是为何?"

"说是受人指使,想对贞妃娘娘腹中龙种动手……院使大人匆匆进宫,就是为了给贞妃娘娘安胎呢……"

医官院前厅的饭舍里,两个医官正凑在一起交谈,陆曈从他们身畔走过,二人见有人来,便埋头吃饭,不作声了。

医官们平日在各大官家世族中行走,高门府邸中的秘辛也知道不少。

那位贞妃娘娘近来很受宠,当今天子年事已高,共有四位皇子。除太子外,三皇子最得圣宠,贞妃腹中的龙种若是男胎,朝局将来如何变动尚未可知。

变化总是在瞬息发生的。

陆曈绕过桌椅,去了厨房拿了些剩馒头包好,离开饭舍,往后院药房走去。

药房总是常年空着,自打陆曈来了后,倒是难得用了起来。

陆曈顺着长廊往里走,一直走到倒数第二间房前,推门走了进去。

屋里地上放着只药炉,正咕嘟咕嘟往外冒着热气,林丹青坐在药炉前,被熏得眼睛微眯,满地散落的都是医籍药册。

炉子旁边缝隙里还塞着几枚青壳鸡蛋,挤在药罐子底下,像串堆在罐子下的鹅卵石。

陆曈把馒头递给她，林丹青便笑："多谢啊。"

"只有冷馒头，"陆曈在她身边坐下，"不去饭舍吃吗？"

"我这正做着药呢。"林丹青拿起馒头一口咬下半截，险些噎着，喝了口水咽下去才道，"你又不是不知道，咱们当大夫的，当然不能离开煎药的罐子。"

陆曈沉默。

林丹青这几日没什么事，有大把空闲时间，便也像生了兴头，挨着陆曈的隔壁尝试做新药。

原来空旷的药房如今被她二人霸占，倒数第一间是陆曈的，倒数第二间是林丹青的，二人比赛般，一人比一人熬得长。

陆曈低头，把地上散乱医籍收起来，见林丹青手边的那本《明义医经》翻到《诸毒》一节，不由一怔。

似乎在之前，她也看到林丹青夜里读书读到这里。

陆曈看向林丹青面前的药罐。罐中汤药被熬煮的白沫沸汤，其中药材看不清楚，能闻见熟悉的清苦香气，似乎是解毒药材。

默了默，陆曈问："你在做解毒药？"

"你真厉害，"林丹青瞪着她，"我用的珍贵药材，还特意祛了点药性，你一闻就闻出来了？"

陆曈指指地上那本《明义医经》："不是翻到这页了吗？"

林丹青无言片刻，道："原来你是靠猜的。"

她又把面前的《明义医经》合起来放到一边，神色有些惆怅："我原以为医官院藏书丰富，常医正说，《明义医经》中记载毒物是如今梁朝最周全的，足足有五百多种，可我这本书已经翻了好几遍，发现也不过如此。有许多毒物，这上头根本没记载，可见医科一道，任重而道远。"

她像是很失落。

陆瞳想了想，问："你想要找的毒这上面没有？你想解的，是什么毒？"

林丹青目光动了动。

半晌，她叹了口气，拿起银筷把炉边的青壳鸡蛋拨到一旁，在蛋壳上戳了戳，道："你知道南疆的毒吗？"

"听过。"

南疆远地，本就多毒蛇虫蚁，奇花异草遍地不缺，此地毒物凶猛，又因远离中原，梁朝医书能记载的也仅仅只是九牛一毛。

林丹青把烤鸡蛋在地上滚了滚，用手试了试不那么烫了，往地上一磕，三两下剥开蛋壳。

"鸡蛋烤着吃比煮着吃好吃，"林丹青递给她一个，"你要吗？"

陆瞳摇头。

她便自己吃了一口："好香！"

陆瞳安静坐着。

林丹青吃了口鸡蛋，道："我想找一味'射眸子'的解药。"

"'射眸子'？"

"你也知道，南疆诸毒凶猛，我没去过南疆，连这个叫'射眸子'的毒草长什么样都不知道。常医正说，医官院书库里的医书最全，可我也没找到相关记载，问过院使和医正他们，并未听过此毒草之名。"

林丹青苦笑一声："我都快怀疑是否'射眸子'这毒草根本就是假的，不过是胡编的名字。"

她平日里总是无忧无虑，大大咧咧，此刻却有些黯然神伤，坐在地上，一口一口吃着鸡蛋，竟有几分苦涩模样。

陆瞳想了一会儿，道："'射眸子'，是那个服用后，双眼渐渐模糊直至失明的毒草?"

咳咳咳——

林丹青剧烈咳嗽起来。

"你你你……咳咳——"

陆曈递给她水壶,林丹青灌下一半,震惊地看着她:"你怎么知道!"

南疆诸毒,中原人本就难碰到,正如她四处寻觅有关此草的记载,可这些年一无所获。不仅医官院,盛京医行里那些德高望重、见多识广的老大夫也并未听闻此毒。她没料到竟会被陆曈一口说出来。

"你怎么、怎么知道这毒?!"她一激动,方才握着的半个鸡蛋被捏得粉碎,蹭了一手蛋黄。

陆曈把蒙在药罐提手的湿布递给她。

"我在师父的手札中见过此物。"

芸娘的医书全堆在落梅峰,准确说来,医书少,毒经多,从中原到异族,从山地至海上,一些是天然毒草,长于人迹罕至之地,一些是出自她手制作的新毒,那毒性更猛更狠辣。

陆曈一一读过了。在山上的那些日子,她只恨读得不够多。

林丹青一把抓住陆曈的手,"陆妹妹,你师父在哪,能不能带我见她……"

"家师已过世。"

"那手札呢,手札能不能借我看一眼?"

陆曈垂眸:"手札已随师父入葬时一同烧毁。"

林丹青一愣,面露失望之色。

不过很快,她又重新振作起来,问陆曈:"陆妹妹,你既看过令师手札,那、那有关'射眸子'的记载是什么?它长什么样?可有解药?"

陆瞳摇了摇头:"没有。"

芸娘喜欢搜集世间毒药,却并不喜解毒。那些毒经中,多是无解之毒,能轻松解开的毒物,不值得芸娘记录在手札上。

"射眸子,也只记录了其名字和功效,并无解毒之方。手札上写,人若服用射眸子之毒,双眼渐渐模糊,如以箭射眸之痛,短至三五年,至多不过二十年,双目失明。"

林丹青怔了怔,喃喃开口:"是啊,以箭射眸之痛……"

沉默了许久,她才苦笑一声:"看来,有关射眸子的记载,还是不够多。"

她闷闷拿起一只鸡蛋,在地上心不在焉地磕了两下,似是十分烦躁。

陆瞳开口:"你现在做的就是射眸子的解药?"

林丹青点点头,又摇摇头:"我用了很多解毒药材,但做出的成药效果很是一般,与普通的解毒药并无二样。"

"不如试着以毒攻毒。"陆瞳提议。

林丹青讶然望着她,随即断然拒绝:"初入太医局时,先生就说过,药方与其重不如轻,与其毒不如善,与其大不如小。射眸子本就是剧毒之物,以毒制毒,用药之人会受不住的。"

医官们用药向来温和,也是怕出意外。陆瞳平日里一副柔弱模样,出口竟是如此狂霸的制药之方,令林丹青也惊了一惊。

"药有七情,相恶相杀通用者,为用药之王道。太医局只教学生相须相使同用,虽稳妥,可选余地却太少。不如另辟他径。"陆瞳并不在意,只平静地说,"有些毒物,单看致人中毒,但若以别的辅药相冲,冲去毒性,亦可入药。有些药材单看不起眼,是治病良药,但若以特殊器物相盛或是引入别物,良药也变凶险……"

说到此处,她倏然住口,不知想到什么,神色有些怔然。

林丹青没瞧出她的异样，似也被她一番话影响，低着头静静沉思，一时没说话。

片刻，陆瞳站起身："馒头我送到了，没别的事，我先出去。"

林丹青回过神，抬头看向她："你不做药吗？"

今日不是给金显荣施诊的日子，平时无事时，陆瞳也就待在药房里，翻翻医书，做做新药什么的——金显荣的敷药都已换过好几回。

"不做了。"

顿了顿，陆瞳开口："我去殿帅府，今日该给营卫施诊。"

京营殿帅府今日很是热闹。

年轻禁卫们听到陆瞳的名字，有本来在演武场武训的，顾不得换下汗湿衣裳，箭一般弹进殿帅府厅堂，挽着袖子有意无意展示自己健壮的胳膊："陆医官来了！"

殿帅府的五百只鸭子们又开始吵嚷起来。

赤箭站在一头冷眼旁观。

他就不明白了，陆瞳何以得到殿帅府这么多禁卫的青睐？明明来过殿帅府的那些姑娘们热情大方，温柔明媚，而陆瞳总是冷冰冰的，偏用这张冷淡的脸博取了殿帅府最多的芳心。

还有自家主子……

听青枫说，裴云暎推了成山的公文，特意花了一天时日陪陆瞳出城逛茶园，以至于当日夜里处理公文忙至半夜。

赤箭看了一眼被众人簇拥在中间的女医官，心中疑惑。

莫不是陆瞳给这些同僚下了蛊？

听说南疆女子善用情蛊，见到中原的美貌男子便暗中下蛊，把对方连人带心地骗过来，若不从，就会生不如死，日日折磨。

蛊虫真可怕。

他打了个哆嗦，急忙走了。

陆曈不知赤箭心中腹诽，被围在人群中亦是无言。

去殿帅府施诊不过是个理由，谁知真有如此多禁卫找她瞧病。一个个昂藏男儿，血气方刚，指着胳膊上指甲大小的擦伤叫她看诊。

她也心中疑惑。谁都说京营殿帅府中挑选宿卫看相貌看身姿，莫非仅看相貌身姿？如此娇弱，盛京的安定真有保障？

若太师府上的禁卫们人人都有这般娇弱，也许她都不必用毒，单靠自己也能在太师府大开杀戒。

这般想着，她手上的动作又快了许多。

直到夕阳渐斜，裴云暎过来驱人，这群禁卫才依依不舍地各自散去。

裴云暎站在门口，朝陆曈笑笑，陆曈便起身收拾好医箱，随他进了屋。

还是那间处理公文的屋子，窗边的紫檀波罗漆心长书桌上堆着厚厚一摞公文，官窑笔山上挂着的紫毫笔尖润湿，旁边是墨石砚，似乎座上之人刚刚还在奋笔疾书。

他看起来很忙。

青年指了指花梨木椅，陆曈便在椅子上坐了下来。

裴云暎也在对面坐下。

他笑着问："怎么突然来了？"

今日不是施诊日。

陆曈从袖中摸出一封信函，推了过去。

裴云暎瞥了一眼，熟悉的信封，是那日他给陆曈的信函。

那封装着"药方"的信函。

他伸手拿过信函，并未急着拆开，只扬眉看向陆曈："陆大夫看过了？"

"是。"

"有问题？"

"有。"

屋中寂然一刻。

他低眉想了一会儿，再抬起头时，依旧含着笑，目光却骤然变冷，问："哪里有问题？"

陆瞳声音平静："都是些补药，药方做得很精妙，乍一看温养体魄，但若与一物混合，则补药变毒药，虽不会立即致命，但长此以往，身体日渐衰弱，最后心衰而死。"

裴云暎盯着她："何物？"

"金。"

他一怔："金？"

"金屑有毒，可治风痫失志，镇心安魂。一般上气咳嗽、伤寒肺损吐血、肺疾、劳极作渴，都可以在丸散中加入少量服用。"

陆瞳顿了顿，继续道："但裴大人给我的药方，若掺入金屑，后患无穷。"

他没作声，似是沉思。

陆瞳便继续说："此药方中所耗药材昂贵，用药之人家中必定富贵，若以金碗盛药……"

裴云暎面色微变。

若以金碗盛放，不必添以金屑，补药自成剧毒，长年累月，也并不会被人发现端倪。只因药方和药材无害，金碗亦无害，然而两相一撞，其势凶险，难以言表。

既隐秘，又高明。

515

陆曈垂眸，心中亦是不平静。

裴云暎给了她药方后，她这些日子将药方细细钻研，然而看过许多次，皆没查出不对。直到今日她与林丹青交谈，言至药性相克一事，忽而豁然开朗。

金屑若掺在药物中，未免太过明显，一眼就能被人识穿。但若以金碗相盛，虽效用不及金屑来得快，但长年累月下去亦会要人性命。

她不知裴云暎的这些药方出自何人之手，又是为何人准备，然而用得起如此昂贵药材的富户，所用杯盏器具富丽豪奢也是寻常。

至于金碗……

此料贵重，寻常人家担用不起，能有此资财，势必非富即贵。

刚想到这里，耳边传来裴云暎的声音："陆大夫果然医术超群。"

陆曈看着他。

他把信函收好，又是那副不怎么在意的神情，让人难以窥见端倪。

"多谢。"

"不必，裴大人告诉我画眉案，我替裴大人验药方，这是一开始说好的交易条件，很公平。"

裴云暎笑了一下："真是陆大夫一贯作风。"

一贯的公私分明，生怕欠人情或是被人欠，一定要分得清清楚楚明明白白，像是做完这笔生意就要一刀两断，老死不相往来一般。

他看了一眼窗外，夕阳西沉，金红霞光穿过院中枝隙映在窗上，远远能瞧见半个落日的影。

"天色不早，"裴云暎收回视线，起身替她拿起医箱，"走吧，我送你出去。"

陆曈点头。

待出了门，殿帅府已经没几个人，宿卫们都去饭堂吃饭去了。

夕阳把小院的芭蕉都染上一层熏红，人走在其中，被霞色也镀上一层暖意。远处有晚归春燕绕树，黄昏显出几分温柔的静谧。

陆曈瞧见花藤下木头搭成的棚舍空荡荡的，里头胡乱堆着些棉布，还有一只盛着清水的空碗。

那是……

像是知道她心中疑惑，裴云暎突然开口："你来后，我让段小宴带栀子去演武场了。"

陆曈一怔。

他道："不用怕，陆大夫。"

陆曈抬眼看向身边人。

云透斜阳，窗明红影。落日在他身后渐渐沉落，拖长的余晖把他的身影勾勒出更加柔和的影子，他那身乌金绣云纹锦衣在斜日下漾出一层浅金色，极是动人。

陆曈有些晃神。

她没想到自己随口的敷衍，裴云暎竟还记着。

在莽明乡也是，瞧见黄犬，他替她挡在身侧，殿前司的那只黑犬她先前也见过，是只漂亮矫捷的猎犬。

他真以为自己怕狗了？

注意到她的目光，裴云暎低头看来："怎么？"

陆曈甩掉心头异样："没什么。"

两人并肩走着，在斜阳小路上拉出长长影子，仿佛要与金红色夕阳融为一体。

身侧传来裴云暎含笑的声音："陆大夫帮我查出药方，我应该送你什么谢礼才好？"

陆曈道："说了是交易，裴大人不必放在心上。"

"是吗?"他漫不经心开口,"那对金蛱蝶怎么说?"

新年夜裴云暎送了她一对金蛱蝶,首饰贵重,于是陆曈趁着旬休见宝珠时,将金蛱蝶送回去了。

裴云暎悠悠道:"送出去的东西岂有收回来的道理?陆大夫很失礼啊。"

陆曈:"我不喜欢蛱蝶。"

他问:"那你喜欢什么?"

陆曈忽而就有些不耐烦了。

不喜欢欠人情,亦不喜欢被人欠,尤其是她与裴云暎这样的关系,复杂局势下,将来如何尚未可知。她希望他们所有交往都是清清楚楚、明明白白的交易,也将自己的意图表达得淋漓尽致,偏偏这人总是如此。

难以把握好的距离,混混沌沌的分寸。算来算去也算不清。

她索性看向对方,直言不讳:"我喜欢裴大人的香袋方子,大人能给我吗?"

裴云暎一愣。他低头,目光落在陆曈脸上,神色有些异样。

陆曈坦然看着他。

那只香袋方子瞧上去很贵重,以至于上回在马车上时他都未曾松口。但陆曈仍是不解,她只是要香袋方子,而不是让他做个一模一样的香袋,何苦一副为难模样?

"裴大人知道,我在医官院用不上银子,也用不上首饰。大人若执意想答谢我,不如把香袋方子送我。"

他这般不舍,陆曈就越是疑惑,越疑惑越想要。

求而不得,总是人之常情。

他盯着陆曈看了一会儿,半晌,移开目光,淡淡道:"这个不行。"径自往前去了。

果然。

陆曈望着他的背影，心中陡然有了猜测。裴云暎看上去不是小气之人，平日出手又很大方，偏对这只香袋如此维护，莫非方子是出自某个对他很重要的人？

情义常比银钱珍贵。

想着这头，裴云暎已走到殿帅府院门口，再往前，马车正停在街角等着。

裴云暎把医箱递给她，道："路上小心。"

陆曈接过医箱，应了一声，往对街的马车前走，才刚过街，就见前面不远处巷口一家染坊门口，朱色屋梁下，站着个熟悉的人。

年轻男子穿件香色圆领长衫，手里抱着个不知是食盒还是什么的东西，身形微腴，站在染坊前四处打量。

陆曈脚步一顿。

是那位太府寺卿府上的小少爷，董麟。

染坊前，董麟也瞧见了陆曈，面色顿时一喜。

他是特意来寻陆曈的。

自打当初董夫人派王妈妈在仁心医馆大闹一场后，太府寺卿便不再与仁心医馆往来。董麟心中又气又急，既气母亲不顾他的反对执意要破坏他与陆曈的关系，又急若是陆曈一怒之下离开仁心医馆匆匆嫁人可怎么办——被羞辱名声的年轻女子，再过下去总是艰难。

但陆曈非但没有一蹶不振，反而拿了红榜第一，顺利进入翰林医官院，震惊整个医行。

等陆曈进了医官院后，董夫人也不再拘着董麟，只是陆曈不在仁心医馆，他想从医官院见着她也难上许多。

董麟曾托人给陆曈传话,希望能当面解开过去误会,对她赔个不是。但每次都被陆曈婉言谢绝,只说在医官院做事,与他见面不方便。

今日也一样,他到了医官院,听医官院的人说陆曈给禁卫们施诊去了,便在殿帅府门口等着。左等右等,等到暮色四合,总算是看到朝思暮想之人。

董麟心中不免激动,踌躇着就要上前,却见那人突然不动了。

陆曈停下脚步。

她没想到会在这里遇到董麟。

这位董少爷的意图太过明显。

当初为了利用太府寺卿和董夫人的关系,陆曈放任董麟对自己表示好感,而今再纠缠下去,只会有害无利。她已几次三番拒绝董麟的邀约,话里话外也委婉表示了拒绝,然而董少爷却格外执着。

拖泥带水并非好事,可要让他知难而退……

陆曈眸色动了动,往后慢慢退了两步,突然回转身,朝着殿帅府的方向快步跑回去。

董麟一急,连忙跟了上去。

殿帅府门口,裴云暎仍站在小院里。

落日斜照,清风渐起。他立在门口那棵梧桐树下,不知在想什么。温热余晖落在他身上,他转身,正打算往里走,听见身后传来一阵急促脚步声。

裴云暎抬眼,就见陆曈朝他小跑着冲来。

她总是冷静的、平缓的,像条潺潺流动的暗河,平静水底掩着看不见的汹涌。

然而此刻她却很是急促。像那冰封的小溪也解了封存,流转的溪水在余晖中越发灿烂得夺目,雀跃着、生动地呼啸着跃入他眼底,仿佛下一刻要撞进他的怀抱。

裴云暎怔然一瞬,陆曈却已冲至跟前,就在即将到达他眼前时,像是踩着石子,忽地脚下一崴。他下意识伸手去扶,对方便顺势抓住他手臂,结结实实扑进他怀中。

猝不及防下,他将对方抱了个满怀。

时间似乎在此静止。

金色的余晖更灿烂了。

庭前春花却黯淡下来。

天也暮,日也暮,云也暮,满地斜阳里,最后一丝落日也变得温存,脉脉流过院中相依的人。

怀中人抓着他袖子的手攥得很紧,如落水之人紧紧依靠浮木,姿态柔软却又古怪。他微怔之下,察觉到什么,视线掠过身后的院门。

离院门不远处,站着个穿香色长衫的男子。那位太府寺卿府上的小少爷抱着食盒呆立在原地,望向他二人的目光满是不可置信,倒在这孤寂黄昏里,显出几分落寞的可怜。

裴云暎眸光微动,低眉看去。

陆曈仍低着头,像是蜷缩在他怀里,单薄瘦弱的身子令人想起那对蛱蝶的薄翼,似乎很轻易就能被扯碎。

孱弱得可怜。

他一手环着她的腰,那是方才她冲过来时下意识地袒护,而另一只手……

犹豫片刻,他伸出另一只手。

那只手修长干净,缓慢地探向怀中人后背。

是一个将对方拥入怀抱的姿势。

晚风凉淡,细细拂过院中芳草。

那只手最终还是没落下去,只在身后虚虚环着,克制地留下一点不可企及的距离。

庭前春花的芬芳到了日暮竟觉出一点苦意,亲密的人影子落在地上,也是亲密。

陆瞳盘算下时间,估计董麟该看的不该看到的都已看到,适才抬起头,对上一双黑幽的眼睛。

裴云暎生得很英俊,风神秀彻,英断卓拔,虽看似亲切温煦,却总有一种天生的疏离感,让人不敢近前。

然而此刻,他只是垂眸看着她,漆黑眼眸里映出她的倒影。

落日只剩一点余晖,从后照过来时,倒影便似银塘的月倏然散去,化作璀璨星辰,又像是多了一些她看不懂的情绪,有更深的东西从他眼底浮上来,纠缠看不清楚。

她与他距离很近,比上次马车摇晃时偶然的触碰更加亲密,冰冷的衣襟处,怀抱却像是带着暖意。而淡淡的兰麝香气若隐若现传来,像诱人沉沦的禁忌,不觉生出几丝不该有的绮念。

陆瞳恍惚一瞬。

他的目光轻飘飘瞥过她身后,而后扶着她站好,笑了一下,问:"怎么了?"

陆瞳回过头,院门外恍然掠过董麟匆匆逃开的背影。

她松了口气,又回头看向眼前人。

裴云暎站在她面前,神色很是无辜,既没有因她刚刚冲回来这般突兀的举动而诧异,也没有多余问其他什么。平平淡淡的,和她猜测的反应不大相同。

陆瞳有些拿不定他究竟有没有瞧见董麟。

倘若瞧见,他就已知自己这故意之举,何故如此平静?但若没瞧见,以裴云暎的性子,早就揶揄几句"未婚夫"之类的调侃。

毕竟这人很是聪明。

不过,目的既已达到,裴云暎不说,陆瞳也断没有给自己找尴尬的道理。反正董家小少爷看上去是个爱哭的性子,将这误会再深一层,至少日后可以绝了董少爷的执念。

陆瞳后退一步,把医箱带子重新扶回肩上,道:"没什么。"想了想,又仰头补充:"不用金蛱蝶,这是谢礼。"

裴云暎看着她,似乎想说什么,最后却又没说出来,只点了下头,笑道:"好。"

陆瞳心下稍安,道:"我先走了。"

"我送你。"他打断她。

这回陆瞳没再拒绝。

若董麟瞧见裴云暎与她举止亲密,只会将念头断得更加清楚。

好在这回出门,一直到上了马车,陆瞳也没看到董少爷的身影。

裴云暎站在巷口,一直等陆瞳的马车驶远,唇边笑意渐渐淡去,又在巷口站了一会儿,才转身往殿帅府的方向走。

他走得很慢,神色安静,像是在思考什么。远处落日已沉下,院中没了方才暖色的光,一瞬变得冷清起来。

待进了营府的小院,远远瞧见梧桐树下靠着个人。

萧逐风立在树下,神色冷漠,不知是什么时候来的,方才之事又看见了多少。

"什么时候回来的?"他笑着上前。

萧逐风不说话,直等对方走近,几乎要错身而过时,才意味深长地开口:"我想取一件东西,需要有人替我除去路上障碍。"

裴云暎:"……"

"真好。"萧逐风瞥他一眼,语气难以言喻,"你又替她扫除了一个路上'障碍'。"

"……"

"莫名其妙。"裴云暎哂道,又懒洋洋摆了摆手,"要晒月亮自己晒,我进去了。"

萧逐风站着没动。

天色全然暗下来,今夜没有月亮,院子里有风吹过,梧桐树上,一片树叶飘飘荡荡地落下来,落在他手心。

叶子半青半黄,中间一块颜色却并不分明,混沌看不清楚,他低头看了片刻,手一松,叶子缓缓飘落,像只枯萎蝴蝶沉入土地。

男子站直身,也跟着离开了。

谷雨过后,盛京迎来立夏。

司礼府门前芍药绣球开了不少,红红紫紫,英霞烂烂,本就华丽的府邸更若多了百只绛灯,宝色煌煌。

一进雨季,盛京的地面就像是没干过。金显荣脱下稍显厚重的春衫,换了轻薄凉爽的单衣,走到屋前,从银罐子里夹出一粒香丸,小心翼翼点上,移至香炉中。

香炉盖子被掩上,一束细细青烟从牛首中吐出,伴随馥郁清香。

金显荣低下身,凑近闻了一大口,满意地闭上眼睛,细细品味其中滋味。

才品了没几口,身后有人进来。

来人一身华丽衣袍,微带倦容。金显荣回过头,哟了一声,遂笑道:"玉台回来了。"

来人是戚玉台。

前些日子，戚玉台身体不适，又告假回家了。

他一年里头隔三岔五告假回家，金显荣也早已习以为常。最初得知戚玉台来户部时，金显荣还颇觉诧异，想着以戚家之势，戚太师再怎么也不该给儿子安排这样一个虚空闲职。如今看来，金显荣却不得不佩服这位老太师颇有先见之明。

就戚玉台这个病恹恹的身子，要真安排什么忙碌差事，岂不是很要人命？

得亏户部如今跟个摆设一般，有没有戚玉台，区别不大。

难怪人家能做到太师呢，眼光实属比旁人长远。

心中这样想，嘴上的奉承关切还是不缺，金显荣笑道："这回是好全了？瞧着还有些疲色，玉台你也不要太心急，户部的事，哥哥一人还是忙得过来的……当务之急是治好身子，你要是在这有个头疼脑热的，我怎么跟太师大人交代呢……"

他每次都如此谄媚，戚玉台敷衍地应付了，回了自己屋，一屁股坐在桌前。

屋门隔绝了金显荣的奉承，也隔绝了戚玉台的不屑。

他在府里关了几日，本就心情烦躁，一回司礼府，金显荣张口闭口还是"太师大人"，总是惹人心烦。若非这段日子父亲看他看得紧，他该去丰乐楼"松快松快"的。

戚玉台心中没来由地烦躁起来。那股无名之火难以压抑，他坐直身子，伸手够到桌上罐子，银罐盖子一揭开，不由愣住了。

罐子里满满当当装的都是灵犀香香丸，一粒粒叠在一起，堆得像座小山。

戚玉台忍不住望向门口。

过去每当他告假归家，不消几日，再回来时，银罐子里的香丸必定被顺了个干干净净。金显荣爱贪小便宜,灵犀香昂贵,总是趁他不注意偷拿几颗,连同戚家送来的珍贵茶叶。

戚玉台虽轻蔑他这般行为,却依然默许。总归太师府不缺买香的银子,用小恩小惠来收买金显荣,让他在户部有时多行方便,是稳赚不赔的生意。

他已做好面对空罐子的准备,甚至来之前已带了一罐新的灵犀香,不承想金显荣竟转了性子,这罐香丸动也没动,仍旧搁在他书台上。

戚玉台觉得奇怪,忍不住起身开门,走到外头堂厅。

金显荣躺在红木躺椅上,膝头搭着一本户部文册,正半闭着眼听着窗外雨声,模样十分惬意。

在他面前的书案上,搁着一只铜质香炉,青牛甩着尾巴,牛首中吐出细细青烟,与平日沉郁香气不同,透着股芬芳清甜。

这不是灵犀香的香气。

躺在椅子上的金显荣察觉有人,一抬眼,就见戚玉台站在前,吓了一跳,差点从椅子上摔下去:"玉台,你这是……"

戚玉台回过神,指了指桌上香炉:"侍郎,你换香了?"

"啊?"金显荣没料到他说起这个,呆了呆,才道,"是换了……玉台,这香好闻不?"

戚玉台凑近,细细嗅了一下。

灵犀香用材昂贵,馥郁浓厚,但许是闻了多年,再惊艳的香气也变得平庸。金显荣这味香用料应当普通,乍一闻有些俗气廉价,然而细细一品,顿觉幽丽甜美,似夏日熟透的果实饱满欲滴,在雨季里显得格外清新。

连他方才的烦躁也驱散两分。

"……好闻。"戚玉台点了点头,不以为意,"侍郎在哪里买的?"

这香必然不如灵犀香贵重，金显荣或许是一时兴起，在香药局买了便宜香丸来换换口味。

闻言，金显荣露出一个神秘的笑。

他轻咳一声，压低了声音："这香叫'池塘春草梦'。"

"'池塘春草梦'？"

"少年易老学难成，一寸光阴不可轻。未觉池塘春草梦，阶前梧叶已秋声。"金显荣摇头晃脑吟诵几句，笑容也生出几分猥琐，"这是陆医官特意为我调配的香丸，里头有好几味药材。男子闻多了此香，补气益血，对那个有好处。"

他拍拍戚玉台的肩，苦口婆心劝道："玉台啊，你现在年轻，不懂，但少年易老，要珍惜。"

他话说得模模糊糊，戚玉台却明白过来。

前些日子听说金显荣得了肾囊痈，医官都来了好几波，看来这新香丸就是那位女医官为金显荣的肾囊痈而调配。

廉价的普通香丸，他本该嗤之以鼻，但鬼使神差地，戚玉台莫名想起了上次见到那位女医官时，她说的话。

"灵犀香凝神静气，可缓失眠不寐之症，不过长期使用此香，难免形成依赖。久用之下，反而适得其反。戚大人有时也不妨试着少用此香，以免成瘾伤身。"

他从小到大，吃什么，用什么，做什么，全由父亲安排。大至身边小厮下人，小至房中所用熏香，都由父亲挑选，没有自己选择的余地。

这本也没什么，如他们这种出身高贵之人，用最好的最贵的，一向理所应当。

然而此刻金显荣捧着他那壶廉价的香，喜不自胜、宛如珍宝的模样，却看得他心中不是滋味。

这香真有那么好吗？比灵犀香更好？

戚玉台不知道，因为他从小至大，只用过灵犀香一味香。

没有选择和不愿选择，本就是两回事。

戚玉台又开始莫名烦闷起来，然后是更深的暴躁。

他走了两步，忽然又折回身来，迟疑一下，对金显荣开口："侍郎。"

金显荣笑容还未收起："怎么啦？"

戚玉台伸出手："也给我几颗吧。"

顿了顿，他眯起眼："我也想试试。"

立夏后，一过白日，夜雨就淅淅沥沥地下了起来。

医官院外头隐约传来更鼓声，时断时续。

有人影冒雨从长廊跑过，停在宿院一间屋门前，轻轻敲了敲门。

陆瞳打开门，披着雨衣的林丹青便从门外闪了进来。

"你做什么？"

"嘘——"

林丹青对她做了个噤声的手势，关上门才低声道："常医正睡了，咱们小点声，别被他逮住。"又快步进了屋，脱下雨衣，把怀中东西放到长桌上，招呼陆瞳："你看——"

陆瞳走了过去。

桌案昏暗灯火下，放着个足有簸箕大的竹篮，里头满满当当都是热熟食。

陆瞳愕然。

医官院饭食清淡，林丹青挑剔，常偷偷从外面买些夜宵回来吃，但因怕被常进发现，也都是些髓饼点心之类的小物，哪像今夜这般阵仗，简直是要在宿院里摆上一桌酒席了。

林丹青没注意陆曈的神情,伸手从竹篮里掏出一叠熟食,什么熟牛肉、辣脚子、猪肉冻、麻腐鸡皮、盐水花生……全是些下酒菜,末了,从里掏出两个红纸贴着的小坛子。

她一手一个小坛子,高高举着给陆曈看:"盛兴酒坊的青梅酒!我特意找人排了一个时辰才买到的,光跑腿银子都花了半吊钱!可贵重了,今夜你我一人一坛!"

陆曈:"……"

青梅煮酒斗时新,五月正是青梅熟时,盛兴酒坊的青梅酒供不应求,没料到眼前就有两罐。

林丹青把一坛青梅酒塞进陆曈怀里:"这是你的。"又揽过自己面前那坛:"这是我的!"

陆曈看向林丹青,不解问道:"出什么事了?"

"什么什么事?"

"怎么突然喝酒?"

林丹青眨了眨眼睛:"不为什么呀!"

她在桌前坐下,分给陆曈一双筷子,用力拔掉酒塞,笑眯眯道:"咱们白日里在医官院累死累活,还要吃医官院寡淡无味的斋菜,也太辛苦了。自然要对自己好点。"

"今日心情不错,我请你。"

陆曈跟着在桌前坐下,瞧着林丹青神采飞扬的模样,想了一会儿,道:"你做出'射眸子'的解药了?"

咳咳咳——

林丹青一个梅豆才放进嘴里,险些被陆曈一句话呛住,半响,惊叹道:"陆妹妹,你是有读心术吧?怎么什么都知道?"

陆曈也有些意外。

这些日子林丹青早出晚归,除了奉值,大部分时间都待在药房里。陆曈瞧见她药材中换了些微毒之物,料想是自己上次说的话起了作用,林丹青正尝试用以毒攻毒的办法制作射眸子的解药。

没想到她这么快就做出来了。

"不过,倒也不是做出了解药。"林丹青不好意思地笑笑,"我只是换了其中几味药材,还是比较保守,谁知——"她眸光动了动,"新做出来的药竟真有一些效果,虽不能全然解毒,但比起从前毫无作用来说,已经有些起色了。"

"陆妹妹,"她一把抓住陆曈的手,欣喜之意溢于言表,"你说得没错,以毒攻毒真的有用!"

她瞧上去很激动。

"原先是我太过执着太医局的医理,通过你这次提醒,我大概也明白了解毒的方向。只是还缺几味难寻的药材,待将那些药材全部寻齐,我写好方子,陆妹妹你再帮我瞧瞧有无错漏。"

陆曈点头:"好。"

她知林丹青一向聪明,当初太医局春试,若不是自己在验状一科讨了个巧,占了先机,太医局春试红榜第一,其实应当是林丹青。

林丹青表面瞧着大大咧咧,爱玩爱闹,实则对医理极为拔萃,否则不会在这短短几日就想通关键,找出射眸子的解毒之方。

下雨了,细雨敲窗,隔着窗也觉出雨夜寒意。陆曈拔掉酒塞,青梅酒的芬芳顿时充斥在鼻尖。

她想了想,问:"不过,你究竟是为谁做的这味解药呢?"

林丹青夹菜的动作一顿。

陆曈安静望着她。

如此迫切,如此认真,用尽心力方法,患得患失到失了分寸,若非中毒之人与自己关系匪浅,很难做到如此。

林丹青为之解毒之人,对她来说一定很重要。

灯火昏暗,只穿了中衣的女孩子歪在矮榻上,喝了一口梅酒,酸得眯起眼睛,好一会儿才回过味,呸了句:"也不怎么样嘛,平平无奇,还敢收我那么多银子,不如街头三个铜板的甜浆!"

陆疃沉默。

林丹青夹起一块猪肉冻塞嘴里,满不在乎道:"是我姨娘中了毒。"

姨娘?陆疃诧异。

林丹青笑了一下,托腮叹了口气:"没想到吧,我是家中庶女。"

陆疃动了动唇,最终还是什么都没说出来。

林丹青热情爽朗,大方明媚,想哭就哭,想笑就笑,医官院众人待她也不错,陆疃一直以为林丹青是因曾经身为医官使的父亲使得众人宠爱,也只有这样不缺乏爱的家族,才能养出明媚如太阳一般的女儿。

没想到林丹青竟是庶女。

"我姨娘是旁人送给我爹的舞姬。我母亲是官家小姐,我头上还有两个嫡出的哥哥,我是家中最小的女儿。"林丹青伸出筷子,戳了一片熟牛肉,盯着那片牛肉看了许久。

"我爹是个好人,也是个好父亲,但不是个好丈夫。"她想了想,又摇头,"不,他应该算是个好丈夫,只是他只是我'母亲'的丈夫。我姨娘在他眼里是个地位低等的侍妾,一个朋友盛情难却收下的'礼物'。"

"我姨娘出身贫苦,被我外祖父卖给牙人送到中原,又因生得好,最后被富贵人家买走,精心养着,作为人情礼物送给了我爹。"

陆疃沉默。世宦高官府中,常有互送美人聊表心意。

"我姨娘当年被卖时,曾因反抗牙人,误食射眸子之毒。一开始没什么征兆,直到生下我几年后,渐渐有了症象。我爹试图为她解毒,但南疆诸毒本就种类繁多,我爹的医术在医官院中也只能算平庸,多年无解,姨娘的眼睛一日日模糊下去,每每毒发,双目疼痛难忍。"

陆瞳问:"所以你学医,是为了解姨娘之毒?"

林丹青扑哧一声笑了。

她说:"陆妹妹,你有没有听过一句医者的诅咒?"

"什么诅咒?"

林丹青轻声开口:"学医之人,永远也救不下自己想救之人。"

陆瞳心头一颤。

林丹青仰头灌了一口酒,目光在夜色下有些迷蒙。

"一开始,我的确是因为想替姨娘解毒所以学医的。"

"我想着,既然我爹治不好,那我就自己治。反正我在学堂里识了字,家中又不缺医书,学学总没有坏处。"

"我爹和母亲从来不管我这些。"

青梅酒太酸,酸得嘴里发苦,林丹青伸手拂了一下唇角酒渍。

林家与其他高门大户不同,她虽身为庶女,倒也从未受过什么苛待。母亲和姨娘间亦没有什么钩心斗角、不死不休。旁人都说她们母女是得了十二万分的好福气才遇到这么一户厚道人家。

但林丹青不这么认为。

比起厚道宽容,她认为更多的其实是一种无视。对于不重要的人和事如养宠物猫狗一般的无视。

母亲和嫡兄虽不曾苛待她,但也对她并不亲厚,像是隔着一层淡淡隔膜。这无可厚非,任谁对分走了丈夫和父亲宠爱之人,大抵都做不到毫无芥蒂。

但父亲待她也是淡淡的。

他会询问林丹青近来吃穿如何，可有银钱需要，但并不会如陪伴两位兄长一般长久地陪伴她。就像他会嘱咐下人好好照顾生病的姨娘，却不愿为了姨娘去费心研制射眸子的解药——明明他自己就是大夫。

人的爱大抵很明显，他对谁上心，他就爱谁。

父亲不爱她们母女。

"我及笄前，听说父亲有意为我定下一门亲事。"

"对方人品家世都清白，知晓内情的人都说是门好亲事，可我却觉得害怕。"

沉默了很久，林丹青开口："我怕我走了，姨娘就只剩一个人了。"

初夏的雨潮湿，滴滴答答打在窗上，拖下沉坠湿迹。

林丹青抱着酒坛，头搁在坛子上，目光有些恍惚。

她想起自己得知那桩亲事的午后，第一个念头是，她若出嫁，姨娘怎么办？

射眸子的毒一年比一年严重，待六七年后她出嫁，姨娘的眼睛保不齐已经看不见了。

父亲不会苛待姨娘，但也不会事无巨细地关注她，倘若家中下人照顾不周，倘若她在府里被坏人欺负，倘若……

无数个念头在她心头盘想，年少的林丹青打了个哆嗦，不敢再细想下去。

"我想着，我一定不能嫁人，至少在姨娘眼睛好之前，不能嫁出去。"

但人的一生，大抵真如阴阳先生所言，各有其命。有的人命好，一生无忧，有的人命贱，前路多舛。

一个不得宠爱的小妾，一个活在四宅之中的庶女，命运好像早已被恒定在圈内，难以逃脱。

"为了让姨娘的处境好些,我开始试着讨好他。"林丹青道。

她性情其实不似姨娘温柔,也不似父亲中庸,生来好强。过去多年因父亲疏离的缘故,心里也汪着一股气,从不主动凑上前。

但为了姨娘,她决定学着讨好父亲。

她毕竟不能永远护着姨娘。她想着,只要讨好父亲,让父亲真心疼爱这个女儿,或许将来她出嫁后,父亲能念着这点父女情分,对姨娘再好些。

于是她开始扭转性子,尝试大大咧咧说话,爽朗地走动,她听说人人都喜欢笑眯眯讨喜的孩子,便竭力让自己看起来像轮发光的太阳。

父亲对她的态度果然渐渐改变,有时候还会与她打趣玩笑一两句。

但真正改变父亲态度的,是有一日她在父亲书房里背完了半本医经。

当她背完这半本医经后,父亲看她的目光变了。惊叹、欣慰、激动,还有一丝真切的喜欢。

喜欢。

林丹青蓦地笑起来。她两手抱着酒坛,仰头大大吞了一口,长长喟叹一声。

"我那两位嫡出的哥哥,资质平庸,一本医经背了好几年还磕磕巴巴,我却一下子就背出来了。"

"我爹问我背了多久,我说背了三日,其实那本书我背了整整一月,白日背,夜里也背,却故意在他面前说得云淡风轻,叫他以为我是个天才。"

林丹青乐得不行:"他真以为我是个天才!"

医官是个好差事,虽俸禄不比那些高官丰厚,然而常在贵族间走动,人脉好处亦是不少。

林医官身子不行,离开了翰林医官院,却舍不得放手这人脉。

他需要一个继承人。

林家两个儿子不是学医的料,然而天无绝人之路,这个庶出的女儿瞧上去是个医理天才。

"他把我送到了太医局。"林丹青止住了笑。

太医局学生多是医官子女,也是将来翰林医官院新进医官使的选拔人选。林丹青意识到,如果她能在太医局中出类拔萃,将来进入翰林医官院,继承父亲衣钵,那便不必早早嫁人,也就能一直护着母亲了。

那是另一条路。

不必讨好谁,而是将主动权掌握在自己手中,只要她的能力胜过两位嫡兄,那庶女也能变嫡女,女儿也能变儿子。

"陆妹妹,那时我明白了一句话。"

林丹青平静道:"无技之人最苦,片技自立天下。"

雨夜岑寂,林丹青伸筷子夹了一块辣蹄子吃。蹄子太辣,辣得女孩子满面嫣红,眼底也生出亮晶晶的潮湿。

"我父亲在那以后对我很好很好。"

说来讽刺,过去多年无论是她卑微谨慎,抑或故意孺慕讨好,都不及进入太医局后医官们在父亲面前夸赞来得好使。父亲欣赏她的出色,连带着姨娘院中的下人也越发小心——父亲特意嘱咐过的。

从前滩上沙砾,忽变掌中之珠。

父亲对她嘘寒问暖,让先生们对她多加照顾,每次进学归家,都让人送去大箱吃食,隔三岔五嘘寒问暖,父女两人一同钻研医经药理。

同窗们都羡慕她有这样一位好父亲。她明媚笑着,将一切欣然接受。

"其实我先前同你说,妒忌过你,不是假的。"林丹青抬起头,看着陆瞳认真道。

陆瞳望向她。

"你没出现前,我在太医局进学三年,每次榜试都是第一。我以为太医局春试红榜第一也非我莫属,没料到中途杀出个你。"

林丹青语气愤愤。

就因为春试红榜没能拿到第一,父亲对她颇有微词,虽没明着说出口,看她的目光却隐含失望。

"我管他呢。"林丹青啐了一口,"他自己太医局进学那些年,一次第一也没拿过,又在医官院任职这样久,什么功绩也没做出来,凭什么对我失望,我还没对他失望呢!"

陆瞳忍不住笑起来。

林丹青看了她一眼,又叹口气:"好吧,其实刚进医官院时,我是故意接近你的。我想瞧瞧自己究竟差在了哪里,所谓知己知彼百战不殆,你赢了我一次,却不能次次赢我。"

"谁知——"她拖长了声音,"天可怜见的,你怎么比我还惨!"

她其实是满怀敌意去接近陆瞳的,即便她装得很热心大方、助人为乐。

然而陆瞳的处境竟然出乎意料的糟糕——刚进医官院就被分到南药房拔红芳絮,等她从南药房回来,又被派给金显荣那个老色鬼。

明眼人都能瞧得出来,陆瞳是被针对了。

这么惨,林丹青都不好意思继续针对她,连那些敌意的小心思都令人愧疚。

"后来我就想,你这般被医官院打压,根本不是我对手。我为什么要拿你做对手呢?胜之不武。而且,"她眨了眨眼,"你还告诉我射眸子的解药。"

陆瞳摇头:"解药是你自己制出来的,与我无关。"

"那也是你告诉了我方向!"林丹青把酒坛子往她身边一推,"所以我请你喝酒表示感谢了嘛！你怎么不喝？"

陆曈无言，拿起酒坛，低头饮了一口。

很酸。

林丹青却满意了。

风天雨夜，青梅酒热，满桌热腾腾的下酒菜，她平日总是高束的马尾全部披散下来，垂落在肩头，歪着身子靠着矮榻，如年少时依偎在床榻上说悄悄话的小姐妹。

她捡起一颗花生米往嘴里一丢："其实我不喜欢每月旬休。"

"要不是姨娘在，我根本不想回那个家。我不想看见我爹，也不想看见两个嫡兄。"

"他们总问我些无关紧要的问题。"

医官院中又来了什么人，去奉值时有没有结识新的官家，同院使关系可有亲近，将来能不能得后宫娘娘们的青眼……

归家后的闲谈不是闲谈，是另一种考习功课罢了。

"你别看我旬休回宿院，大包小包装的全是零嘴衣裳，可我觉得还不如你的青壳鸡蛋。"林丹青低头用筷子戳着碟子里的花生，花生圆溜溜的，被她胡乱一戳，散得到处都是。

"那日旬休，我说你若无处可去，不如去我家。其实，我当时可害怕你答应了。"

"你那么聪明，要是来了我家，一定立刻就能察觉我不如旁人说得那般好……那多难堪啊！还好你拒绝了。"

林丹青打了个酒嗝，问："陆妹妹，我和你说这些，你会不会看不起我？"

"不会。"

"真的？"

"真的。"

林丹青很高兴，举起酒坛："好姐妹！"仰头灌了一大口，涩得龇牙咧嘴。

陆瞳安静地看着她。

她知道林丹青聪明。这女孩子虽看似大大咧咧，但其实粗中有细。医正常进古板守礼，林丹青每每背着他在外面买消夜，常进见了也只是口头责骂两句，没真正对她发过火。阴暗狭隘如崔岷，被林丹青刺过几句，也从未真正为难过她。

林丹青巧妙地在这些人中游走，维持一种平衡关系，这令她的豪爽和开朗显得有种微妙违和。然而今夜，答案被找到了。

明媚与爽朗是她的面具。这张不拘细行的笑脸下，不甘与黯淡才是真实。

这才是真实的林丹青。

青梅酒被灌得不剩多少，她把酒坛往桌上一顿，神神秘秘凑近陆瞳："陆妹妹，告诉你，我有一个愿望。"

"什么愿望？"

"我，"她指了指自己，豪气干云地开口，"想当院使！"

"院使？"

林丹青嘿嘿一笑，手撑着脸含糊道："原来，我想当院使是为了我姨娘。只要我做了大官，我爹自然不敢怠慢我。"

"但现在不是了。"

"我现在，是为天下人想做院使。"

她脸色一变，兀地一拍桌子，桌上酒菜也被她震三响，怒道："瞧瞧现在在医官院的这群人，挺胸叠肚，指手画脚，瞧着什么都明白，医案没几个认真写。你这样有真才实学的，被打发去南药房采毒草，曹槐那样太医局春试吊榜尾的,给安个好差事。"

"什么混账世道!那崔岷自己还是个平民出身上位,竟然如此打压平民。"

"我若当院使,自然任人唯贤,管他平民还是高官,统统一视同仁,能者居上!医官院是救人的,又不是来搞交情攀关系的。我就是要让天下平民都有机会,争一个公平!"

天地间只有郁郁雨声。

最后一口青梅酒喝完,林丹青看向陆瞳,她已醉得快睁不开眼,嘴角仍习惯性地牵起一丝笑:"将来我若做了正院使,陆妹妹你就当副院使……"又摇头,"不对,你医术在我之上,还是你做正院使,我做副院使……咱俩双剑合璧,一起扬眉吐气。"

声音渐渐低微下去。

"好吗?"

陆瞳:"好。"

林丹青对她竖起拇指:"……好姐妹。"又摇摇晃晃提起酒坛,作势要与陆瞳干杯:"来,祝你我成为院使!"

陆瞳低头,才抓住酒坛坛口,尚未举起——

砰的一声。

林丹青一头栽倒在桌上,昏睡不醒了。

酒坛咕噜噜滚在脚边垫子上,屋中重新陷入岑寂。

陆瞳举着那只沉重酒坛,良久,低头默默喝了一口。

梅酒酸涩,入口清甜,咽下全是苦意。

窗外雨疏风骤。

第十六章 医德

翌日雨晴。

常进清晨过来检查宿院时,闻到陆瞳屋里的酒气,最后在林丹青床下发现两个空酒坛,还有几个油纸包好的鸡骨头。

医正勃然大怒,罚她们二人俸银,还要包揽宿院门前扫地的活计一月。

林丹青常被罚骂,二话不说,立即坦坦荡荡地接受了。陆瞳却没在屋里,一大早不知去了何处。

医正骂归骂,到底操着份老父亲的心,骂毕,叫厨房里煮了萝卜豆芽汤用来醒酒。见林丹青乌黑着两个眼圈,满眼困乏地递给他一个空碗,便接过碗,舀了满满大半碗汤水,又往里按了一勺萝卜菜,皱眉问:"陆医官呢?"

提起陆瞳,不免想到昨夜醉话,林丹青寻了个矮桌坐下,捧着碗心不在焉道:"医正又忘了,今日是该给金侍郎施诊的日子嘛。"

常进握勺的手一顿。

户部金显荣的病拖拖缠缠,都多久了还没彻底痊愈。也亏是陆瞳性子好,要换了旁的医官,早已抱怨声起。

平民医官,还真是不容易。

心中这样唏嘘着,常进把锅盖盖上,又恨铁不成钢地瞪一眼身后人:"真是不知轻重,宿醉后还去给人施诊,也不怕吃醉给人治出好歹,你要是再偷偷喝酒,我回头就告诉你爹!"

林丹青一张脸几乎要埋进萝卜汤里,听得只想发笑。

宿醉?昨夜她又吐又哭,陆瞳却像没事人一般,一大早背着医箱出门,临走时还帮林丹青把昨日买吃食的账算了,账本端端正正放在桌头。

她简直比现在的医正还要清醒。

要不是她自己也喝了一坛,真以为跑腿的是给她买了假酒。

陆医官看着柔柔弱弱跟个纸糊美人一般,那么大一坛子酒喝下去跟喝水似的,连脸都不红一分!

林丹青恶狠狠地咬着筷子头。

春试就算了,连喝酒也输了!

另一头,陆瞳一大早就去了司礼府。

金显荣正仰在躺椅上美滋滋地喝茶,见她来了,忙起身相迎,嘴上恭维道:"知道今日陆医官要来施诊,我早早就来司礼府候着,生怕晚了耽误……啧啧啧,几日不见,陆医官似又美丽了几分,翰林医官院有您这样的明珠,真是千年修来的福气……"

他病情一日好过一日,对陆瞳的尊重便一日赛过一日。于他而言,陆瞳就是他的再生父母,菩萨娘娘。对待菩萨娘娘,总要显出几分虔诚,可得罪不得。

陆瞳对他点点头,平淡地应付过了。

行至金显荣桌前时,见桌上摆着的香炉正往外袅袅散发轻烟,整个屋子都漫着股幽馥甜香。

陆瞳停下步子,问:"金大人换了香后,近来身子可觉好处?"

"好,好得很!"金显荣一提此话登时来劲,"自打用了陆医官这

'池塘春草梦',我这身子是一日比一日有所起色。陆医官之前与我说可偶尔行房,于是我试了一次,啧啧……"

他没说下去,但怎么看,应当比先前的惨状好上许多。

"……这东西好,又不贵,不瞒陆医官,那闻惯了好东西的戚大公子,前些日子还问我要了几颗呢!"

陆曈往戚玉台的那间屋子看了一眼,见屋门大开,并无人在,遂问:"戚公子今日不在?"

金显荣摆手:"再过不久是京郊围猎的日子,户部没什么事,我就让他早些回去,毕竟离太师大人的寿辰也近了。"

梁朝皇室素有秋猎习俗,后来先太子在一次秋狩中意外故去,当今陛下继位后,将围猎改成夏日,称之为"夏蒐"。围猎当日,皇子贵族们狩猎出行,十分壮观。

陆曈只从别人嘴里听说过围猎,道:"围场一定很热闹了。"

金显荣面上即刻显出几分得意来:"那是自然……能去围场狩猎的都是盛京贵族里年轻勇武男子,有些贵族子弟还会带着猎鹰猎犬助猎。"

金显荣轻咳一声,竭力做出一副云淡风轻的模样:"只是狩猎虽盛大,骑服猎具却很讲究,我今年的骑服裁缝还没做好,也不知合不合身……"

他有心炫耀,只盼着陆曈顺着他话头继续说下去。譬如问"大人也要去围猎场",他才好把这炫耀接得圆满。

然而陆曈闻言,只点了点头:"原来如此。"没再继续问下去。

金显荣的自尊于是还是没能在她面前重建起来。

陆曈未察觉他眼中哀怨失落,转过身,如平常般放下医箱:"时候不早,下官还是先为大人施针吧。"

这一日,待陆曈给金显荣施完诊,从司礼府回到御药院,又将先前手头积攒的一干方册整理完，天色已然不早。

医官院门口的柳树被傍晚凉风吹得东倒西歪，陆曈抱着医箱从制药房出来，打算去小厨房寻点剩饭菜，刚出堂厅，就见柳树下站着个人。

纪珣站在树下。今日他身边没跟着那个提灯小药童。

远处日头已全部落下，月亮却还没有全然升起来，在淡蓝的夜空中映出一个若隐若现的影，把树下的人影衬得清冷寥落。

听见动静，他转过身来。

陆曈顿了顿，上前道："纪医官。"

她入医官院近半年，和纪珣说过的话加起来也不到十句。纪珣不爱和其他医官集聚，习惯独来独往，大部分时候也不在医官院——入内御医要常入宫的。

他点头，却未如平日般打过招呼就走，而是看着陆曈，开口道："白日你去给金侍郎施诊了？"

"是。"

"听人说，金侍郎病情已有起色，不日将痊愈。"

陆曈心中生疑。纪珣并不是一个喜欢打听旁人事宜之人，今日这番模样，竟是要与她闲谈之意。

她便谨慎地回："病症每日都有变化，不敢说满。"

纪珣闻言看了她一眼。

女子微微垂着头，语气恭敬，带着两分恰到好处的疏离。她很安静，大部分时候都在施诊或是制药，有时甚至显得有些木讷。

只是所行之事却不似外表规矩。

纪珣话锋一转："先前我见你在药库挑选药材，问过你是否用过红芳絮，你否认了。"

陆曈心中一跳，听见他平静的声音。

"你为何否认？"

月亮此刻又在云里亮了一点，只是那亮也透着几分昏暗，树下风灯被枝叶掩藏，把他的神情映得不甚清楚。

纪珣望着陆曈。

"你很聪明，红芳絮有毒，除了御药院医工，寻常医官无法随意取用。所以你只让御药院的医工何秀取来红芳絮残枝碎叶，这些碎叶不会记录在册，用了也无人发现。"

"但你忘记了，何秀出身贫苦，红芳絮除去毒性后可入药，即便碎枝残叶，卖到御药院外亦能换成银两。"

"你只让何秀提供少量碎叶，剩下的何秀舍不得丢，攒在屋中，趁旬休时托人倒卖于盛京医行。"

"陆医官，"他声音藏着股刚正的冷意，"你还要否认吗？"

陆曈心中一紧。

她确实让何秀帮她拿过红芳絮碎枝，为了做出那一日在司礼府迷晕戚玉台的迷香。

但她忽略了何秀家境窘迫，那些红芳絮的残枝碎叶虽只能换一点点银钱，但对于平民来说，也没有把钱活活往外丢的道理。何秀把那些剩下的碎枝攒在一起，反而成了证据。

纪珣见她沉默不语，神色隐现怒意："你身为医官，明知红芳絮有毒，却为一己私欲无端用在人身上，贻误性命，有损医德。"

抱着医箱的手微微捏紧，陆曈面上却一派平静，抬眸看向他。

"纪医官，你有证据吗？"

他在诈她。

那颗香丸早已被戚玉台燃尽，香灰她都倒在司礼府的窗台下，连日雨水大风早已冲刷干净，隔了这么久，纪珣不可能还有证据。虽然不知他是怎么得知的,但仅凭何秀那一点红芳絮,实在定不了她的罪。

《梁朝律》中也没有这一条。

"我当然有。"

陆瞳瞳孔一缩。

纪珣的声音很冷:"虽然你给金侍郎的药方里没有红芳絮,但我让人寻了他的药渣。药渣里,仍有红芳絮的残絮。"

陆瞳一怔,短暂的迷惑过后,全身骤然放松下来。

金显荣的药渣……纪珣说的并非戚玉台的香丸,而是给金显荣的药方!

金显荣的不举之症并非全然危言耸听,否则当初曹槐也不会难以下手。她用一点红芳絮做了药引,治疗症疾有所起色。

方才纪珣一番质问,她以为自己露了马脚,或许真是做贼心虚,才会第一时间想到了戚玉台的香丸。

冷汗过后,浑身卸下重担,陆瞳心头陡然轻松。

这轻松被纪珣捕捉到了,目色越发冷然。

他质问道:"红芳絮有毒,以金侍郎肾疾用红芳絮,虽立竿见影,缩短病症耗时,然而长用下去必然留下遗症。医官院出诊排方,从来以病者安危为先,你却只顾眼前,滥用毒草。就算你不曾在太医局进学,带你的师父难道从未教过你行医医德纲理吗?"

月色阴晦,远处鸦雀嘶鸣,在寂静的院中尖利得刺耳。

陆瞳静了一瞬。

纪珣站在树下,雪白衣袍洁净不惹尘埃,在这昏黄夜色中光亮得与周围格格不入。

她微微弓着腰,仍是一个谦恭的姿态,慢慢地开口。

"纪医官,你是不是弄错了?"

纪珣蹙眉。

"御药院规定医官不可随意取用红芳絮,但红芳絮所遗留杂碎枝叶不计入药材,作为废料由医工自行处理。"

"既是废料,于御药院无用,是买卖还是自用当然由人自己。纪医官出身高贵,不知平民艰难,废料换作几钱银两足以供给平民小半月生活,人穷志短,换点银钱也无可厚非。"

她抬眸:"陆瞳出身微贱,没有太医局诸位先生教导,但梁朝相关律令还是记得很清楚,就算纪医官拿何秀发卖红芳絮碎叶的事去御药院说,理应也不犯法。"

"不是吗?"

她语调很平缓,声音也很温和,话中却带着股若有若无的讽刺。

纪珣有些愠怒,似是第一次发现对方温顺外表下的刻薄。

他忍怒道:"那金侍郎呢?"

陆瞳道:"行医所用药方本就不能一成不变……"

"荒谬。"纪珣打断她的话,"你明明有其他方式可慢慢温养他体质,偏偏要用最伤人的一种,过于急功近利。"

"你明明在太医局春试红榜高居第一,却以我之名在医官院中仗势扬威。"

"医者德首重。凡为医之道,必先正己。你既心术不正,何以为医?不如早日归去。"

心术不正,何以为医?

几个字如沉鼓重锤,在夜色下沉闷发出巨响。他眼底的失望和轻视毫无遮掩,随着身后柳树细枝一同砸落在尘埃,徐徐铺荡出一层难堪来。

隔着枝叶掩映的风灯,陆瞳注视着他。

从少年长成青年，面容似乎并无太多变化，他仍是清隽孤高如鹤，然而那句"十七姑娘，日后受了伤要及时医治，你是医者，更应该懂得这个道理"远得已像上辈子的事。

陆瞳的目光定在他腰间系着的玉珏之上。那块玉通透温润，美玉无瑕。

他已换了一块新的玉珏。

她恍惚一瞬。方才满腹尖利的回敬，此刻全然哑在喉间，一句也说不出来。

四周空荡荡的，一片死寂，渐渐有窸窣脚步和人影从院后药库的方向传来，当是盘点药材的医官快回来了。

脚步声越来越近，再走过长廊，他们就会发现僵持的这头。

就在这一片冷冽冽的暗夜里，忽然间，斜刺里传出一道含笑的声音。

"傻站着做什么？"

随着这声音，脚下那块昏暗被陡然照亮。

陆瞳抬眼。

裴云暎从门外走了进来。

他手里提着盏梨花宫灯，灯火清晰，一瞬间驱走院子里的冷津津的寒意，把四周照出一层明朗暖色。

青年瞥一眼站在树下的纪珣，静默一瞬，随即淡笑一声。

"怎么，来得不巧，在教训人？"

树下二人沉默不语。

他看向纪珣，漆黑的眸子里仍盈着笑意，可陆瞳却像是从那笑意里看出一点不耐烦。

"要教训不妨改日。"他弯唇，握住陆瞳的手臂，"把她先借我片刻。"

风吹得树下影子晃了几晃，人却如钉死在地面上，一动不动。

陆曈退开一点距离，颔首道："裴大人。"

裴云暎看一眼纪珣，才道："萧副使傍晚突然头痛，陆医官随我去看看？"

不管他这理由是真是假，总好过在这里与纪珣僵持。纪珣的质问太过清楚，没有半点遮掩，她那已经不怎么值钱的自尊心也会被这正义的剑刃切碎。

陆曈点头："好。我去拿医箱。"言罢转身。

"等等。"

身后传来纪珣的声音。

陆曈脚步一顿。

那人声音仍是冷冷淡淡的，不带一丝情绪，公正一如既往："陆医官医术不达，裴殿帅不妨换一位医官。"

陆曈动作微僵。

这是委婉的劝说，也是光明正大的怀疑。

他已不再以看一个医官的目光在看她，他真的认为她"心术不正何以为医"，才会这样提醒裴云暎，让他换一位真正的医官前往。

裴云暎也听出了这话里的警告。停了停，他笑着转身，看向面前男子。

"不用换。我看她很好，殿前司没那么多规矩。"

纪珣不由一怔。

面前青年站在明亮灯火下，微暖灯色映在他漆黑的瞳眸里，噙着的笑意似乎也泛着点冷淡。

他与这位殿前司指挥使相交不多，大部分时候都是从旁人嘴里听到他的消息。虽然裴云暎在不知情的外人眼中是位亲切有礼的贵门世子，可御内医官难免从旁人嘴里听到对他更真实的评价。

他根本不如表面看起来一般明朗,不过伪装。

然而此刻,纪珣却从对方眼中窥出一丝不悦,连遮掩都不屑。

像在为身边人撑腰。

裴云暎说完这句话,便不再理会他,转身示意陆曈:"走吧,陆医官。"

陆曈回神,取了医箱跟上他的脚步。她确实不想在这里继续待下去了。

二人的影子随着那盏梨花灯渐渐远去,庭院倏然又暗了下来。远处脚步声已近在咫尺,有医官声音响起:"纪医官。"

是去药库盘点的医官们回来了。

纪珣对他们点了点头,又望着那暗色良久,才收回视线,也跟着离开了。

夜风没了树丛的遮掩,在街巷横冲直撞起来,便冷上得多。

陆曈随着裴云暎一道往巷口的马车走去。

明明已出了医官院,那扇朱色大门将夜色分隔成两个不相容的世界,陆曈却恍惚觉得身后仍有一道锐利视线追逐着自己,而她难以面对,只能匆匆逃离。

这异于平时的沉默让身边人察觉到了。

裴云暎瞥她一眼,漫不经心开口:"你刚才怎么不还口?平日里见着我处处针锋相对,对这个纪珣倒是规矩得很。刚才看见陆医官站着挨骂,我还以为看错人了。"

这话说得揶揄,一时间倒冲散了陆曈方才面对纪珣的难堪,她抬头怒视着眼前人:"你偷听我说话?"

"偷听？"裴云暎好笑，"我有那么无聊？医官院大门未关，你们两个站得光明正大，那位纪医官声音可不小。"

陆曈沉默。这话倒不假。

事实上，若不是裴云暎来得及时，再等片刻，药库里捡药材的医官们回来，所有人都能看见纪珣质问她的这一幕了。

"刚刚怎么不反驳？"他问。

陆曈定了定神，道："反驳什么，他说的也是事实。我本来就心术不正，你不是最清楚？"

裴云暎脚步微顿，终于察觉有些不对，垂眸朝她看去。

她背着医箱走在他身侧，神色不冷不热，与寻常无异。然而裴云暎却觉得今日的她比从前更黯然，就如方才他走进医官院，看见她与纪珣僵持的那一刻。

他知道陆曈狡猾又冷静，口舌上从不吃亏，面对纪珣的那番质问，只要她愿意，她就可以随时反驳，然而她只是安静地站在树下，风灯幽微，昏暗夜色令人无法看清她的表情。可他没来由地觉得，那一刻的她似乎是想逃离此地的。

他从来懒得搭理旁人的事，而在那一瞬间，竟对她生出一丝不忍。

于是他走了出去，打断了他们二人。

她还在往前走，夜风吹起她的裙角，裴云暎看了她一眼，突然道："纪家那位公子风情高逸，修德雅正，不知人性歹浊。他的话，你不必放在心上。"

"金显荣这些年好色无德，真用了毒草也没什么，就当为民除害了。"语调散漫，像是不经意闲谈。

陆曈不语。

她自然明白。纪珣家世不凡，府中皆是清流学士，自小礼义廉耻深居于心，身边人敬他慕他，他遇到的恶人太少，于是遇到她这样工于心计的恶人，才会尤为厌恶。

冰炭不同器，自古而已。

见她不说话，裴云暎又笑："怎么一副失意模样？纪珣虽然长得还行，但陆大夫也不像是会为男人要死要活的性子，何至于此？"

脚步一停，陆瞳不耐烦转头："殿帅大晚上找我到底所为何事？"

裴云暎说是萧逐风突然头痛，可萧逐风真要有个三长两短，他怎么还会如此神色悠闲？

还有心情同她说些闲话。

裴云暎笑一声："有新的药方要给陆大夫看，不过做戏做全套，总要找个理由。"

新药方？

陆瞳想到上次裴云暎给她看的那张药方，不免有些疑惑。

那药方究竟是什么，他看起来十分看重。

正想着，身边又传来裴云暎的声音："不过，你真把毒草用在了金显荣身上？"

陆瞳警觉，侧首看向他。

"听说那毒草很珍贵，我还以为你要用在戚玉台身上。"

陆瞳心中一跳。

裴云暎毕竟不是纪珣，他知道自己的真实身份，知道自己要对付的是什么人，自然也能一眼看穿她最终目的。

陆瞳移开眼："说不定将来正是如此。"

他点头，像是不经意提醒："悠着点吧陆大夫，树敌别太快，否则十个脑袋也不够砍的。"

陆瞳反驳："殿帅还是先管好自己，下次去行刺什么人，可别又让人砍了到处窜逃。"

裴云暎:"……"

巷口马车静静停在门口,他没再与她争执,只道:"上车吧。"

陆曈扶着车口弯腰上马车时,脚步忽而一顿,侧首看向远处。

远处对街坊市,灯笼明光下车马织流而过,人声不绝。

裴云暎顺着她目光看去:"怎么?"

陆曈定定看了对面一会儿。

她刚才好像看见太师府的马车掠过。只是那瞬间太短,人潮又拥挤,没等她看清楚,再抬眼时,只有人流如织。

她摇头,弯腰上了马车。

"没什么。"

马车在府门前停下。

仆从们拥着马车上的人下了车,走进豪奢宅邸。

被围在中间的年轻女子拿下帷帽,一身牡丹薄水烟拖地长裙,桃腮杏面,嫩玉生光,乌发斜梳成髻,露出前额上珍珠点的花钿。那衣裙上大朵大朵的牡丹灿然盛开,将她衬得越发典雅富贵,像朵正韶华盛开的丽色,十万分的娇媚迷人。

这是戚清嫡出的小女儿,戚华楹。

太师戚清有过两任夫人,先夫人病故前未曾留下子女,第二位夫人倒是与戚清算老夫少妻,然而在生下一男一女后也早早撒手人寰。怜惜这一双儿女幼年失母,戚清便也没再另娶,将这双儿女好好抚养长大。

嫡长子戚玉台在外一向恭谨守礼,算得上规矩,不曾闯过什么大祸。

这位嫡出的小小姐更是集万千宠爱于一身,不仅生得美丽动人,亦才情风流,自小到大所用器服穷极绮丽,公主也难及得上。

记得有一年戚家小姐灯会出游，得了张新做的弹弓拿在手里把玩，那用来弹射的弹丸竟是银子做的。当时戚家马车一路走，无数穷人跟在后头捡拾她弹落的银丸，何等的风光气派。

人人追捧，又是父亲掌中之珠、心头之爱，盛京平民常说，不知是几辈子修来的福气。

好命嘛，旁人羡慕不来。

这样的好命，本该一辈子不识忧愁，然而今日这朵牡丹却含露带霜，一进屋，一言不发坐在椅子上，呆呆望着屋中屏风出神。

四周婢女噤声站着，无人敢开口。正在这时，门外突然传来一声"妹妹——"

紧接着，缀着细碎宝石的珠帘被撩开，从外面走进一锦袍男子。

来人是戚玉台。

婢子们忙行礼，戚玉台未察觉屋中气氛不对，快步走到戚华榀身侧，一屁股在桌前坐下，笑说："妹妹，你手头可有多余散钱？借我千两，过几日还你。"

戚玉台是来借钱的。

戚太师快至寿辰了，刚好又临近夏狩，户部平日也没什么事，他那差事可有可无，金显荣便准了他的假，让他在府里好好准备夏狩和父亲的生辰事宜。

寿宴自有管家安排，无须他插手。他在府里待着，只觉府中规矩严苛沉重，每日如只被拘在笼中的鸟儿，纵有灵犀香点着，仍觉心烦意乱。

他实在很想寻机会放松一下。

父亲明令禁止他服散，得知柯家一事后更是变本加厉，每在公账上支使一笔银子都要管家记录在册。寒食散本就是禁药，如今价格十分高昂，以他自己那点俸禄根本买不起，只能来寻戚华榕。

父亲对他严苛，对自己这个妹妹却十分纵容。戚华榕花银子如流水，每月光是胭脂水粉、衣裙零嘴都要开支近千两，戚清也从不拘着她享乐。他们兄妹自小感情很好，每每他让戚华榕周济，戚华榕也是二话不说答应了。

今日也是一样。

戚玉台道："爹最近管束我很紧，俸禄我前几日就花完了，好妹妹，等我发了俸禄就还你！"

戚华榕一向对银钱大方，今日却迟迟不曾回答。戚玉台正有些奇怪，突然听见一声啜泣，抬眼一看，戚华榕别过头去，两腮挂着一串泪珠。

他吓了一跳，忙站起来："这是怎么了，妹妹？"

戚华榕只顾低泣不肯说话，戚玉台沉下脸："谁欺负了你？"

一边的贴身婢女蔷薇小声开口："今日府里马车经过医官院附近巷口……"

"那又如何？"

蔷薇看了一眼戚华榕，见戚华榕仍然垂泪不语，小心翼翼说道："小姐在车上瞧见裴殿帅与另一名女子说话……"

戚玉台一愣。

戚华榕偏过头，想到今日所见，哭过的眼睛越发红肿。

她没想到会在那里遇到裴云暎。

自打宝香楼英雄救美，她便对那位英气俊美的殿前司指挥使上了心。父亲知晓了她的心思，并未阻拦，甚至还特意让老管家去殿帅府给裴云暎送过几回帖子，邀他来府中闲叙。

裴云暎每一次都拒绝了。

一次用公务冗杂来推脱，次次用，傻子也知道他是故意的。

戚华楹心中有失落沮丧，有委屈不解，还有一丝被拒绝的恼怒与不甘。

人或许总是如此，越是得不到的越想要，裴云暎对她并不在意，她便无论如何都想要驯服他，叫这位风流秀出的指挥使也成为自己裙下之臣。

她是世族淑女、名门闺秀，便不能如那些抛头露面的低贱平民一般贸然与他相见，他不肯来赴宴，她便只能等别的时机。

一日日等，等得她都心灰念懒了，谁知缘分这事总没有道理，今日马车驶过医官院巷口时，偏让她撞见他。

戚华楹怔怔望着屏风。屏风上绘着的夏夜街巷长图，令她一瞬想起不久前瞧见的画面。

夏夜华月万顷，官巷两街种了盛开的百合花，花香顺着清凉夜风扑面而来。

戚华楹一眼就瞧见了自己朝思暮想的心上人。

青年站在那里，面如冠玉，仪表非凡，周围人都被衬得黯淡几分。

她心中一喜，忙叫人停住马车，笑容还未达眼底，便见那年轻人侧过身与身边人说话。

他个子高，从戚华楹这头望过去，瞧不见与他说话那人究竟是谁，只能瞧见淡蓝裙袍与纤细锦袖，似曾相识。

依稀是个年轻女子。

戚华楹怔怔望着对街。

他侧着头，含笑望着对方，明明隔得那般远，但戚华楹似乎可以透过人群看到对方那双幽黑的清眸。

是一个认真且没有任何防备的姿态在听身侧人说话。

戚华楹恍惚一瞬。

她没见过这样的裴云暎。

宝香楼匆匆一瞥，裴云暎虽然看似温和可近，处理吕大山时却危险又冰冷，在御前行走时淡漠冷冽，偶尔与宫人说话时却又似没有距离，不似盛京某些王孙公子总要悬悬端着。

这样的危险像是旋涡，吸引着每一个人靠近，她也不例外。

而直到那日，她才窥见他疏离外表下的另一面。

更温暖，更柔软。

却是对着另一个人。

他身边的女子似有所觉，欲往这头看来，惊得戚华楹忙叫车夫催马前行，避开了对方目光。

马车摇摇晃晃行驶在盛京街巷上，她的心飘摇无定，想要撩开车帘让夜风吹散心中烦乱，却在看到对街璀璨花灯时倏然一顿，电光石火间想起一桩往事。

她想起为何觉得那女子似曾相识了。

花灯节那一日，她在景德门前恍然瞧见裴云暎与一名女子的身影，只是再看时人影消失，疑心是自己看错。

直到今日看见那人。那女子身形格外纤细瘦弱，与花灯节那个影子有八成相似。

戚华楹登时明白过来，那一日花灯节站在裴云暎身边的女子，与今日和裴云暎说笑的女子，是同一人！

原来她早就在裴云暎身边了！

戚华楹恍然大悟。

难怪。

难怪父亲屡次邀请，他都以公务冗杂推辞，她本以为是自己还未驯服这匹冷淡又危险的凶兽,然而真实情况远远比她想得更糟,原来,已有人先一步驯服了他。

眼泪从腮边滚落,落在毯子上,晶莹也裹上一层浑浊。

戚玉台听完蔷薇嘴里的来龙去脉,勃然大怒:"好个裴云暎,竟然让我妹妹伤心至此,我去找他算账!"

戚华榆一把拉住他。

"哥哥这是干什么?还嫌我不够丢人吗?"

她向来高傲,身为太师千金却主动倾心男子已是出格,而这恋慕对对方来说不值一提,越发觉得羞恼难当。

戚玉台忙转过身,扶住她道:"那裴云暎年轻不知事,男人偶尔逢场作戏也是寻常,妹妹不必担心。不过——"他话锋一转,"我妹妹看上的人也敢碰?那女人是谁,可有查清楚?"

戚华榆不答。

蔷薇只好主动开口:"今日见是穿着医官院的医官袍裙……想来十有八九,是医官院的女医官。"

夜色昏寐。

陆瞳回到医官院时,宿院的灯已全熄了。

院子里一个人都没有,陆瞳才走到屋门口,就见林丹青一手提灯,一手抱着个空脸盆从外头进来,瞧见陆瞳,她道:"我刚晾衣服回来。"推门走了进去。

陆瞳也跟着进了屋。

许是因昨夜饮酒胡乱说话,林丹青举止不如平时自然,仔细看去,还有几分尴尬。

她自己也觉出这份令人窒息的尴尬,走到桌前坐下,从桌屉里抓出一把松子递给陆曈，问她："吃吗？"

陆曈摇头，把医箱放回桌上，起身铺床。

林丹青便只好自己吃起来，吃了几粒，忽而开口道："你今日是不是和裴殿帅走了？"

陆曈铺床的动作一顿。

她回头："你瞧见了？"

"我可没偷听！"林丹青忙解释，"我从制药房出来，一眼就见你和纪医官说话，本想等他走了再过来，谁知裴殿帅会突然出现，还带走了你。"

"我发誓，你们说的话我一句都没听见。这点眼力见我还是有的。"

陆曈沉默一下，回身继续铺床，只道："殿前司的萧副使突然头痛，遣我过去看诊。"

林丹青剥开一个松子："萧副使头痛，找个人来递帖子就行，何必让裴殿帅亲自跑一趟？我看不是这个原因吧。"

陆曈捋好被褥上最后一道褶皱，回身在榻边坐下，看向林丹青："什么意思？"

"就是你想的那个意思。"林丹青继续剥松子，把壳丢到垫着的粗布上，松子则扔在蘸醋的食碟里，叹道，"陆妹妹，其实我最会看人眼色了，从前我随家中去旁人府上赴宴，一眼就瞧出那府上的大少爷和他继母间关系不同寻常，旁人毫无知觉，后来过了半年，果然东窗事发。"

"我觉得我这双眼睛，天生就是能瞧出不对的。"

陆曈望着她："那你看出了什么不对？"

林丹青盘腿坐在椅子上，手上剥松子的动作不停："你和裴殿帅关系不一般呗。"

"何以见得？"

"之前崔院使让你给金显荣行诊时，他帮你说过话。我原以为是报答你救他姐姐和外甥女之恩，但总觉古怪。"

"哪里古怪？"

她老成地叹一口气："咱们宫里当差的，一怕欠人情，二怕与人揪扯不清。陆妹妹，你一进医官院就得罪了崔院使，将来或许还会得罪别的什么人，他若想报答你，完全可以用更光明正大的办法，而不是向别人昭示你们有私交。他是个聪明人，明知这么做不划算却仍如此，这就很耐人寻味了。"

陆瞳沉默一刻："你该不会认为他对我别有所图？"

"我可没这么说。"林丹青笑嘻嘻道，"但至少你应该是特别的，你俩交情很好吗？"

交情？

林丹青这话把陆瞳问住了。

她和裴云暎交情很好吗？

似乎不算太好的交情，曾兵刃相见过，到现在彼此间并未完全丢掉防备。

但似乎又比寻常人多几分亲近，裴云暎知道她的来路和仇人，她也知道裴云暎背后的伤痕和隐秘。她会对他毫无掩饰，比和别人更坦荡地相处。

耳边传来林丹青的声音："不过陆妹妹，身为友人，我还是要劝你几句。这裴殿帅虽背景不凡，容貌也是盛京数一数二的出挑，却是个烫手山芋，你素日与他交往记得留几分余地，否则得罪旁人，反让自己吃了苦头。"

这话说得颇有暗示意味，陆瞳问："'旁人'是谁？"

林丹青剥松子的手一停。

她转过身,看向陆瞳,郑重其事道:"太师府。"

陆瞳侧目:"这和太师府有什么关系?"

"自然有关系!"林丹青压低声音,"宫里的绝密消息,别问我从哪里听到的。太后娘娘有意为小裴大人指婚,看中的,就是戚家那位千金小姐!"

裴云暎与戚华楹?

陆瞳眸色微动。

从前对裴云暎不知底细、互相试探时,她是曾这样恶劣揣测过,裴云暎将来做戚清的乘龙快婿。然而相处下来,却觉并非如此。

否则明明知晓自己要对付的是戚家人,他不该早就为了岳父一家将自己"绳之以法"?

何故放任自流、冷眼旁观?

这看着可不像是要做一家人的举动。

林丹青又低头剥起松子来:"我瞧着,流水无不无情不知道,落花肯定是有意的。要戚家真不想结这门亲,以太师府的行事风格,这绝密消息根本传不到我耳中。空穴来风,必事出有因,所以我才提醒你。"

"都说红颜祸水,蓝颜也一样。总归你平日小心些,别被人误会惹出事端。"

陆瞳沉默。

林丹青又想起什么,复又叮嘱:"方才我告诉你的,你可不能说出去。"

陆瞳应了,低头兀自沉思起来。

若林丹青说的是真的,至少戚家现在是有意与裴家联姻的。

她忽而想起先前在遇仙楼时撞见戚玉台的那次,她躲在裴云暎怀里,只听见戚玉台话里话外有意与裴云暎交好,虽然当时裴云暎拒绝了……

她只见过那位太师千金一面,在宝香楼下惊鸿一瞥,对方虽面覆薄纱,瞧不见脸,然而只看身段气度也是楚楚风流,又听闻戚大小姐诗文皆通,是盛京出了名的才女。就算不要太师千金这个名头,也足以令无数男人争相折腰。

裴云暎也是个男人。一面是富可敌国、背景雄厚的岳父,一面是玉软花柔、端庄美貌的妻子,寻常男子怎么看都知道怎么选。若裴云暎选择做戚清的乘龙快婿,简直是水到渠成之事。

只不过这样一来,他就站在自己对立面了。

陆曈低眉思索的模样,落在林丹青眼中无端证实了她的心中猜测,倒对她起了几分怜惜,遂把剥好的松子往前一推,站起身道:"这松子我给你剥好了,你明早记得吃,这般瘦弱,平日里不多补养怎么行。"

她起身要回自己榻上,陆曈在她身后叫住:"丹青。"

"啊?"

迟疑一下,陆曈才开口:"你可知盛京世宦家中,哪位府上最喜用金器盘具?"

"金器?"林丹青愣了一下,"你问这个做什么?"

陆曈不说话。

她去了殿帅府,裴云暎拿给她看的新药方中,虽药材有变,内容仍是与上次药方相同:若以金器盛之,救命之药顷刻变刺骨之毒。

她总觉得有些不对。

见她不说话,林丹青也没继续追问,只沉吟道:"金器碗具这东西金贵,就是过于堂皇,巨富商贾爱用此物,盛京的官宦家中却好用玉碟玉盏,以显尊荣。一定要说的话……宫里倒是用金器的。"

陆曈蓦然抬头:"宫里?"

"是啊。"林丹青点头。

她道："陆妹妹，你不知道吗，宫中皇室所用器具，皆为金银所制。"

夜阑人静，殿帅府屋中灯火通明。

萧逐风从门外进来，看一眼坐在桌前处理公文的青年，道："人走了？"

"走了。"

他便冷冷道："你还真是煞费苦心。"

陆曈来一趟殿帅府，裴云暎却以他突然头痛为由，他本要去演武场练驰射，却不得不待在房中装虚弱。

陆曈甚至真给他把了脉，说他血气上浮，还给他开了两副方子。

他几年都生不了一次病，装一次虚弱，惹得殿帅府禁卫们纷纷关怀，个个嘘寒问暖。

裴云暎头也不抬地翻过一页公文："你是副使，地位高嘛，抬出你显得比较重要。"

萧逐风不想搭理同伴虚伪的吹捧，在对面桌前坐下，问："方子她看过了？"

"看了，和之前一样。"

萧逐风沉默一下，道："看来，殿下那边已经知道了。"

裴云暎勾起嘴角："心知肚明之事，多份证据明心罢了。"

萧逐风没接话。

屋中一片安静，只有翻动卷册发出的窸窣轻响。又过了一会儿，萧逐风开口："陆曈知道方子，没问题吗？"

青年提笔的手一停。

他抬眸:"我只让她看了方子,又没透露别的。"

"但她很聪明。"萧逐风提醒,"东拼西凑,未必猜不到。"

"多虑。她忙着报仇,没那么闲。"

"那你呢,要一直帮她,你不会真喜欢上她吧?"

屋中静了一静。

须臾,裴云暎嗤笑出声:"我是段小宴?"

"你要真是段小宴,随你喜欢谁。"萧逐风闷着一张脸,依旧公事公办的语气,"殿下已打算动手,值此关键不容有失。对了,"他突然想起什么,"你是不是又拒了戚家的帖子?"

裴云暎嗯了一声。

萧逐风便露出一个"果然如此"的神情。

"戚清想要你做他家乘龙快婿,偏偏你不识抬举,每次都推拒,他还真是看重你。"他话里带着讽刺,面上却一本正经。

裴云暎扯了下唇角:"他不是看重我,是看重裴家。"

"都一样。"

夜里安静得出奇,他侧首看向窗外。

盛京夏夜清凉,月色如银,有浅浅夜来香的香气顺着夜风吹到院里。

他看了一会儿,收回视线。

"萧二。"

"嗯。"

"再过不久就是京郊围猎。"

萧逐风眸光微动,半晌,喃喃道:"时间真快。"

"是啊。"

青年望着桌前铜灯中跳动火苗,火苗在他黑眸中映出一层暖意,却把眼神显得更加漠然。

"时间真快。"

京郊围猎也算盛京贵族间的一大盛事。

太师戚清不喜热闹喧哗,唯爱清净,又年事已高,这样的场合是不参与的。然而其子戚玉台身为年轻人,却要跟着前往。

别的官家子弟忙着练习骑射,欲在猎场大展锋芒,戚玉台却清闲得过分。

他不善竞驰,骑射之术也只是平平,年年围猎只是拿着射具在外随意跑动一圈走个过场。旁人问起来,便说是受父亲信佛影响,见不得杀生。

户部准了他的假,日日待在府里,也不知是不是拘得时日久了,他这几日格外烦躁,越烦越闲,越闲越烦。就在这无所事事的日子里,偏叫他找着了件正事,就是去查害得妹妹掉眼泪的那女人是谁。

戚华榴的贴身侍女说,瞧见与裴云暎亲密之人穿着医官院女医官的裙袍。于是不过一日就打听清楚,那日夜里出诊的女医官只有一位——翰林医官院的医官陆瞳。

戚玉台得知这个消息,第一时间就赶去告诉戚华榴。

戚华榴歪在软榻上,随手拿了册诗集翻看,见戚玉台从门外进来,无精打采地看了他一眼就低下头去,继续望着手中诗页发呆。

自打那一日归来后,戚华榴便一直这样神色恹恹、郁郁寡欢,什么事都提不起劲。

"妹妹,我打听到了!"

一进屋,戚玉台快步上前,在戚华榴身侧坐下,道:"那日和裴云暎一同出行的女人,是翰林医官院的新进医官使,叫陆瞳。"

戚华榴怔了一下:"陆瞳?"

她不曾听过这个名字。

"是个平民医官,从前在街上坐馆的,先前她去司礼府给金显荣施诊,我还见过一回。"

戚玉台眉间隐带激动。

打听消息的人回禀和裴云暎一道出行的女医官叫陆曈,听到这个名字时,戚玉台也大为惊讶。

他记得陆曈,金显荣的病症在官员间都传遍了,医官院换了几个医官都没辙,却在一个女医官的手里渐渐好了起来。上次他在司礼府做噩梦时就见到了陆曈,她还替他把过脉。

平心而论,那女医官生得颇有几分姿色,戚玉台当时都差点动了心思。如今得知对方竟然就是让自家妹妹伤心的罪魁祸首,他自然怒不可遏。

"妹妹。"戚玉台望着戚华楹消瘦的脸庞,心疼道,"她算个什么东西?不过一介低贱平民,给你做奴仆都不够格,竟敢惹你伤心。哥哥给你出气,明日就让她尝尝苦头,让她知晓得罪了太师府,要付出多大的代价!"

戚华楹一惊:"哥哥不可!"

"妹妹,我是在为你出气。"

戚华楹深知兄长虽看着有礼恭谨,实则自小冲动,平日有父亲管家约束,在外尚能不显,然而私下无人时,却总是忍不住做些败事之举。

她道:"哥哥,你也是男子,裴殿帅既然钟情那位医女,正是浓情蜜意时,你若出手,岂不是结仇?"

戚玉台轻蔑道:"为个贱民结仇?"

见戚华楹不赞同的目光,戚玉台冷笑:"我会让人处理得很干净,绝不会被人知道是戚家干的。"

戚华楹摇头："父亲说过，殿前司的手段不容小觑……而且就算他不知道是你，那医女真出了事，反而成为他心中遗痛，永不能忘怀。"

"最重要的是……"戚华楹垂下眼睛，"我已经决定放弃他了。"

"妹妹？"

"他既心里有人，我何必自讨没趣，况且我这样的身份，和一介平民争风吃醋岂不自降身份。哥哥不必劝我，也不必多做什么，父亲说近来盯着太师府的人多，马上又要到父亲寿辰，这个关头，别再生事端让父亲操心了。"

她虽仍是郁色难平，语气却很坚决。

戚玉台一听她说起父亲就头大。这个妹妹比他聪明，也比他生得好，唯一的一点不好就是教训起自己的时候和父亲一模一样，让人心中发怵。

他轻咳一声，不敢再继续这个话头，正想起身离开，目光掠至桌屉时，忽而想到什么，眼睛一眯，又坐回去，望着戚华楹轻声道："妹妹，上回我和你说借我一点银子……"

戚华楹叹息一声，招来婢女，从桌屉里取出厚厚一叠银票递给他："别让父亲知道。"

"明白明白。"戚玉台接过银票一捏，心中顿时一喜，笑着起身道："还是妹妹对我最好。裴云暎那混账不识抬举，配不上我妹妹。"

他道："等着，过几日夏藐，我去猎场叫人给你打只小狐狸，你养着逗个趣，别不开心了。"

戚华楹摇了摇头，只望着他的背影叮嘱："哥哥拿了银子，可别再服那药散了。"

"当然，当然。"

戚玉台满口答应着，笑着走出了屋门。

又过了几日，天气越发炎热。

司礼府门前那块雕刻着巨象寓意"太平景象"的楠木照壁在猛烈日头下也显得发蔫，没了往日神气。

金显荣最遭不住热，早早命人买了冰搁在屋中角落。闷热的夏日午后，屋子里却一点暑气也无，香炉里散发清甜芬芳，金显荣坐在窗下躺椅上慢悠悠摇扇，时不时往嘴里塞颗冰浸过的紫葡萄，惬意赛过神仙。

他半眯着眼养神，是以司礼府来了人也不知，直到仆人走到他身边提醒："大人，有人来了。"

金显荣才睁开眼，一坐起身，就见门口站着个穿雪白澜袍的青年。

这青年生得高瘦，澜袍被微风吹得鼓荡，衬得一张清秀脸孔越发冷傲。

金显荣妒忌地盯着对方看了一会儿，适才回神，问身侧人："这位是……"

仆人弯腰："大人，这是翰林医官院的纪珣纪医官。"见金显荣仍是皱着眉头，遂低声再次提醒："纪学士府上公子。"

此话一出，金显荣脸上两道断眉一耸。

噢，原来是那个纪珣！

医官院中，除了院使崔岷和陆瞳，其余人他都记得不甚清楚，是以对纪珣这个名字并不敏感。

但若说起纪学士，那就很清楚了。纪家一家子学士，个个满腹经纶，纪老大人在世时，是为翰林学士，后又有教导先太子之恩。先太子故去后，纪老大人不久也病逝。当今陛下继位后，仍厚待纪家，纪家在朝中地位实在不低。

只是纪家身为文臣清流，当初就不参与朝党争斗，先太子故去后，更是心无旁骛地编纂典籍,对外之事一概不闻。而纪家唯一嫡子纪珣,连文臣都不想做,干脆跑去做了御医。盛京许多官门世家都对此暗中嘲笑,纵然纪珣医术高超,在翰林医官院实际上能与院使平起平坐,但说出去,做御医哪有做大官听起来光鲜呢?

何况还有掉脑袋的风险。

金显荣也是这般认为的。他的子嗣,将来可不能这般没出息,要是去学医,一定腿打断。

心中这般想着,面上却端出一个笑容来,金显荣站起身,将对方往屋里迎去,又吩咐仆人赶紧倒茶,恭敬开口:"原来是纪医官,不知纪医官突然至此,所为何事?"

瘦死的骆驼比马大,纵然纪珣现在只是个御医,但他身后的纪家仍让金显荣不敢怠慢。

他只是疑惑,好端端的,纪珣跑这儿来做什么?

纪珣的目光在那些玉榻香几、画案金台上掠过一瞬,才收回视线:"听说金侍郎前些日子身子不适。"

"是是是,没想到这事纪医官也知道了。"

纪珣看向他:"金侍郎近来感受如何?"

感受?金显荣愣了一愣。

他没想到纪珣会问这个。

自己与纪珣过去从无往来,没什么交情,何以突然关怀?再者,整个盛京都知道这位纪公子不喜与人交往,说好了是清高,说白了就是孤僻不合群。

一个不合群的人突然关心起自己,金显荣心里顿时打起了鼓。

他谨慎地挑着措辞:"刚开始是有些不好,后来换了陆医官来给我行诊,感觉好了许多,渐渐也能偶尔行房一两次。说起来陆医官的医术真是不错,这比先头给我派的那个医官好多了……"

他正说着,冷不防被身边人打断:"你很相信陆医官?"

"陆医官是很不错嘛,人年轻,长得也漂亮……"

他想了想,官场之中互相照应,将来他还想再问陆曈多讨些什么香的,便又多夸了几句陆曈。

仆人端着茶出来,将一杯轻置于纪珣跟前。纪珣低头看着,茶汤清亮,茶香冲淡了屋中过分清甜的香气,却让他的神色越发冷淡起来。

他打断金显荣的夸赞:"我知道金侍郎疾症,但有些问题不太清楚,所以令人寻回陆医官给金侍郎所煎药药渣,还望金侍郎勿怪。"

金显荣望着他,没太听懂他这话的意思。

"我在药渣中发现红芳絮残迹。金侍郎,陆医官给你抓取的药材中,用了少许红芳絮。"

金显荣困惑不已。这药材名字对他来说太陌生,他又根本不懂医理,只好茫然干笑。

像是知道他的疑惑,纪珣顿了顿,继续说道:"红芳絮有毒,用在方子中不妥,长用伤身。多年以后侍郎年纪渐长,遗症渐渐显出,会使侍郎忘物头痛,是中毒之祸。"

"以侍郎之病用此毒做药引,得不偿失。"

屋中安静。

纪珣说完,见金显荣仍是呆呆望着自己,并无预想中惊怒之状,不由稍感意外,皱眉道:"金侍郎,可明白我刚才说的话?"

金显荣点点头,又摇摇头。

"纪医官,"他斟酌着词语,"你刚刚说的这个什么红芳絮绿芳絮的,我不学医,也不太懂。但是……"他咽了口唾沫,"这方子有毒,长用伤身这事,我知道呀。"

纪珣猛地抬头:"什么?"

金显荣呆了呆,小心回道:"陆大夫早就和我说过了。"

太阳渐渐落山了,最后一点晚霞落下,院中燥意未退,枝隙间传来的蝉鸣把夏日傍晚衬得更加幽静。

制药房外长廊下,地上人影徘徊。

小药童忍不住提醒:"公子,不如晚些再来。"

纪珣摇了摇头。

白日里,他去了趟司礼府。

那日门前陆曈所言,仅用红芳絮残枝碎叶,确实算不得违背御药院条律,因为残枝碎叶终究属于"废料",医工可自行处理。但陆曈给金显荣开的方子出了问题,就属于违背医官院的规矩了,轻则停职,重则获罪。

他打算去司礼府瞧瞧金显荣的症像,依据症象探清陆曈究竟用了多少红芳絮。

然而令他始料未及的是,金显荣竟告诉他,红芳絮一事,自己是知情的。

那位断眉的侍郎坐在他面前,端着茶呵呵玩笑道:"陆医官早就将利害告诉我了,无非几十年后脑子出点问题嘛。没事,这点遗症我担得起。我那小兄弟可比脑子重要多了,再说我本就聪明富余,再多损耗些也比寻常人强。"

纪珣眉峰微蹙。

金显荣完全清楚其中利弊,在此前提下同意陆曈施诊,陆曈此举就合乎规矩。

他指责陆曈的话并不成立。是他先入为主,咄咄逼人。

傍晚凉风穿庭而过,身侧小童抬眸看了他一眼,见青年盯着制药房屋门,不由心中一叹。

自家公子生得芝兰玉树,博学善文,性子却如石头刚硬板正。他得知自己误会陆姑娘后,便即刻要来致歉。奈何陆曈身为翰林医官使,每日忙碌更甚院使,用过午饭后就一头扎进制药房,到现在还没出来。

他等得肚子都饿了。

然而自家公子死心眼,不等到人决不罢休,这般严肃神色哪看得出是道歉,不知道的还以为是兴师问罪。

正想着,面前屋门吱呀一声开了,陆曈背着医箱从屋里走了出来。

小药童忙扯了把纪珣袍角。

陆曈刚出门就瞧见门前站着的两人,不由脚步一顿。

凉风吹树,蝉声断续。纪珣站在门口,拦住她去路。

"陆医官。"

她冲纪珣点头:"纪医官。"

语气平静冷淡,宛如几日前医官院门口的质问全是幻觉。

纪珣抿了抿唇,放低声音:"今日我去了司礼府,见到金显荣。"

"嗯。"

"金侍郎说,你已告诉过他药方中使用红芳絮,并说明红芳絮毒性药理。"

"是。"

他看向陆曈:"既然如此,前日在医官院门口时,你怎么不解释?"

解释?他说得如此认真,如此天经地义,好似只要她解释了他便会信,竟让陆曈生出一种荒诞的可笑。

沉默了良久,她才开口:"其实不必解释,换作寻常医官,应当不会在金侍郎的药方中加上一味红芳絮,纪医官评说我急功近利并没有错。"

她仰起头,语气有些冷淡。

"只是,金侍郎比我更急功近利罢了。"

金显荣的病,用红芳絮做药引,的确药效刚猛。她一早就将其中利弊清楚告知,无非是笃定这位脑子长在裤腰带上的大人只要尝到一点甜头,就会一发不可收拾。

让一个纵情享乐的人去思考几十年后会出现的麻烦,未免强人所难,毕竟当年,金显荣的爹就是死在床上的。

有些事,根本无须隐瞒。

纪珣不赞同地摇头:"那那些流言呢?"

董夫人曾在他回家途中叫停马车,与他说话,话里话外都是他点了陆曈红榜第一,与陆曈关系匪浅之意。院使崔岷也曾有意无意试探,言谈中暗示是陆曈自己所言。

他知平民不易,在医官院中想寻靠山为自己撑腰亦能理解,是以并未刻意拆穿,但心中终究对此投机之举不喜。

然而经过先前红芳絮一事,纪珣渐渐不那么肯定。

他问陆曈:"那些流言,真是陆医官自传?"

扑哧一声。面前女子笑出声来,只是那笑意看着也冷峭。

"传言纪医官与我关系匪浅,亲自点我做春试红榜第一。然而我刚入医官院便被发配南药房,后又被分派给金大人行诊。"

陆曈望着纪珣,目露嘲讽。

"都说仗势欺人,看来纪医官的势不太有用啊。"

这话听得纪珣皱眉,他第一次被人不客气地讽刺,竟有几分无措。

风露渐重,庭下草叶被吹得窸窣作响。

许久,纪珣低声道:"抱歉。"

无论陆曈是什么样的人,随意揣测他人总是不对。他未经查证就擅自给陆曈定罪,实非君子所为。

默了一会儿,陆曈摇头:"先前的话我早就忘了。"

"纪医官,"她退后一步,客气地望着他,"我并不在意旁人言论,也不会将此事放在心上,所以你不必对我道歉。"

"这世上,有人行医是为了救死扶伤,善泽天下,但有人行医只是为了温饱果腹,想赚点银子往上爬。"

"我就是这样的人。"

话毕,她冲他微微颔首,背着医箱径自离开了。

檐下的灯影又变回了两个。

纪珣站了一会儿,重新提起灯盏,就要离开。

小药童忍不住道:"这就完啦?"

"不然如何?"

"公子,你不当给陆医官买点东西赔礼道歉吗?"

纪珣不解:"她不是说,她不在意旁人言论,先前之事早就忘了吗?"

小童望着他足足半晌,终于忍不住扶额。

"姑娘家的话,您该不会真信了吧!"

陆曈回到宿院。

屋中亮起灯火,她在桌前坐下,从桌屉拿出几册医籍,想到方才的事,仍有些心绪难平。

林丹青从门外进来,把买的梅子姜往桌上一放,招呼陆曈来吃。

陆曈不想吃,她就自己吃起来,边道:"刚刚我瞧纪医官在制药房门口找你说话,他最近怎么老找你说话?"

纪珣本就很少来医官院，更不会主动与人说话，林丹青已接连两次撞上他与陆疃，不免怀疑："莫非他也对你别有所图？"

"'也'？"

林丹青笑起来："我说笑的。"又感叹："要说这盛京城里脸长得最好的，殿前司一个裴殿帅，咱们医官院一个纪医官，俱是挑不出错处。可惜一个性子有问题，三天说不了一句话，闷得很。一个呢，又和太师府扯上关系。"

陆疃眸色微动，问："裴家真会和太师府联姻吗？"

"你想听实话？"

陆疃点头。

林丹青摇头："以我这双智慧的眼睛来看，太师千金虽金枝玉叶，可瞧着未必能成。别看裴云暎表面待人和气，同人说话时腰都不弯一下的，内心傲气得很。戚家小姐平日都要人哄着，他哪有那个耐心？我看悬。"

陆疃心道，那就好。

于公于私，她都不希望裴云暎做了戚清的上门女婿。否则前债未消，还得再添一把新仇。

林丹青不知她心中腹诽，只伸了个懒腰："太师千金也有不如意的地方，一生只能挑一个男人，还不如我们这样的庶女平民。"

"不如？"陆疃不解，"庶女平民就能挑很多男人？"

只听过男人三妻四妾，她在落梅峰待了多年，莫非梁朝现在女子也能三夫四宠？

林丹青干笑几声："没那么多人盯着，自己处理好就行。我家老祖宗曾说过，绝对不要为了一朵花放弃整个花园。弱水三千，我就取三千瓢饮，一瓢哪够？"

陆曈无言以对。

林丹青见陆曈桌上厚厚一摞医籍,奇道:"吏目考察不是还要半年吗,怎么这么早就开始刻苦发奋了?天天住在制药房,你也太努力了。"

陆曈伸手翻开医籍,把油灯拿近了些。

"想做点新药。"她说。

夏夜闷热。

戚玉台回到府里时,院灯刚亮起来。

戚清虽未禁他足,却立下规定每日戌时前必须归家。今日他是偷偷出府,光是甩掉监视他的那些下人就已十分麻烦。

戚玉台敞着外裳走下玉阶,黑夜里,一双眼睛灼灼发亮,偏黄的脸泛出不正常的潮红,里头衣襟解开一点,与前几日昏昏沉沉的模样判若两人。

一阵凉风吹过,戚玉台舒服得眯起眼睛,只觉自己宛若行走于云端,飘飘欲仙得快活。

几个时辰前,他偷偷出了一趟府,服用了寒食散。连日来的克制终于得到纾解,他解了一回瘾,心中通泰至极,余火已经散尽,脑子却在快活后越发兴奋,没来由地想做点什么。

他才走到院中,就见院中有人牵着一猎犬从旁经过,猎犬身形庞大,矫捷似头小牛,一看就让人心中发怵,正仰头接着仆人丢出去的带血生肉。

戚玉台停下脚步。

仆人忙行礼:"少爷。"

戚玉台心情很好,笑着看向那头猎犬:"擒虎又壮了些。"

猎犬似也知晓戚玉台说的是自己,猛地扭过头,露出森森白牙,方才嚼食生肉的血混着涎水滴滴答答流了一地，凶猛似头野狼。

戚玉台也被吓了一跳。

不过很快，这畏惧就被满意替代。

"不错啊。"他夸道。

擒虎是戚玉台的爱犬，高大凶猛，因常年喂食生肉凶性未褪。每年围猎，戚玉台都带着擒虎去猎场。他不善骑射，次次都是靠着擒虎捕获几只猎物，才不致被那些贵族私下嘲笑。

他也很看重这犬，专门请了人来饲养。一开始不知这猎犬凶性，前头那个饲养擒虎的下人被活活咬死了，才换了后头这个异族来的驯兽师，说能把狼训成犬，果然不过几年，就将擒虎训成一只听命于戚玉台的好狗。

驯犬师觑着他脸色："这些日子小的日日带擒虎去城西农庄捕猎，好为围猎准备，今日又咬掉了一农户小儿的耳朵……"

戚玉台最喜欢听到擒虎伤人，好似恶犬越是凶猛，越是能彰显主人威慑，闻言笑道："不错，你驯犬有功，赏！"

丝毫不提那被咬掉耳朵的农户小儿。反正他们会给银子，是那些贱民几十年也赚不到的银子。说起来，还是那些贱民赚了。

驯犬师还在说："就是回府时被小姐知道了此事，有些不大高兴。"

戚玉台不以为意："妹妹就是太过心软。"

若不心软，怎会被一个贱民医女骑到头上，自己暗自心伤，还不让他出手，看得他这个哥哥心疼。

想到那医女，戚玉台突然心中一动，目光落在面前猎犬身上。

夜色里，猎犬嘴里呼噜呼噜，低头去吃金盆里的生牛肉，尖利牙齿嚼咬那团模糊血肉，咯吱咯吱的声音在夜里听得人心中发紧。

戚玉台盯着那团烂肉看了许久，神色渐渐奇异起来。

许久,他开口:"你说,如果我想让擒虎咬谁,能不能做到?"

驯犬师一愣,随即道:"回少爷,自然可以。"

顿了顿,他抬头,试探地问:"少爷想让擒虎咬谁?"

戚玉台没说话。

夜风像张潮湿闷热的网,把地上的血腥气裹得越发森然。

过了一会儿,戚玉台转身。

"来吧。"

他对驯犬师道:"我有话和你说。"

第十七章 疯犬

过了端午,天气越发炎热。

盛京的日头热辣辣地照射大地,街巷中卖冰酪的摊铺又热闹起来。富贵人家受不住炎意,纷纷拖家带口去山庄避暑,山上树荫清凉,倒成了贵族子弟的好去处。

夏蒐就在端午后的第二个旬休到来了。

围猎的前一日夜里,常进从崔岷手中领到了此次夏蒐进山的医官名单。

京郊围猎也算盛京贵族每年的盛事,先皇先太子在世时,亲自参与狩猎,属于"军礼"的一部分。

狩猎难免有个擦啊碰啊,因此除了侍卫外,随行还有一些医官医工。夏蒐随行的医官名单一开始就已拟好,统共十位,除了几个老医官外,新进医官使也添了几位,都是些家世还不错的年轻人。

毕竟围猎随行对医官来说,是件面上有光的好事,好的人情当然要送给更值得的人。

常进望着手中名单,意外看向桌前人:"院使,这里头……怎么突然多了陆医官?"

常进记得很清楚,之前那张随行名单里可没有陆曈的名字。

"王医官突感风寒,由陆医官顶补。"崔岷垂目翻着面前医籍,淡声回答。

"原来如此。"常进点头。

难怪这名单现在才到他手中,应是临时调换了人。陆曈医术不错,有此机会在贵人面前露脸,对将来吏目考核做入内医官也有好处。

看来,院使也渐渐开始重视陆曈了。

思及此,常进对崔岷一揖:"那下官就先拿名单去通告医官们了。"

崔岷:"去吧。"

常进退出了屋子,从门外又悄无声息进来个人,看着常进的背影远去,才把门关上,看向崔岷低声道:"大人,戚家突然点名要陆曈随行围猎,是真打算在围猎场中对陆曈下手?"

前些日子,太师府公子戚玉台托人给崔岷捎了句话,今年围猎务必让陆曈随行。

崔岷放下笔:"不知。"

陆曈生死,他并不在意。

不过蝼蚁。

心腹又道:"小的看那名册,院使今年不围猎随行吗?御药院的邱院使都去了。"

"不去。"崔岷道,"明知有变,自当避嫌。至于邱合……"

那个老头子就是太过于执着追求上进,恨不得所有功劳都要给御药院揽一份。殊不知这世上多做多错,尤其是对着那些位高权重之人。

这个道理,十年前他已从另一人身上学到了。

"让常进代我去吧。"

他阖眼。

"他最近,对陆曈有点过分关切了。"

常进把名单送到宿院时,林丹青正坐在桌前擦脸,闻此喜讯,扭头

583

看向坐在桌前看书的陆疃。

"陆妹妹，听见没有，你明日与我一同随行围猎！"

陆疃神色怔忪。

常进板着张脸："是因为王医官临时着感风寒才叫陆疃顶补，机会难得，赶紧收拾吧！"

他把这消息带到，便去别的宿院告知其他医官了。

屋子里灯火微晃，林丹青还在激动："太好了！原本我还想着单我自己去猎场实在无聊，有你做伴正好！"

陆疃却没她那般好心情。

随行名额一人难求，林父当初在医官院任职多年，名单里有林丹青不奇怪，但是自己名字也在其中……

陆疃微微皱眉。

不对劲。

这样的贵族盛事，何故轮到自己一个平民？须知所有名册最后要过崔岷的手。崔岷打压她尚来不及，怎么会给她出头机会？

事出反常必为妖。

她低着头不说话。

林丹青见状，宽慰她道："怎么这么严肃？近来天热，权当是上山避暑。狩猎的都是些皇子和贵族公子，山林提前也被人查检过，狮虎类凶兽早已被驱赶，至多也就是狼啊豹子。咱们在林外的棚子里候着跟随，不会有什么危险。"

听上去没什么问题，但陆疃仍直觉不安。

林丹青拍了拍她的肩："不要紧张陆妹妹，围猎说到底也就是个趁公出去玩的机会。想想，俸银照拿还不用值守，不比待在医官院看人脸色强吗？"

"你就把心放在肚子里,到时候跟着我。咱们也去瞧瞧。"

对不上差这回事,林丹青总是很积极。

她说罢,翻箱倒柜地翻出一床的零嘴吃食,直往床上摊开的包袱皮中扔,不像是去随行围猎,像是去踏青。

她又招呼陆曈:"陆妹妹你也收拾收拾东西,山上蚊虫多,记得带上驱虫露。"

陆曈站起身,回到自己屋里,打开木柜,木柜上层放了许多瓶瓶罐罐,她循着看过去,除了驱虫露,又挑了五六只瓶罐放入医箱。

目光掠过木柜最里层时,倏然停了下来。

那里,四只巴掌大的瓷罐静静放着,藏在柜中阴影里,幽幽望着她。

陆曈看了许久。

要外出上山,医箱里不能装瓷罐,以免路上颠簸摔碰。自她进医官院后,还是第一次和家人这般分离。

她把四只瓷罐用布擦拭了几下,重新往里推了推,再从匣子里抽出那支泛着冷光的精致的木槿花簪,最后关上木柜门,重新锁好。

"爹、娘、姐姐、二哥——"她低声自语,"我很快就回来。"

夏夜一日比一日炎热。

宅邸里四处放了冰块,没有外头的暑气,清凉得正正好。

一道身影穿过太师府满庭芬妍,匆匆行过长廊,推门进了屋。

戚玉台歪在榻上,身侧两个美婢轻轻为他打着扇。

"少爷,"来人进了屋,将手中之物呈给戚玉台,"医官院的曹槐已将东西送来。"

戚玉台皱着眉扫了一眼来人手中之物,点头:"不错。去,拿去给擒虎熟悉熟悉。"

585

"是。"小厮应下，想到什么，又有些为难，"不过，小姐和老爷要是知道……"

戚玉台冷冷瞪他一眼，小厮立刻噤声。

"你不多嘴，他们怎么知道？"

小厮不敢说话。

戚玉台冷笑："妹妹心软，爹迂腐，但我怎么能容忍一个下贱女人爬到我们戚家头上？"

他叹了口气："妹妹借我银子让我一偿心愿，可我没那么多银子还她，替她出这口恶气，也算是回礼了。"言罢，觑一眼下人："敢告诉我爹，什么下场自己知道。"

小厮颤抖了下，忙道："是，少爷。"

白月昏蒙，太师府一墙之隔的另一院中，烛火在夜色里燃烧。

老者立于窗前，黑袍白发，庞眉皓齿，静静看着远处云翳。

身后门发出轻微一声细响，老者没有回头，只平静问："少爷的东西可收拾好了？"

老管家上前几步，恭声答道："已全部收好，府里最好的侍卫随行，马、鞍具、攀胸都已检查过，还有少爷的猎犬……"

犹豫一下，管家继续开口："少爷此次围猎，点名要医官院那个医女前去，老爷是不打算阻拦？"

戚玉台自以为所行之事背着戚清，然而太师府中一切事宜并无可能逃过戚清眼目。有时不说，只是因为他不想说。

像慈父纵容胡闹的幼子，平静看着他并不高明的淘气。

"不阻拦。"戚清道，"只是个医女。"

他转身，月光被挡在身后，桌上灯笼照着他的脸，把那张生满皱纹的苍老的脸照出几分青色的白，似具腐尸陈旧。

手中佛珠被他摩挲得温润发亮,他转动几番,垂目叹息着开口。

"也算是给榀儿出气。"

六月初一,是盛京的夏蒐。

司天监提前观窥天象,当日天气晴好。

凌晨天不亮时,陆曈随一众医官上了去往猎场的马车。

围猎场在黄茅岗。山上茂林葱郁,林木秀蔚。先太子在世时,夏日常在此避暑,直到过完整个八月后,开始秋狩。

如今秋狩改夏蒐,倒是方便了避暑。

待到了山下,四下已来了不少人。先来的多是医官院和御药院的医工医官,以及一些仆从侍卫,围猎队伍来得晚些,好先叫这些下人们准备齐全。

先皇在世时,尤其看重每年秋狩,临行前尚要祭天,又有禁兵班卫近万人跟从,检阅军队。不过梁明帝近几年身子不好,不再参加围猎。陛下不来,队伍便要精简许多,饶是如此,仍让第一次来到围场的陆曈开了眼界。

山下军营附近早有商贩聚集,在林间搭起长棚布帐,远远瞧去,如在林间搭出一处闹市,商贩还在不断增加。

林丹青见陆曈看得仔细,主动解释:"那是围市。"

陆曈:"围市?"

"有来围猎的青云贵客会带着家眷,白日里山上围猎,夜里宿在营地里。等到了晚上出来逛逛,这些布篷搭的摊贩会卖热熟食和饮子甜浆,不比景德门的夜市差,可有意思了。"

她碰一碰陆曈胳膊:"怎么样,我说过,保管不亏你来这一趟吧?"

正说着,前面医官突然嘈杂起来,有人道:"围猎大队来了!"

陆瞳循声看去。

前方出现一大群浩浩荡荡人马，约莫数千人。最前方驾着一青色华丽车舆，车厢上镂刻龟纹，旁有数百仪官跟随。

青色车舆在围场入口停下，四处忙跪下一片行礼，陆瞳也跟着医官院的医官们跪下，听见林丹青在耳边低声道："那是太子殿下。"

太子。

陆瞳抬眸朝前方看去。

从车舆上下来个年轻男人，生得算周正，只是略显瘦弱，以至于看起来没什么气势。他抬手，示意众人起身。

陆瞳跟着医官们起身，看向车舆方向，太子身后又有骏马随行，马上人亦是鞍辔华丽，看上去不是普通人。

"那是二皇子，三皇子与四皇子。"林丹青低声与她解释。

梁明帝一共育有四子一女，公主年岁还小，四位皇子中，太子元贞由皇后所出，三皇子元尧由陈贵妃所出，剩下二皇子与四皇子的母妃只是个贵人，多年前就已故去。

太子虽由皇后所出，然而皇后母族近几年渐渐式微，倒是陈贵妃背后的陈国公势力渐起，储君之位悬而未稳，朝中太子一派与三皇子一派间明争暗斗，激流涌动。

苗良方曾与陆瞳说起过这几位皇子，不过见到真人还是第一次，陆瞳认真看着，暗暗将几位皇子的脸仔细记了下来。

二皇子与四皇子似乎没什么心思，一副唯唯诺诺的模样，倒是那三皇子元尧神色倨傲，与太子言谈间隐有针锋相对之势。

在这几人身后，还有一男子，约莫三十多岁，穿件宝蓝簇锦袖竹纹宽袖大袍，眉眼生得倒是不错，与谁说话都笑眯眯的，很和气的样子。

这人不曾骑马，只乘了顶软轿，将轿帘一掀，优哉游哉地出现在众人面前。

陆瞳问:"这也是位皇子?"

林丹青顺着她目光看去:"这是宁王殿下。"又小声补充,"宁王是陛下如今唯一在世的手足了。"

"宁王?"陆瞳有些意外。

宁王元朗是梁明帝的兄弟,当年先皇丧世后,几个皇子也先后离世,除了梁明帝外,唯有这个宁王活了下来。陆瞳听过此人名字,但没料到看起来这般年轻,比几位皇子也大不了几岁。

林丹青道:"宁王殿下人不错,盛京城都说他是老好人,从前有人还在官巷看他与卖菜的人讨价还价。就是姬妾多了些,长此以往,身子难免亏空。"

陆瞳无言。

皇室中人过后,就是些王孙公侯家的少爷公子了。

这些青云贵客既家境富丽,于是器服便极尽绮丽奢华。个个马匹雄健,金鞍银辔。至于骑服,更是寻了最好的料子,寻最好的裁缝,恨不得全天下都瞧见自己的英武姿容。

不过人靠衣裳马靠鞍,纵然平平的容貌,这般贵重的东西一股脑砸下去,倒也显出几分贵气。

尤其是王孙公侯背后跟着的龙武军兵马,骑兵们骑在骏马上,一身漆黑禁军服饰,个个高大英拔,仪表不凡,出行间格外攫人眼球。

林丹青看得入神,忍不住大为赞叹。

"真是不错,比医官院的豆芽菜们俊朗多了。可惜山上太凉,衣裳穿得太厚,扣子扣得那般紧干什么,不如脱了,也好造福一下大家的眼睛。"

她这么一说,同行女医官们就掩嘴偷笑起来。

林丹青扬眉:"我说错了吗?"

侧边一位干瘦男医官闻言很是不悦,拉着个脸道:"林医官身为女子,当谨言慎行。"

林丹青不以为然:"这你就不懂了,我家老祖宗说过,医者父母心,又有'身体发肤受之父母'一说,既如此,他们都是我生的,娘看儿子,多看一眼怎么了?"

她微笑:"不看白不看。"

这个便宜占得大了,众人无言以对。

前面人声突然嘈杂起来。

方才偷笑林丹青的几位女医官发出小声欢呼。陆曈抬眸看去,忍不住一怔。

龙武军长长的队伍后,突兀马蹄声忽起。有人驾马驰过,带起的长风拂开林间枝丛,朝阳也亮了几分。

青年如其他龙武卫般穿禁军墨黑骑服,骑服全然勾勒出漂亮的身形,似只敏捷猎豹。今日裴云暎没有戴官帽,只在额上覆盖一条墨黑绣金抹额,这使得他少了几分俊雅,多了几分朝气。

骑卫矜骄,金鞭拂柳,那双漆黑明亮的眼眸被林间日光浸过,显出一种宝石般的瑰丽色彩。青年漠然催马英姿勃勃的模样,直让人心跳都快了几分。

爱美之心人皆有之,前面的女医官们便发出方才如林丹青一般的赞叹声。

林丹青撇了撇嘴:"喏,最俊的这个来了。"

陆曈定了定神。

裴云暎实在生了一张好皮囊。

她其实并不是以貌取人之人,但很多时候会不自觉地被这人惊艳，倒也不是因为相貌，而是对方包裹在或温煦或冷漠外表下，那种肆意、无所顾忌的生命力。

令人羡慕。

身侧林丹青在感叹："有如此皮囊，何必有如此身手，有如此身手，何必有如此皮囊……真是人间尤物啊。"

陆曈听得有些好笑，正想说话，目光却在触及龙武军后的一人时骤然顿住。

他怎么来了？

陆曈神色冷沉下来。

戚玉台也来了。他骑在一头高骏红马之上，一身蹙金宝蓝骑服，温和恬然，正微笑着与相熟的别家少爷说笑，瞧上去很有些风流。

陆曈心中冷笑。

戚玉台有癫疾发作的风险，理应避免过于刺激的行为，围猎场这样的地方本该敬而远之，却偏偏主动前来。

真是不知死活。

她握紧医箱带子。

山林树石茂密，这样的地方出点意外也是寻常。出来前，她在医箱里装了许多毒罐，若是能在此地杀死他……她心念微动，视线落在前方时又忍不住皱眉。

不行，人太多了。

戚玉台身侧跟着好几个红衣侍卫，将他保护得很紧。若一个还好，这么多人，应当很难引开。

只能放弃。

身侧林丹青撇了撇嘴："怎么又把那条疯狗带来了？"

陆曈："疯狗？"

"喏。"林丹青朝前努努嘴,"你看。"

陆瞳凝目看去。戚玉台的马匹后方,果然跟着条灰色猎犬。猎犬体型高大,皮毛养得油亮,一双眼睛泛着血色,若不是颈上戴的那只金项圈,简直似只凶残饿狼,瞧着就让人心惊肉跳。

"那是戚玉台的爱犬。"林丹青道:"带来助猎的。"

陆瞳了然。

围场上常有贵门子弟带上猎鹰、猎犬类助猎。

"戚玉台可宝贝这狗了,听说每日要吃新鲜牛脊肉,一大盆新鲜牛乳,时鲜水果,还有燕窝点心。听说连住的窝棚都镶着宝石,有专人伺候……"林丹青语气不忿,"你看它脖子上戴的那个金项圈,我都没戴过成色那般足的,这世道真是人不如狗呐。"

陆瞳问:"为何说是疯狗?"

"那狗四处乱咬人,不是疯狗是什么?"

林丹青哼道:"戚家人会牵狗出门,疯狗太壮,有时下人牵不住,难免伤人。先前有个小姑娘被这狗吃了半张脸,她娘哭求无门,写了冤单缝在背上,抱着孩子上门去哭——"

陆瞳听得怔住:"最后如何?"

"最后?"林丹青讥讽一笑,"只哭了一日便罢了,说太师府给小姑娘赔了一大笔银子,担负她至出嫁时的银钱。外头还传言太师府厚道,那家人也千恩万谢,殊不知那般伤势,怎么可能活到出嫁?"

话一说完,二人俱是沉默。

又过了一阵,林丹青才开口:"你别担心,那狗有人牵着,又是猎场,倒不用怕咬人。想来戚公子也是怕自己空手而归,找条狗过来填脸面罢了。"

陆瞳望过去,灰犬随着戚玉台的马往前去了,被后头龙武卫挡住,渐渐看不见。她收回视线，嗯了一声。

龙武卫和围猎的王孙公子既已到位，围猎很快就要开始。

陆曈站在医官院营帐中，看着仪官站于猎场高台，吹响号角。

山林空旷，号角悠长的声音回荡过去，惊飞无数雀鸟。

太子元贞驱马至猎场最前方，亲从官呈上一把镶金弓箭，元贞持箭弯弓，对准猎场前方的红绸猛地一射——

围猎开始！

太子先行，身后诸班卫随驾，朝着山林奔去。接着是二皇子、三皇子和四皇子，再然后是宁王、诸位公侯、正三品以上的官员……

围猎通往山林的初道并不宽敞，一队一队以此列行，然而前方却有两队撞在一起，互不退让，很有几分狭路相逢之势。

陆曈看着与裴云晞同时停在林道口的人，问林丹青："那人是谁？"

林丹青看了一眼："枢密院指挥使严胥严大人。"

严胥？

陆曈心中微动。那不是裴云晞的死对头吗？

林荫树下，年轻人勒马，看向挡住自己去路的男子。

"严大人，"他微笑，"道窄，当心路滑。"

马上的男子约莫四十来岁，一身墨灰色骑服，身材干瘦，模样生得很是平庸，唯有一双眼睛精明睿智，正神色阴晦地盯着他。

这是枢密院指挥使严胥。

枢密院与殿前司不对付，朝中人尽皆知，而严胥与裴云晞间又有经年旧怨，彼此视对方为眼中钉、骨中刺，但凡同场出现，总要使两句绊子。

今日也不例外。

严胥看他一眼，意有所指地开口："裴大人跟三殿下跟得很紧，倒肖似戚家那条助猎的猎犬。"

他身侧跟着的枢密院骑卫闻言，顿时哄然大笑。

山上围猎，禁军班卫不同于那些贵族子弟，需随诸位皇子护驾。裴云暎并未跟着太子，而是跟着三皇子。而严胥如今与太子走得很近。

裴云暎眉眼含笑，仿佛没听见对方话中讽刺："上山前陛下特意嘱咐护卫三殿下安平，正如严大人护卫太子殿下安平。他二人兄爱而友，弟敬而顺，你我都是为陛下分忧，若说助猎，严大人也不遑多让。"

他毫不客气地回敬过去。

严胥盯着他，冷笑道："殿帅年轻，不知有没有听过一首老歌。"

裴云暎淡淡看着他。

男人压低声音："一尺布，尚可缝；一斗粟，尚可舂。兄弟二人，不能相容。"

青年眸色微动。

这首歌的下一句是：况以天下之广，而不相容也……

严胥瞧他一眼脸色，满意一笑，催马带着枢密院诸骑奔入山林。

陆曈注视着林道那头风波，虽不知发生了什么，但从殿前司诸骑的脸色看来，严胥似乎说了什么令裴云暎不愉快的话。

直到裴云暎也带着骑卫奔进山林，再也瞧不见影子，陆曈才收回视线。

她想起那个传言。

进医官院前，苗良方将自己知道的盛京官场那些七歪八扭的关系统统告诉了陆曈，其中就包括了严胥。

这位枢密院院使严大人掌管梁朝军国机务、边备戎马之政令，权势极盛。不过，他之所以成为大家闲聊私谈的中心，倒并不是因为他的权势，抑或冷漠无情，而是因为他与先昭宁公夫人的那一段往事。

据说多年前，严胥曾向待字闺中的先昭宁公夫人府上提亲，不过被拒绝了。不过那时严胥还不是眼下官职地位，倒是先昭宁公夫人嫁人后，一路节节高升，有人说，严胥这是赌气想让先昭宁公夫人后悔。

后来先昭宁公夫人为叛军挟持，裴棣不顾她的性命也要拿下叛军。一代佳人就此玉殒香消，更是讽刺。先昭宁公夫人临死前有没有后悔不知道，严胥这个枢密院院使却从此对裴家人深恶痛绝。

林丹青说，殿前司与枢密院本就关系不好，互相制衡，裴云暎去了殿前司后，矛盾愈发激烈，两方朝中时常斗个你死我活。

她原先觉得这话或许有谣传成分，不过今日看来倒像并非编造。裴云暎与严胥间确实龃龉不小的样子，否则也不会在猎场当着众人就针锋相对起来。

正想着，前面传来常进的声音，招呼各医官回医官营中待命。

陆曈抬眸，又往林道那边看了一眼。

入林围猎的人几乎已全部进山，只剩几个零星的班卫跟在后头，没有戚玉台的影子。

她收回视线，向着营帐的方向走去。

山林路险拔。

参天古木遮天蔽日，有飞瀑淙淙水声流过溪畔，黄茅岗的夏日幽静清凉。

戚玉台骑在马上，身后护卫紧紧随行。

他没走最热闹的那条林道，转而选了个人少的方向，只因怕被人瞧见他拙劣的骑射之术。

戚家只有一个儿子，公侯权臣之子皆要参与的夏貘，若独他一人不来，难免惹人非议。

然而父亲自小不喜他太过剧烈活动,骑马射箭也只是草草学会,并不精通。每年围猎,那些少爷公子们无不盼此机会一展雄姿,比拼猎物,他不能让别人看见他的猎物是由侍卫和猎犬猎取,便只能避人而行。

好在黄茅岗很大,有心避人,轻而易举。

擒虎伏低身子仔细嗅闻林下泥土,护卫小声道:"少爷,那医女如今就在山下营帐中,要不要现在将她引来?"

戚玉台目光闪了闪。

"不。"

他盯着灰犬:"时候还早,先让擒虎磨磨牙。"

话音刚落,猎犬猛地蹿了出去,一头扎进不远灌木丛中,电光石火间,一口叼起只兔子。

"好!"戚玉台大悦。

猎犬狂吠着,把白兔甩到戚玉台马前,白兔被咬断脖颈,流出的血染红皮毛,腿无力蹬了几下,胸脯渐渐沉寂下去。

戚玉台从皮袋里摸出新鲜肉干丢给猎犬,被猎犬一口吞下,又蹿进前面林间。

戚玉台心中畅快。

说来奇怪,每当他看见擒虎猎杀兽禽,总感到万分快慰,仿佛用牙咬断兔子脖颈的不是猎犬,而是他自己。

他非常乐于看到这样柔弱的猎物在更强者面前无力挣扎的模样,猎杀的刺激令他兴奋,那种兴奋和服食寒食散的兴奋不一样,但同样令他快活。

发自肺腑的快活。

可惜父亲管教得严,他在外行事总要顾及戚家身份,在府里……又要恪守父亲定下的陈规，也只有在此地，在这山林间通过擒虎的利口，品尝嗜血暴戾瞬间的快乐。

擒虎机警，耳朵一竖，似又发现什么，猛地蹿进树林，不多时，有野兽挣扎尖啸声传来，宛如垂死挣扎。

戚玉台眼中满意更盛，喊道："好，好！"

捕到的猎物越多，猎犬凶性越大，等擒虎再撕咬几轮，血气完全被激发出来，届时再将陆曈引入此地……

那具柔弱的躯体会顷刻被撕成碎片。那才是最美妙的猎物。

想到这里，戚玉台激动得眼睛发红，只觉浑身上下血脉贲张，竟期待得打了个哆嗦！

"走吧！"

他忍不住大笑起来。

嗖——

羽箭从林间射出，猛地穿透跳动的躯体。

砰——

一头野鹿应声而倒，砸起的血花溅得四处都是。

"哇——"少年欣喜地叫了一声，翻身下马将那只野鹿拖过来捆好，背在马背上，拍了拍鹿身，赞叹道，"这鹿好肥！"

野鹿膘肥体壮，沉甸甸的，带回去做鹿肉丸、鹿肉粒、鹿肉饺子、鹿肉卷……又能益气助阳、养血祛风。少年舔了舔嘴唇。

黑色骏马上，年轻人收回弓箭，看他一眼，问："够了吗？"

"够了够了。"段小宴道，"既不醒目，也不难看，正好领点不轻不重的赏，也没有占抢几位皇子的风头，两个字形容——完美。"

他像个捧哏的，裴云暎瞥他一眼，扬鞭驱马前行。

围猎一开始,各家子弟争试弓刀,呼鹰插箭,恨不得把马上堆满猎物,回头论赏时独占鳌头。

裴云暎却始终意兴阑珊。一来,身为殿前司指挥使,他不能抢夺皇子们的风头。二来,他本来对这种争试并无兴趣,走个过场就好。

即便以他驰射之术,想要拔得头筹轻而易举。

一路随行,不过是段小宴看中个什么狐狸、兔子猎来给他,黑犬栀子跟在身后——难得有公差旬假的机会,便宜不占白不占。

三皇子元尧在前头去了,他不喜裴云暎跟在身侧,刚上山就示意裴云暎不必离得太近。

段小宴一副"我又懂了"的模样:"想想,哥你这般丰姿神气,驰射英发,谁走在你面前不自惭形秽?我要是三殿下,我也不乐意你跟在我身边,有点光彩都被你抢了,实在硌硬。"

"哦?"裴云暎挑眉,"所以旁边那个跟着的是为了?"

"当然是为了衬托了!"

二人看向在三皇子身侧忙前忙后的人,不约而同沉默下来。

三皇子元尧旁边随行的是中书侍郎府上的小儿子。听闻他父亲一开始只是位从六品官员,资质平平,正遇上那年他的顶头上司老母不慎滑倒摔断了腿。于是他日日天不亮就起床去侍疾,亲自把屎把尿了整整一年,贴心更甚亲母子,后来……

后来,他就一路高升,成了现在的中书侍郎。

侍郎公子不仅继承了他父亲的相貌,似乎也继承了父亲的官场好人缘,不过半日,就已将三皇子哄得高高兴兴。诚然,他那矮小柔弱的身姿同行在三皇子身侧,将三皇子也衬得更加英俊高大。

当然,三皇子天潢贵胄,应该不会在意这些细节,更勿用提故意让他衬托了。

前头有飞泉顺着崖壁泼下,侍郎公子指着靠近泉后那片郁郁葱葱的松林:"这里!去年夏蒐时,兵马司的王大人在这里看到过一头白狼,可惜没射中,叫它跑了!"

白狼可是难得一见,元尧眼睛一亮,就要带人进去。

裴云暎驱马行至元尧身侧,出声阻拦:"松林茂密,崖壁森峭,殿下不妨容下官先进林搜寻⋯⋯"

"裴殿帅,"元尧不耐烦打断他的话,"等你先进去一圈,狼王都被吓跑了,有何可猎?"

裴云暎一顿。

侍郎公子闻言,也笑说:"正是正是,围猎意在灵活随意,殿帅此举未免扫兴。也不必过于紧张了嘛。"

不等裴云暎开口,元尧一扬马鞭,率先冲进松林。

裴云暎眉头一皱,跟上来的萧逐风无奈摇头,二人不再多说,带着班卫紧跟着进了松林。

黄茅岗松木茂密,层林蔽麓,若片浓重绿云遮于人头顶。马骑踏过草地时惊飞虫兽,跑了半圈,白狼暂时没影子,倒是发现了一头小野猪。

半大野猪跑得快,元尧兴奋地持箭弯弓追着野猪而去,羽箭脱弦,若疾风闪电,射中野猪屁股。畜生嚎叫一声,逃得更快。元尧大笑一声,再抽一支长箭于长弓,一松手,羽箭直冲野猪而去!

身后的侍郎公子忍不住赞道:"好!殿下好箭法!"

裴云暎笑了笑,骑马追上,正想敷衍夸奖几句,忽觉有什么不对。

羽箭划破空气的锐响接连而至,却不仅仅来自元尧的手中。

裴云暎顾不得身下马匹,拔刀飞扑上前:"殿下当心!"

"林中有埋伏——"

嗖嗖嗖——

松林深处，数十道羽箭若急雨破空而至。元尧正追赶那只奔逃野猪，陡生变故，惊惶下竟忘了躲避，眼看着箭雨就要朝他兜头罩下——

千钧一发之时，忽有人将他往旁边一扯，银色刀光雪亮，砰的一声撞在箭雨上，将飞来箭雨一刀斩成两段！

元尧松了口气，一抬头，恐惧地瞪大双眼。

青年护在他身侧，在他身后，一支银色羽箭凌空而至，冲着他后心刺来！

长旷山林里，陡然传来一声号角低鸣。

号角声传到山下猎场外的营帐时，外头等候的守卫都变了脸色。

陆曈坐在营帐里，问林丹青："出了何事？"

林丹青蓦地站起，望向黄茅岗的方向："……不好。"

她喃喃："吹号……代表猎场中有突发情况。"

果如林丹青所说，不过一炷香时间，山上下来一行禁卫，神色紧张直奔医官院营帐而来。陆曈和林丹青起身，听到为首的禁卫和常进说话。

"太子殿下林中突遇猛虎，猛虎已射杀，殿下无恙，但身边禁卫多伤，医正请带医官上山行诊。"

常进一听十分着急，事关太子不敢耽误，立刻点了一半医官随禁卫上山去，纪珣也去了。

林丹青和陆曈因是新进医官使，常进便让她们在营帐等候。

待常进走后，陆曈问林丹青："山中怎会有老虎？"

黄茅岗夏蒐之前会有班卫搜山，驱走狮虎熊类猛兽，以确保山上安全。毕竟如今夏蒐不如先皇在世时兵卫盛大。

盛京夏獀已多年未出现过狮虎，连花豹都很少，怎么会突然出现，还差点伤了太子。

林丹青摇了摇头，神情有些忧虑："不知道。"

如今朝中两派势同水火，太子在围猎遇此意外，偏偏三皇子也在场……

正沉默着，帐帘被人从外面一扬，又有两个禁卫匆匆赶来，道："御史中丞大人从马上摔下来，不能走了，请两个医官进山急诊。"

御史中丞大人如今四十有五，这个年纪腿脚容易骨折，摔了可不得。剩下的新进医官使中唯陆曈与林丹青春试成绩最好，闻讯便不多说，立刻开始收拾医箱。

林丹青把一卷金创药收进医箱，皱眉自语："奇怪，这才日中，今年夏獀怎么出事的这么多？"

陆曈心中一动，望向山林方向，很快收回视线，对林丹青道："走吧。"

林中尘土飞扬。

龙武卫禁军驭马飞驰而过，银色刀光闪动间，伏在暗处的人影纷纷滚落，下一刻，萧逐风迅速出手，寒光掠过，黑衣人喉间一动，唇角缓缓溢出一丝污血，倒地不起。

"殿帅！"禁卫喊道，"是死士！"

裴云暎一扯缰绳，掉转马头："保护三殿下，我去追。"直冲林间而去。

元尧被众禁卫护着后退，这波死士人并不多，方才龙武卫察觉与其交手，箭雨过后已是不敌，然而一被制伏，立刻咬破齿间毒药自尽，顷刻间气息全无。

地上横七竖八都是尸体，一些是龙武卫的，大部分都是死士的。裴云暎去追最后一个，元尧被护着逃至松林外的飞泉下，听见远处林间传来的低渺号角。

号角？他这头遇刺的消息还未传出去，怎么就吹号角了？

又有急促马蹄声传来，乌黑骏马去而复返，骑在马背上的青年勒马回首。元尧忙看向他。

"怎么样？"他急道，"抓到活的没有？"

裴云暎摇头："自尽了。"

元尧一拳擂在石头上，低声骂了一句。

最后一个活口也没了，意味着人证俱失。

段小宴一一查验完死尸，回到裴云暎身边："回殿帅，一共十名死士，全部自尽。"

这些死士究竟是如何绕过围场偷偷潜入此地的，很是耐人寻味。若是手段高明还好，若是内奸……

"没活口我也知道是谁。"元尧冷笑一声，"这盛京最想我死的，猜也猜得到。"

四周禁卫低头一言不发，只装作没听到。

元尧与元贞明争暗斗，从前也只是在朝堂上。元贞阴鸷，元尧傲慢，若元尧认定此番刺杀由元贞背后主使，只怕回去后，皇城又是一朝血雨腥风。

四周安静，萧逐风目光落在青年左肩："你的伤不处理一下？"

裴云暎侧首看了一眼，道："小伤，下山再说。"

箭雨朝元尧冲去时，他拉元尧逃走，差点被人背后放了冷箭，若非他躲得迅速，那箭现在已经穿透他心房。

只是射中肩头，不算伤重。

裴云暎翻身下马,走到元尧跟前:"殿下,围猎途中生变,恐林间还有其他埋伏,不如中止围猎,下山再做定夺。"

元尧神色变幻几番。经历方才一番厮杀,他哪还有心情继续围猎,于是淡淡唔了一声:"就按裴殿帅说的做。"

"是。"

裴云暎转身,吩咐身后诸卫:"把这些死士尸体带走。"又登鞍上马。

"下山!"

号角在悠长山谷里回荡,传到密林深处时,余音也变得隐约。

戚玉台勒住缰绳,疑惑看向远处:"什么声音?"

身侧护卫凝神听了一会儿,面色微变:"是号角声,少爷,围场有危险!"

"有什么危险?"戚玉台不以为意。

年年参加夏蒐,每次风平浪静,戚玉台还是第一次听见号角声。然而山上围猎能出什么事,多半是哪个倒霉蛋遇到不常出现的野兽。

戚玉台看一眼身边护卫。

这么多护卫,太师府身手最好的两个护卫就在自己身边,何况还有擒虎。

擒虎……

戚玉台朝前方看去。灰犬在经历半日捕猎后,越发精神奕奕,灰色皮毛几乎已被血染红,一双眼睛幽幽泛着寒光。

身侧护卫马背上,已结结实实捆满两大皮袋。兔子、野獾、狐狸、鹿……擒虎骨子里似流着狼血,嗜杀凶残,遇到猎物一口咬死不放,直拖得猎物咽下最后一口气。

戚玉台盯着马背上的硕果，目露满意，正欲说话，忽听得前方隐隐传来说话声，往前一看，忽然一愣。

林木掩映间，几匹马停着，四周有人来来往往，倒是围拢的人群里有两个穿医官袍的女子，其中一个秀眉玉面，姿影纤纤。

陆曈？

戚玉台心中一动，招来身侧护卫："她怎么在这儿？"

他还没让人将陆曈引上山，特意饶了她半日，好叫擒虎先磨磨爪，没料到在这里遇上了。

护卫悄然退去，不多时又回来，低声禀报："是御史中丞大人摔下马，叫陆曈上山行诊。"又试探地看向戚玉台："少爷现在是想……"

戚玉台不语，视线落在马背上血迹重重的皮袋上，过了片刻，又扭头看向林木中隐约的人影，摸了摸下巴。

"跑了半日，时候倒是差不多了。"

"好吧。"

他打了个哈欠，眸中精光闪动。

"开始狩猎——"

树下，陆曈正将白帛递给林丹青。

御史中丞年纪不大，但盖因平日也不怎么活动，明明还不到知天命，身子却似花甲之年，脆弱胜过琉璃。

他在树下皱着眉头，面露痛苦，一会儿说腿断了，一会儿说脑袋疼，林丹青一面飞速包扎，一面听他絮叨安抚，忙得额上全是汗。

待好不容易包扎完，御史中丞又让林丹青瞧瞧自己那匹马有没有问题，说是无缘无故马蹄打滑，说不定马也骨折了。

林丹青按下一口恶气，认命地朝马走去，正在这时，前面密林里忽有人匆匆跑来。

是个护卫,对林丹青二人道:"我家大人驾部郎中,方才被一野狼咬伤右脚,二位医官哪位有空,请随属下前去行诊。"

林丹青正举着帕子走到老马跟前,闻言对陆曈道:"你去吧,这里交给我。"

留在这里也是听御史中丞无理取闹,没必要两个人一起被折腾。

想了想,陆曈便背上医箱,起身跟着护卫离开了。

陆曈随着护卫往前走,山路曲折,路有些崎岖难行。走过约莫几里后,四面树林渐深,荒草乱石,仍没见伤者的影子。

陆曈问带路的护卫:"请问,此处离驾部郎中大人所在处还有多远?"

护卫道:"快了,就在前面。"

陆曈眉头一皱。

一炷香前,这人已经说过这话了。

她环顾四周,四面峭壁,恰好将此处丛林围拢其中,正对崖壁的地方,一簇飞瀑奔流直下,轰然若雷鸣。

一丝不安从她心头浮起。

陆曈脚步一停。

护卫见她停下,转身道:"陆医官怎么不走了?"

闻言,陆曈一颗心渐渐下沉。

他知道自己姓陆。

可方才从此人出现,到行至此处,从头到尾,她也没说过自己的名姓。

空气中渐渐飘来一股浓重血腥气,黏腻腥臭,方才被飞泉掩盖,这时候如一张编织好的细密丝网,朝着她渐渐罩来。

陆曈后退两步，猛地转身，疯了一般往身后跑。

一道灰色巨影从林木间扑了出来，将她扑翻在地。

群峰幽邃。

林间似乎传来一声尖叫，伴随几声犬吠。

有医官停下脚步，狐疑望向声音传来的方向："刚才是什么声音？"

纪珣把最后一罐伤药收回箱子，闻言侧首。

远处隐隐传来飞瀑水流声。

旁边一位医官道："没什么，就是水声。"

纪珣收好药瓶，扶着一位受伤的龙武卫站起身。

太子在林间突遇猛虎，太子无恙，太子身边的龙武卫却有几个受伤的。一行医官随常进入山，先为伤重的几个龙武卫治伤，剩下轻伤的，待随太子一道下山后由医官在山下营帐中包扎。

林中突遇变故，太子元贞脸色已十分难看，由诸卫军护在中间，神色阴晴不定。一行医官大气也不敢出，生怕这怒火烧到了自己。

已被禁军驱过凶兽的黄茅岗为何会突然出现一头猛虎，还偏偏被太子殿下撞见了……

常进轻咳一声，示意众医官起来。太子已随班卫到前头去了，只剩他们几个医官和伤重的龙武卫落在后头。

发生这件事，围猎自然不能继续。众人起身准备下山，最先说话的医官挠头，仍有些狐疑，自语道："我刚才真的好像听到有人叫救命……"

他说完这句话，见无人在意，只好背起医箱跟了上去。

纪珣抬头，看了那人方才指着的方向一眼。

密林幽静，唯有水声淅淅。

他认真听了片刻，确定并无人呼号，才提起医箱跟着走了。

林间幽谧。

空气中弥漫着鲜血的温热腥气，飞泉旁的荒草地上，飞溅的露珠变成殷红。

陆曈拼命抵着面前扑向自己的利嘴，灰犬凶残似猎豹豺狼，低嚎着将她扑滚在地。

"擒虎，做得好！"另一头，戚玉台从马背上下来，远远瞧着草地上翻滚的一狗一人，兴奋得两眼发红。

太师戚清过去热爱养鸟斗鸟，将两只鸟放在一只大鸟笼中令其厮斗，谓之"滚笼相斗"，直到其中一只羽毛零落、头破血流至气绝身亡方算结束。

戚玉台原先也看过几次斗鸟，然而方在此刻，觉得眼前这相斗比什么斗鸟斗兽刺激多了。

女医官实在柔弱，在擒虎的爪下如只白兔被肆意蹂躏。

对，白兔！像刚上山时被擒虎咬死的那只白兔，美丽纤细，温顺乖巧。

美丽的女人，若无强悍背景支撑，便如这林间野兔，随时会被强者咬断喉咙。

说起来，这女子姿色美丽，同样是美人，身为太师嫡女的妹妹金尊玉贵，似琼枝玉叶，天上明珠，高贵连平民都不敢看她一眼。而陆曈只是个卑贱下人，同样的美丽，于她身上就是灾祸，是罪孽，是累赘。

好好一个美人，谁叫她惹了自家妹妹不高兴，只能在畜生嘴里变作腐烂肉泥。

想到那画面，戚玉台叹息一声，真是可惜了。

猎狗发出兴奋吠叫，林下，陆曈捂住头脸，在地上蜷缩翻滚着。猎犬不依不饶，再次冲上来撕咬。

607

她听见戚玉台的声音不远不近地传来:"咬住她,别松口!"

猎犬得了主人命令,越发激动,咬住陆瞳的腿不肯松口。它应当是被戚玉台专门训练过,视她如猎物,陆瞳忽然想起山下时林丹青与她说起这只疯犬曾咬伤一家农户家小女儿的事,如今她在这挣扎间,明白了那小姑娘的痛楚,在这恶犬嘴里如嫩弱骨肉,任由对方撕咬。

她胡乱抵挡面前尖牙,目光落在身畔因挣扎摔下的医箱上。

医箱里有毒粉,还有针……

她咬牙,用力一脚踹开扑在自己身上的猎犬,艰难站起身,跌跌撞撞朝医箱扑去。

手刚碰到医箱,还没来得及打开,猎犬从身后蹿上来,一口咬在她的肩上。陆瞳闷哼一声,手一松——

医箱应声而落,咕噜咕噜顺着斜坡滚下崖壁。

咚的一声。

不知所终。

草径幽深,马蹄踩过落叶上,发出窸窸窣窣的细响。

龙武卫的马骑正往山下去。没了上山狩猎时的惊险激动,回去的队伍显得平静了许多。

段小宴骑在马上,扭头问:"哥,你真的不先处理下伤口?要不看看周围有没有上山的医官给你瞧瞧……"

"不用。"裴云暎打断他。

羽箭射中他左肩,箭矢已拔出,在山上随意找清水擦洗洒了些金创药粉,看上去似无大碍。但段小宴总觉不放心。

元尧急着下山,不愿在山上多耽误一刻,龙武卫自然没有逗留的道理。

"那行,等下山去营帐让医官瞧也一样,"段小宴突然想起了什么,"让陆医官给你瞧!早上猎场营帐门口我还看见她了,只是当时跟着班卫不好过去,不然就跟她打个招呼了。"

萧逐风闻言,面露诧然:"她也来了?"

围猎随行医官名额不多,大多是老医官,年轻医官多是些家世不错的——这样好的机会不太可能留给平民。

裴云暎扫他们二人一眼:"这么关心,不如下山请你们一桌一起吃个饭?"

"好呀!"段小宴高兴地一拍巴掌,"那等我回去换身衣服。不过陆医官害怕栀子,不能带着栀子一起去……"

说到此处,段小宴一抬头,望着前面空空草地:"哎,栀子又跑哪去了?"

栀子上山一回,兴奋得不得了,只是在殿前司好吃好喝待久了,对捕猎没有半分兴趣,乱窜了大半日,扑蝴蝶闻野花,连只耗子也没逮着一只,急得段小宴绞尽脑汁找理由:"栀子年纪大了,又生了孩子,生孩子催人老,很常见的!"

噎得萧逐风冷眼回敬:"慈母多败儿。"

正说着,就见远处一条黑犬陡然从林后出现,朝他们三人矫捷奔来,嘴里叼着什么东西。

段小宴一喜,忙坐直身子:"栀子回来了!她猎了个什么,个头还不小?好栀子,快让我看看,这是狗獾?兔子?好像是只白狐狸啊!"

黑犬迅疾似风,几下扑到三人面前,冲到马蹄下拼命摇尾巴邀功。

三人一愣。

它嘴里的哪里是什么白狐狸,分明是只白色的医箱!

段小宴眨了眨眼:"栀子,你这是偷了哪位医官的医箱?"

黑犬兀自兴奋转圈，裴云暎看向狗嘴里衔着的箱子。

医箱就是寻常医箱，与医官们所用大同小异，看不出什么区别。带子上却绣了一圈木槿花，针脚细密精致，给旧医箱添了几分婉约。

裴云暎脸色微变。

陆瞳隔段时日会给禁卫们行诊，她那只医箱和寻常医箱不太一样，带子上绣了一整面的木槿。听说是因为先前的带子磨薄了，怕中途断裂，银筝给陆瞳重新加固了一回。

他记得很清楚，带子上的木槿花是白色的，而今眼前的木槿花却成了淡红色，像被血迹染过。

他倏地勒绳，翻身下马，走到栀子跟前，栀子见主人上前，尾巴摇得飞快，乖觉地一松口——

啪的一声，医箱砸到地上。

盖子从中裂开，一箱瓶瓶罐罐砸得满地都是。

一只银戒滚至裴云暎靴子边。

裴云暎脚步一停，目光不觉落在那只戒指上。

那只是很寻常的银戒，颜色发黑，工艺粗糙，放在任何首饰铺都不会令人再看第二眼。

但它又是如此不同，似有魔力，让他视线难以挪开。

他定定盯着那只银戒，忽然弯腰，将它从地上捡了起来。银戒在他指尖微微旋过，露出戒面内环，摩挲过时，有浅浅凹痕掠过。

裴云暎手一晃，指尖银戒险些脱落。

一瞬间，脑子里掠过很多零散画面。

雪夜，大寒，破庙灯花。

刑场，腊雪，供桌下破败木头聚拢的篝火。

戴着面衣的女童抱着那只破烂医箱，紧张生涩地为他缝好伤口。那伤口很粗陋简单,似他们初见时匆忙潦草,却固执坚持地在他身上残遗多年。

耳边似乎响起她略带嫌弃的声音。

"殿帅的人情不太值钱,不如银子实在。"

所有零碎的图片在这一刻倏然完整,渐渐拼凑成一幅清晰画面。

萧逐风从身后走来,见他望着手中银戒怔忪,不由疑惑:"这戒指是……"

裴云暎蓦地握紧银戒,问面前黑犬:"她在哪?"

栀子高兴地吠叫一声,腾地跃出老远,朝林中某个方向奔去。

青年翻身上马,掉转马头。

萧逐风拦在面前:"三殿下还未下山……"

裴云暎一抖缰绳,马儿疾驰而去,只余翻飞袍角在林间留下淡影。

"你护着,我有急事。"

"好!擒虎,咬得好——"

林间草地上,狗与人撕滚成一团,猎狗凶恶的咆哮轻而易举将女子细弱惨叫包裹,淹没在不远处飞瀑声声水花中。

戚玉台眼中闪过一丝遗憾。

太弱了。

斗鸟之所以精彩,是因为"滚笼相斗"的斗鸟双方旗鼓相当,你来我往,方有种浴血厮杀之美。但若实力悬殊太大,成了单方面屠杀,这兴味便要大大减半。

如今陆曈与擒虎正是如此。

这女子先前还试图反抗,努力踢咬挣扎,趁机会逃走,然而这地方是他特意让护卫寻来的"斗场",宽敞安静,四处荒草,连块尖石都没有。她跑几步便被猎犬从背后追上扑咬,反复不知几个轮回。

她的执着反抗令戚玉台意外,夹杂着几分莫名惊喜。

虽是结局注定的比斗,但一场互不相让、有来有往的比斗远比乏味无聊、一眼看得到头的比拼来得更让人激动。

但时日渐渐流逝过去,猎物的挣扎已慢慢不敌,草地上血迹越来越多,这场比斗接近尾声,已快至狩猎的最后一环——

戚玉台摇头,果断对着远处指示:"咬死她——"

猎犬兴奋地咆哮一声,再次冲上前来,凶狠地扑向陆曈脖颈!

陆曈被扑得仰躺在地,只觉压在自己身上似有千斤,猛兽的牙就在离自己头脸很近的地方,她的胳膊塞在猎犬的利嘴之中,硬生生不让它继续向前。

猎犬也察觉眼前这人渐渐虚弱,不肯松口,低嚎一声用力咬下。她冷汗淋漓,用尽全身力气拼命抵挡,连呻吟的声音都发不出来。

长时间与猎犬搏斗,它在她身上撕扯出血淋淋的伤口,血的味道使野兽越发激动。

陆曈觉得自己的力气在迅速流失,身子也在渐渐变冷。身为大夫,她很清楚这样下去是死亡的前兆。

奇怪的是,到这个时候,她仍未觉得有多疼,只是觉得灰心,有种深深的疲倦感从心底传上来。

很累。实在太累了。

很想好好睡一觉。

过去那些年,在落梅峰,她也曾有过疲惫的时候——在乱坟岗里寻觅尸体的时候,替芸娘尝试新的毒药的时候,乌云在暴雨中落气的时候……

每一次,她以为自己撑不过去了,最后却又会奇迹般地醒来。

但这一次却不同。

眼睛被覆上一点温热,那是额上伤口流下的血落进了眼睛,那点艳色的红像极了落梅峰漫山遍野的梅花。她恍然看见芸娘的影子,坐在树下拿着药碗对她微笑。

"小十七,"她说,"过来。"

陆曈闭了闭眼。

传说人死前会有回光返照,会瞧见生前最想见的人。

她见过很多濒死的人都如此,嘴里喊着早逝的家人来接引自己,临终时了无遗憾地笑。

可她既要死了,为何什么都没看见?

为何不让她见见爹娘兄姊,为何让她仍是这样孤零零一人?

是不是他们也责备她?责备她没有早些时日回家,倘若早日回家,或许陆家就能逃过此祸?

又或许是他们见她双手染血,冷心薄情,不愿相认,所以临到终时也不愿来看她一眼?

猎犬尖利的獠牙深深嵌入她手臂,陆曈的眼角有些湿润。

脑中浮起吴秀才刚出事的第二日,西街读书人自发在街角焚烧纸钱安抚怨灵。何瞎子手持一根竹杖从长街走过,边撒黄纸边唱:"世间屈事万千千……欲觅长梯问老天……休怪老天公道少,生生世世宿因缘……"

世间屈事万千千,欲觅长梯问老天……

是啊,倘若世上真有长梯,她也想爬上去问问老天。为何总有这么多屈事,为何总有这么多不平?

为何偏偏是他们,为何偏偏是陆家!

她幼时读书,书上总说:"刻薄者虽今生富贵,难免堕落;忠厚者虽暂时亏辱,定注显达。"

她也曾看过:"积善之家,必有余庆;积不善之家,必有余殃。"

到头来竟全都是假。刻薄者仍然富贵,不善之家也并无余殃。

而她快要死了。

陆曈仰头,透过林木的间隙捕捉到一点金色的日光。那点日光看上去很温暖,却很遥远,落在人身上时也透着层冰冷的寒。

浑身力气在渐渐流失,四周像是忽然变得格外安静,戚玉台同护卫的说话声顺着风传到她耳中。

"就这么咬死了有点可惜,但谁叫她惹妹妹伤心。"

"我做哥哥的,当然要为妹妹出气。"

为妹妹出气?

陆曈茫然一瞬,恍然明白过来。

原来是这个。

原来是为了这个。

难怪戚玉台会突然对她发难,她明明绸缪许久,还未寻到最佳动手的时机,便先被他要了性命。以他之身份要对自己动手轻而易举,而这初衷是为了给戚华楹出气。

毫无人性如戚玉台,也会真心实意地心疼妹妹,将妹妹视作唯一软肋。

多么可笑,多么可悲。

妹妹受了委屈,哥哥理应给妹妹出气。

陆曈茫然地想,如果陆谦还活着,知道她受了别人欺负,也会为她出气的。

她也是陆谦的软肋。

有珍爱之人才会有软肋,可她已经没有珍爱之人了。

她没有软肋!

眼中蓦地迸出凶光,不知从哪来的力气,陆瞳把胳膊往面前犬嘴中猛地一塞,几乎要将整个胳膊塞进去。猎犬被塞得一窒,而她翻身坐起扑向面前灰狗,一口咬上灰狗喉咙!

那点细弱的力气根本无法咬断灰狗的咽喉,却能使畜生也感到疼痛。灰狗疯狂地想摆脱她的牙齿,然而陆瞳却如长在它身上一般,紧紧抱着狗不松手,另一只手胡乱摸到头顶的发簪。

那支发簪的花针被她磨得又尖又细,无数个夜晚,她揣测着可能出现的境况,握紧木槿花枝对准脑海中的仇人,就如眼前,对准狗头猛地向下一刺——

扑哧——

有极轻微的声音从四面发出。

猎犬惨号一声,拼命想将她甩下身来。而她只紧紧抓着狗,像是抓着自己漂渺的、低贱不知飘往何处的命运,如何也不肯松手。

像在落梅峰拖拽乱坟岗的尸体,细小的簪子尖虽磨得锋利,落在野兽身躯上也感到吃力,像用不够锋利的刀切割冰冷尸体的心肝,刹碎骨肉的触感是那么熟悉,刃刃溅血,那血却是温热的,感觉不到一丝痛楚。

她在极致的疯狂中得到一种快感,像溺在泥潭中的人抓着身边唯一浮木,却并不想借着这浮木游上岸边,只想拽着它一同沉没下去。

扑哧——

扑哧——

扑哧——

颈脉、天门、肺俞、心俞、天枢、百会……

她骑在恶犬身上,一下又一下疯狂捅着,热血溅了满脸。

猎犬与人撕咬在一起，分不清是狗还是人在叫，直到血染红了满地荒草，人和狗都不再动弹。

长风吹过林间草木，把血腥气冲淡了一些。

戚玉台上前两步，目瞪口呆地看着眼前一片狼藉。灰犬斜躺在一边，皮毛全是血迹，一动也不动。

戚玉台只觉不妙，试探地喊了一声："擒虎？"

陆瞳猛地抬头。

戚玉台顿时一僵，一动也不敢动。

女子浑身是血，身上那件淡蓝的医官袍子血迹斑驳，看不出原来模样，乱糟糟的头发下，一双眼通红狰狞，凶光闪烁。

这一刻，她比地上那只獠牙森森、雄健矫捷的野兽看起来更像一头疯犬。

一头伤痕累累、望而生畏、穷途末路的……

疯犬。

第十八章 十七

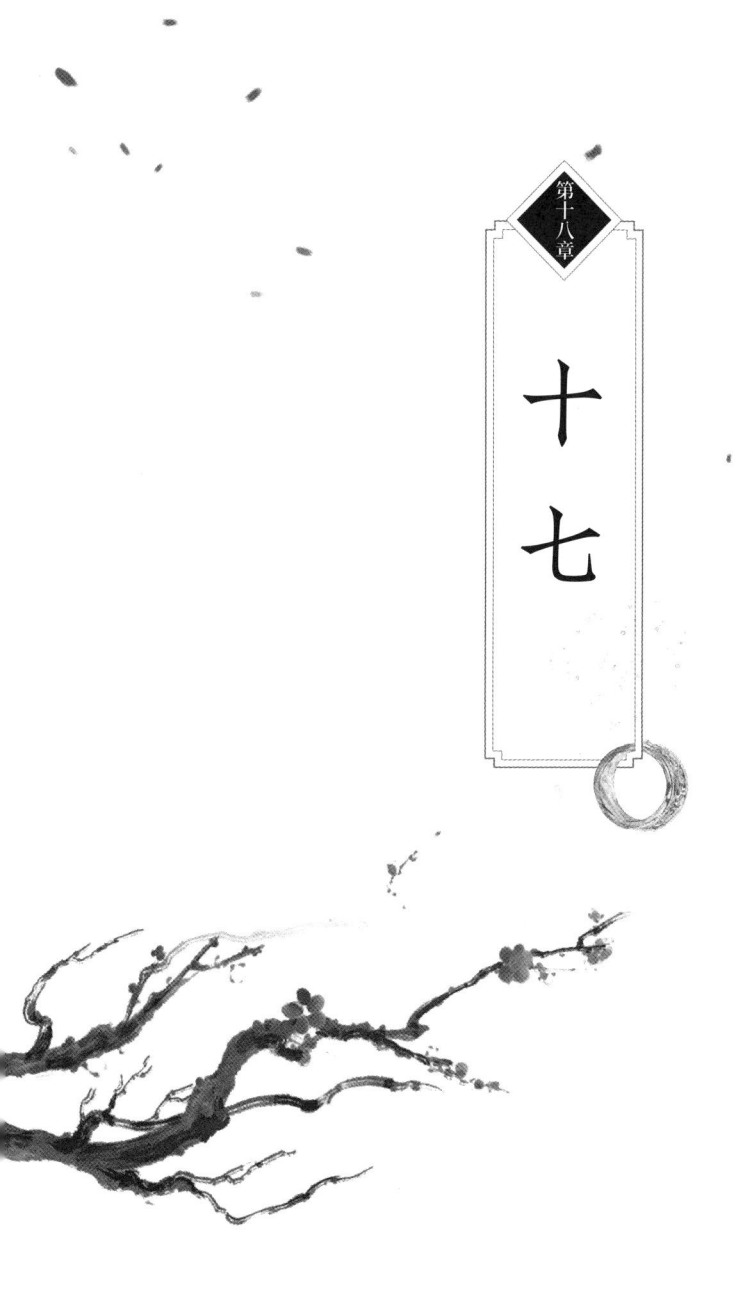

林间阒然无声。

戚玉台望着眼前人，一瞬间莫名心悸。

女医官浑身鲜红，一双眼死死盯着他，凶光毕露，似恶魂冤鬼来向他索命。

戚玉台下意识后退几步。护卫挡在他身前。

戚玉台回过神，气急败坏道："愣着干什么？还不赶紧拿下！"

陆曈本就力竭，须臾间被护卫扭着身子制住。

戚玉台跑向树下，不敢置信地喊了一声："擒虎！"

猎犬一动不动。

他大着胆子上前，将灰犬翻了个身，呼吸陡然一滞。

擒虎身上全是血洞，密密麻麻令人心惊。狗头几乎被捣得稀烂，皮肉翻涌，他只看了一眼便觉作呕，忙别过头，心中陡然浮起一个念头：这女人怎么会有这么大的力气？下手如此凶残？

紧接着，震惊过后，是油然而生的愤怒。

擒虎死了。

她杀了擒虎。

这样低贱的平民杀了他的擒虎？

她怎么敢！

戚玉台怒道："杀了这个贱民！"

两边护卫正要动手,忽然,有大片马蹄声传来,伴随着女子惊呼:"陆医官——"

戚玉台霍然扭头,见自远而近奔来一行马骑,最前方呼喊的那个女医官快步朝陆瞳跑来,喊道:"陆瞳——"

陆瞳看着跑向自己的林丹青,浑身放松下来:"你怎么来了?"

林丹青跑到陆瞳身边,见她满身是血,惊怒不已:"我见你迟迟未回,又看到你留的灰记……"

她本打算和御史中丞一起下山,又想着干脆叫陆瞳一起,于是托路过班卫去问问驾部郎中那头收拾妥当没有。班卫恰好与林丹青是旧识,问了一圈回她说,驾部郎中嫌山上冷,早晨在围场跑了一圈就下山了,根本就没待那么久。

林丹青一听就慌了神。

那人不是驾部郎中的人,却偏偏将陆瞳哄走,实在可疑。恰逢常进随着太子的马骑下山,林丹青将此事告知常进,常进也不敢欺瞒,元贞本就怀疑山中混入奸人,闻此消息便让班卫在附近搜寻,想要顺藤摸瓜找出幕后主使——让他在猎场遭猛虎袭击的罪魁祸首。

黄茅岗很大,林丹青顺着护卫离开的方向去找,本也没抱多大希望,没想到最后竟真被她找着了陆瞳留下的灰记。

临出发前,为免山上走失,陆瞳带了一罐用来做路途记号的灰粉。不幸中的万幸,陆瞳跟护卫走时留了个心眼,一路走一路留下记号。

"你怎么流这么多血?"林丹青扶着陆瞳,"我这里有止血丹,快服下——"

那一头,元贞勒马,看向戚玉台,道:"戚公子,你在做什么?"

戚玉台看着元贞身后越来越多的人马,心里骂了一声。

怎么会突然这么多人?

他一直在山上,虽听见号角但未曾放在心上,是以并不知太子遭遇虎袭,围猎中止,连带附近的王孙公侯都不再围猎,随太子骑驾一同下山之事。

心念闪动间,戚玉台拱手道:"回殿下,下官本在围场围猎,擒虎追逐野兔,突然听到擒虎惨叫所以追随而至,谁知……"他看向树下。

灰犬血淋淋的尸体落在众人眼中。

"哦?"太子狐疑看他一眼,"翰林医官院的医官说,有人自称驾部郎中受伤,引走医官,怎么会与你在一处?"

"驾部郎中?"戚玉台茫然,"下官不曾见过驾部郎中的影子。"

林丹青忍不住道:"可的确是护卫将陆医官引走,陆医官,"她低头问陆瞳,"你怎么会在此处?"

陆瞳看向戚玉台。

戚玉台疑惑望向她。

半晌,她平复下气息,平静开口:"我随护卫来到此地,察觉不对,还未出声,就被恶犬扑倒在地。恶犬伤人,为自保不得已下,误杀猎犬。"

这话说得很有些意思,常进一听,立刻心道不好。

果然,戚玉台眉头一皱:"陆医官这话的意思是,是我故意将你引至此处,让擒虎扑咬你?"

"简直荒谬!"他冷笑一声,"且不提我与陆医官无冤无仇为何要行害人之举,这位医官既然说是有奸人护卫将你引走,当时在场人均能做证,诸位且认真看看,本公子身边护卫可有那张奸人的脸?"

戚玉台身边就几个护卫,林丹青仔细辨认一番,目露失望之色。

并无刚刚带话的那个护卫。

戚玉台眼中闪过一丝得意,随即怒道:"本公子不知你们说的那个人是谁。可我们戚家的名声也不是能随意诋毁的！再者，就算不提此事，擒虎可是真被人害死了！"

众人闻言，朝树下灰犬尸体看去。

灰犬被翻过，露出血肉模糊的另一面，肠肚从腹中似水摊流开来，脑袋更是没一块好肉，森森白齿露在外头，竟比活着的时候更加可怖。

戚玉台这头猎犬是众人皆知的凶恶难驯，比成年男子还要厉害，如今死成这副凄惨模样，着实令人心惊。

戚玉台一指陆曈："擒虎就是死于她之手！"

陆曈？

众人顺着他指的方向看去，目露一片怀疑。

这位风一吹就能倒的女医官，能杀死这样一头凶猛恶犬？

"玉台说得可是真的？陆医官怎么可能杀得了擒虎？"金显荣开口，仍是有些不信。

他是在狩猎路上遇到太子下山的马骑，听说山中突现猛虎后，立刻察觉出不对劲，跟在太子的马骑后一同下山，一路遇到的还有二殿下、四殿下、枢密院的严大人等一众官员，此刻都渐渐围拢过来。

戚玉台沉着一张脸："金大人，若非亲眼所见，我也不敢相信。"

陆曈竟然能杀了他的擒虎！

他还记得她看向自己的眼神，血红的，阴冷的，重重都是杀机。

戚玉台打了个冷战，心中冒出一个念头。

此女不能留！

他当机立断，一撩袍角跪下身来，对着太子道："殿下，擒虎是当初太后娘娘所赐，玉台精心奉养，才长至如今模样。擒虎虽非人却通晓人性，忠厚机敏，长伴玉台左右，如今却遭此横祸……"

他面露羞惭："玉台罪该万死，未曾护好擒虎，此行之过，自会向太后娘娘请罚,然而毁坏御赐之物……陆医官也罪责难逃,请殿下做主!"

"可笑!"

不等太子开口,林丹青先勃然怒起:"陆医官都已经被咬成这副模样,伤重未治,戚公子居然还要追责?这是哪门子道理?"

戚玉台却很坚持,执言叩首:"请殿下做主。"

陆曈害死了他的狗,纵然只是一条狗,那也是戚家的狗。

打鸟的被鸟啄瞎了眼睛,他今日是想给戚华榆出气,等着看擒虎将陆曈撕成碎片,未承想她活着,擒虎却死了。

他何曾吃过这样的亏?他要让这个卑贱的女人知道,纵然是得罪了戚家的一条狗,也要她付出代价。

他要她死!

太子的储君之位不稳,陛下态度耐人寻味,太子与三皇子间暗流涌动。纵然他不晓朝事,却清楚如今太子与戚家是一条船上的人,元贞总会站在自己这边……

既然不能用擒虎杀死她,就用盛京的律法杀死她,毁坏御赐之物的大罪,是要掉脑袋的!

四周杳然无声。

无人开口,唯有静谧风声似带杀伐血气。

戚玉台低着头,目光扫过树下女子。

陆曈躺在林丹青怀中,披头散发,脸色苍白,唯有唇色嫣然似血。

不对,那根本就是血。

她死死咬着擒虎的喉咙,才会让擒虎挣脱不得,最后被她用簪子在身上留下数十个血窟窿,触目惊心。

她气若游丝地看着他,柔弱模样却令戚玉台心头闪过一丝寒意。

戚玉台再次叩首："请殿下做主！"

没人会为她说话的。至多只是医官院那几个迂腐医官。

可那又怎么样？无权无势的平民医官，盛京一抓一大把，他们说的话不会有人听，也起不了作用。

"不妥。"

戚玉台猛然一顿。

躺在林丹青怀里的陆瞳也抬起头。

众人朝说话声看去。

纪珣——那个总是游离在众人之外的年轻医官站了出来，走到陆瞳身前，半跪下身，仔细查验陆瞳露在外头的伤痕，这才对着元贞行了一礼。

他道："殿下，下官刚刚检查过陆医官的伤痕，皆为烈犬所伤。"

"《论语》曰：厩焚，孔子退朝曰：'伤人乎？'不问马。贵人贱畜，故不问也。"

他颔首，声音不疾不徐。

"下官以为，当务之急，应先医治陆医官伤势，再做其他打算。"

陆瞳沉默地注视他。

戚玉台暗自咬牙："纪医官听不明白吗，这可是御赐之物……"

纪珣神情平静："只是一牲畜。"

只是一牲畜。

这话落在戚玉台耳中分外刺耳。他抬眼，仔细打量面前这位年轻医官。

这个纪珣仗着一家子学士，很有几分清高，从来独来独往，没想到会为陆瞳说话。

他的话不能说全无轻重，至少比那些废物医官重要得多。

戚玉台仍是不甘，还想再说话，又有一人开口："说得也是，戚公子，太师大人慈悲心肠，年年施粥赈济贫民，广积福德。不如网开一面，饶了陆医官一回，陆医官也被猎犬重伤，也是知道错了。"

戚玉台脸色一沉。竟拿他父亲说话。

他转眸看去，说话之人叫常进，一个平庸的中年男人，见他看来，忙低下头，很有些畏惧模样。

又一个不知死活的贱民。

他还未开口，一边的金显荣也轻咳一声，小声道："……确实，按说此举应属意外，我看陆医官也受伤不轻，若非情急，应当也不会冲动下手。"

金显荣偷偷看了一眼陆瞳。

他实在不想蹚这趟浑水，好容易与戚玉台亲近几分，就要因这几句话打回原形。

偏偏陆瞳掌握着他的子孙后脉。他的疾病如今正有好转，房术也大有进益，还巴望着陆瞳日后能让自己再进一层，要是陆瞳真一命呜呼，他日后就算讨好了太师府，也不过是高处不胜寂寥。

思来想去，下半身还是比下半生更重要。

他这一说话，戚玉台脸色变几变。

纪珣、常进、金显荣……一个个的，竟都为陆瞳说话。

他原以为陆瞳只是个平平无奇的医女，但现在看来，她比他想象得要厉害许多，才会引得这么多人冒着得罪太师府的风险也要为她开口。

四周一片安静，突然间，女子平静的声音响起。

"《梁朝律》中言明：诸畜产及噬犬有觚蹋啮人，而标识羁绊不如法，若狂犬不杀者，笞四十；以故杀伤人者，以过失论。若故放令杀伤人者，减斗杀伤一等。"

话出突然，周围人都朝陆瞳看过来。

陆瞳道："戚公子畜养狂犬杀伤人，当以过失论责。而我斗杀恶犬，按《梁朝律》并无过错，不应问责。"

她看向被众人簇拥在中间的那位太子，目色灰败而冷漠。

"请殿下裁夺。"

元贞神色动了动，视线在众人身上逡巡一番。他已看透了戚玉台这出蹩脚戏码，若是从前，他顺着戚玉台的话也无可厚非。

偏偏今日纪珣在场。

朝中暗流涌动，纪家虽不站队，却并非无足轻重之小人物。加之今日林中遇刺，他本就兴致不高，再看戚玉台这般给自己添麻烦之举，便觉出几分不耐。

"纪医官言之有理。"

元贞开口："陆医官虽杀犬，但猎犬伤人在先，情有可原，不至于重罚。"他看着戚玉台，语气隐含警告："不如各退一步。"

戚玉台心中一沉。

元贞这番话已没有转圜余地，至少今日，他不能如愿以偿。

这么多人一齐保下了陆瞳。

空气中弥漫的血腥气浓厚。不知为何，他前额竟隐隐作痛，一股无名之火罩上心头，宛如回到渴食寒食散的一刻。

焦躁的、狂暴的、想要摧毁一切活物。

努力按下心中不甘，再看一眼擒虎尸体，戚玉台再次拱手："殿下发话，玉台不敢不从。其实玉台也不想为难陆医官，只是……"

他话锋一转，已换了副痛心疾首的神情："擒虎自幼陪伴我身侧，善解人意、赤胆忠肝，如今凄惨死去……"

众人顺着他目光看去。灰犬凄惨死状令人胆寒。

"玉台请陆医官对擒虎磕三个头,此事就算了。"

陆曈猛地一顿。

戚玉台转过头,仿佛很退让似的望着她。

他知道这有损他过去在人前的形象,就算回到府邸,父亲也一定会责罚,但他根本克制不了自己的冲动。

想要摧毁对方的冲动。

反正这里都是"自己人",权贵间总是互相兜底,今日发生之事,未必会传到外头,就算传出去,多得是"自己人"做证。

对方越是清高自傲,他就越是想要折辱。

陆曈握紧双拳,盯着戚玉台,心中腾地升起一股怒意。

下跪,磕头,给一条狗。

而在一刻钟前,这条狗将她咬得遍体鳞伤,险些断气。

这真是天下间最荒谬的事。

元贞点头:"也好。"

一语落地。

陆曈忍不住要拒绝,被林丹青暗暗拉了一下袖子,对上她担忧的眼神。

她对陆曈轻轻摇了摇头。

陆曈咬紧了唇。

她明白林丹青什么意思。如她们这样的医官,无论是平日给官员行诊,还是将来入宫给贵人行诊,尊严总是不值钱的那个。

他们要跪无数人,要对无数人低头,比起性命,尊严算得什么?

不值一提。

常进怕她犯倔,只盼尽快息事宁人,催促道:"陆医官,还愣着做什么?"

"陆医官,"金显荣也帮腔,"这要多谢玉台心软。"

多谢。陆瞳只觉可笑。

她抬眼,戚玉台站在灰犬尸体边,目光隐有得意。

被灰犬咬伤的裂痕似乎在这时候才开始慢慢显出疼,陆瞳恨得咬牙。

林丹青说得没错,对他们来说,尊严不值一提,将来跪的人还很多。

可眼前这人是谁?是戚玉台!

是这个人,害死了陆柔,是这个人,害陆谦沧为阶下囚被弃尸荒野,父亲葬身水底,母亲尸骨无存,陆家那把湮没一切的大火,全是拜他所赐!

她怎么能跪?

她怎么能向这仇人下跪!

心中恨到极致,眼睛里像是也要滴出血来。陆瞳抬头,认认真真看过人群,没有任何一刻比现在更希望有人站出来将她解救,让她免于遭受这可悲可笑、可怜可叹的屈辱。

她看过每一个人。

常进对着她微微摇头,太子高坐马背已有些不耐,金显荣疯狂对她示意让她见好就收,还有二皇子、四皇子,许多她不认识的显贵近臣……还有纪珣。

纪珣望着她,面露不忍。

陆瞳知道,他刚才已经为她说过话,这已是仁至义尽。他不能再多说了,他背后还有纪家,不可将纪家也拉进这趟浑水中来。

风静静吹过密林,四周风声静谧。

陆瞳看着看着,突然自嘲地笑了一下。

不会有人。

没有人会来救她。

平民受罪，平民道歉，在权贵眼里天经地义，已是十分开恩。

林丹青搀扶着她，慢慢站起身来。

浑身上下都是伤口，一动就撕裂地疼，她面无表情，一步步走到树下灰犬的尸体前。

戚玉台望着她，佯作悲戚的眼里满是恶意。

陆瞳的视线落在地上犬尸上。

狗尸一片狼藉，血肉模糊令人作呕，唯有脖子上那只金项圈依旧灿烂，彰显着主人显赫的身份。

耳边忽然浮响起上山前林丹青对她说过的话来。

"你看它脖子上戴的那个金项圈，我都没戴过成色那般足的，这世道真是人不如狗呐。"

人不如狗。

四面都是权贵，四面都是高门，唯有她布衣小民，低贱平凡。就连地上的那只狗，在那些人眼中也比她高贵一筹。

陆瞳捏紧拳，咬紧牙关。双膝下仿佛生了刺，一想到要弯一分，心中就越痛一分。

沉疴荒谬的世情落在背上，似无法抗拒的大山，带着她一点点、一点点矮下身去。

无可避免。

无力挣脱。

就在双膝即将落地时，身后突然响起一阵突兀的马蹄响，一同传来的，还有人冷漠的声音。

"别跪。"

陆瞳一怔。

紧接着，有人翻身下马，一只胳膊从她身后伸来，牢牢托住她即将弯下的脊梁。

她猝然回头。

青年当是一路疾驰赶来,衣袍微皱,扶着她的手臂却很有力,将她扶好站起,让她倚靠在他身上。

"裴殿帅?"短暂的惊讶后,戚玉台把脸一沉,"你这是做什么?"

裴云暎护在陆曈身前,面上仍是笑着,笑着笑着,脸色渐渐冷下来,把那双含情的眼也勾出一抹煞气。

他开口,语气轻蔑:"我说,人怎么能跪畜生?"

烈日被浓云遮蔽,林间渐渐暗了下来。

陆曈抬头,看向站在自己身侧的人。

耳边响起戚玉台阴冷的声音:"殿帅此话何意?"

"戚公子听不明白吗?"裴云暎嘴角含笑,向着戚玉台看去,眸底渐有杀意凝聚,"我说,人不能跪畜生。"

这话里的讽刺被在场所有人听到了。

戚玉台沉着脸:"你!"

"戚公子,"裴云暎握着腰刀的指骨发白,打断戚玉台的话,"太后娘娘常年于万恩寺礼佛,明悟佛理,清净无为。你却借太后娘娘之名,让恶畜行伤天害理之事,毁坏皇家名声。"

"牲畜事轻,皇家清名事大。事关太后娘娘名声,岂能草草了之?"

"我看,还是回朝后由御史写折上奉,在朝上认真说说吧。"

青年语气漠然,目光冷冽似冰,刺得戚玉台一个哆嗦,紧接着,心口登时一梗。

这混账!

自己先前搬出太后之名,想借太后御赐之物治陆曈之罪。裴云暎更狠,竟搬出太后名声,说什么回朝后让御史上折子,分明是要将事

629

情闹大。

父亲最重脸面，一定不会执意追究下去，定会让他先低头。更何况当初皇家夜宴一事后，裴云暎颇得圣宠，太后待他格外宽和。

裴云暎分明是在为陆疃撑腰。

戚玉台看向陆疃。她站在裴云暎身侧，一副面如金纸、摇摇欲碎的孱弱模样，很是惹人怜惜。

可他却没忘了刚才陆疃癫狂杀狗时的凶状。

戚玉台盯着二人的目光顿显阴鸷。

无人开口，暗流落在众人眼中，各有思量。

还是太子元贞打破了僵持，轻描淡写地开口："一牲畜而已，何必大动干戈。围猎场上不妥，有什么事，还是下山再做商议。"

言谈间是要将此事揭过。

如今他与元尧间胜负未分，殿前司也是有利筹码，至少不必结仇。

裴云暎平静道："自然。"

太子见此情景，一拉缰绳，掉转马头吩咐骑队下山。

四周的人看了这么一场戏，聪明的也不敢久留。

各方打量的目光落在自己身上，陆疃看见枢密院那位指挥使，上山前与裴云暎在林道针锋相对的严胥，深深地注视着自己，眸色似有深意。

她深知今日一过，有关她和裴云暎的流言必然漫天飞舞，不止严胥，只怕医官院、所有认识裴云暎的人都会以为他们关系不同寻常。

正想着，眼前忽然一暗。

戚玉台朝着他们二人走了过来。

他似乎极不甘心，然而虽有个做太师的亲爹，但他只是户部一个没有实权的闲职，对于裴云暎来说没有半分威慑力。

戚玉台看了陆曈一眼，冷笑道："裴殿帅倒是对陆医官的事格外上心，不知道的还以为你二人关系匪浅。"

陆曈冷冷看着他。

戚玉台又笑道："这么着急忙慌地赶回来，敢问殿帅，她是你什么人？"

他声音不高不低，恰好让周围人听个清楚。四周还有未走开的官员，听闻此话都转过头，目光里流露出几分看好戏的意味。

裴云暎，前途无量的殿前司指挥使，又是昭宁公世子，这样的人，将来必然迎娶贵女。先前盛京城中还有人猜测，太师府家那位千娇万宠的大小姐至今尚未出阁，说不准将来恰能与裴家结成姻亲。

然而今日裴云暎却为了一个卑微医女不惜得罪太师府公子。

医女无权无势，唯有美貌。色是刮骨钢刀，裴云暎年少风流，冲冠一怒为红颜，不算出格。

出格的是，这位年轻的指挥使还未婚配，还未婚配就与旁人先传出风流逸事……

这就很不好了。

四周促狭的目光落在陆曈身上，陆曈微微蹙眉。

戚玉台本就因戚华楹一事发疯，裴云暎此举无疑火上添油。于他自己而言，更是十分不妙。

若是理智，他此时应当立刻与她划清干系才是，无论用任何理由。

"债主。"

她听到裴云暎的声音。

冥冥深林，树木郁郁，远处幽涧水流潺潺。

裴云暎挽着她的手臂很紧，被林木枝隙间透过的日光照过，神情模糊看不清楚。

他平静道:"她是我的债主。"

好好一场围猎,就这么戛然而止。

本来夏蒐围猎结束,清点猎物后当论功行赏。然而太子和三皇子双双遇袭,使得围猎无法继续,此次夏蒐匆匆结束。太子一行以班卫随驾,即刻回宫。

至于陆曈……因被恶犬咬伤,伤势不轻,不好即刻赶路,就与剩下的几个医官留在围猎场下的营帐中,等明日一早再启程。

林丹青也留了下来。

傍晚夕阳渐沉,红霞满天,营帐里,林丹青看着面前狰狞的伤口,忍不住目露骇然。

"陆妹妹,"她声音发颤,"你怎么伤得这样重?"

先前山上对峙时,她看陆曈虽浑身是血,但并未流露出过多痛楚,神色也算平静,想着她或许是沾染的猎犬身上的血更多。然而此刻脱下衣裳,用清水擦洗过,伤口暴露出来,触目惊心。

那绝非一点"小伤"。

她看得胆寒,竟连包扎都迟疑,咬牙骂了一句:"戚玉台那个王八蛋!"

陆曈靠在木片搭成的简陋矮榻上,看了手臂上的伤口一眼,道:"万幸没伤到脸。"

"都什么时候还有心思玩笑!"林丹青瞪她一眼,"你该庆幸的是没伤到喉咙!"

陆曈垂眸不语。

恶犬冲上来扑咬她时,她下意识地护住了头脸。

翰林医官院有不成文的规定,容貌有毁者,不可行诊。

现在想想,她只顾着护头脸,竟忘了护住肚腹,倘若那只恶犬撕开她腹部拖出肠肚,如今神仙也难救。

的确后怕。

林丹青小心翼翼为她包扎伤口,包着包着,语气忽然沉郁下来:"都怪我。"

她低声道:"当时护卫引走你时,我该多留个心眼,如果我跟你一起去,说不定你就不会受伤了。"

这些伤口虽说不至要命,但若不好好养护,只怕留下遗症。况且,将来或许会留疤……

陆曈见她如此,淡淡一笑。

"与你无关,本就是冲着我来的,"她说,"不是今日也会是明日,总有这么一遭。"

"什么意思?"林丹青疑惑抬头,"戚玉台是故意的?你何时得罪的他?"

"你不是说,太后娘娘有意要为戚家和裴家指婚吗?"

"小道消息谁知道是不是真……"林丹青语气一滞,震惊看向她,"难道……"

陆曈不语。

林丹青愕然开口:"戚玉台这个疯子!"

不过是看上了个女婿,八字还没一撇,裴家也未必会结这门姻亲,就算是皇家,尚不会做得这般赶尽杀绝。

戚家却敢。

这根本就是一群疯子!

包扎完最后一道伤口,林丹青替陆曈披上外裳,坐在榻边忧心忡忡地开口:"这下坏了,若戚家真狂妄至此,今日你杀了他恶犬,又宁死

633

不肯低头，只怕梁子越结越深……除非裴云暎公开表明庇护你到底，否则迟早出事。"

"真是无妄之灾，可今后你该怎么办呢？"

陆曈心头沉重。

这也是她最担心的。太师府想要对付她，轻而易举，而她想接近一步太师府都难于登天。裴云暎能护她一次，可下一次呢？将来呢？

他总不能次次都出现。

不能把希望寄托于他人身上。

沉默片刻，陆曈开口："无事，走一步算一步吧。"

太师府的敌意提前到来，等回到医官院，她即将面对更激烈的狂风骤雨，不过……

不过好在，有些事情已经走到了该发生的时候。接下来一段日子，太师府应当很忙，忙到无心应付她这只小小的"蝼蚁"。

正想着，雪白帐子上有人影晃上来，纪珣的声音在帐外响起："陆医官。"

林丹青一怔，悄声问陆曈："他怎么来了？"

陆曈摇了摇头。

林丹青抱着医箱退了出去，营帐帘被人掀开，纪珣走了进来。

陆曈看向纪珣，他往里走了两步，仍是平日那副清清冷冷的模样，目光落在陆曈身上，问道："你伤势如何？"

"还好，不算太重。"陆曈答道。

他点了点头："我取了犬脑，夜里你敷在伤口处。"

陆曈讶然。

有医书上曾记载，"凡被犬咬过，七日一发，三七日不发，则脱也，要过百日乃为大免尔"。

若以"乃杀所咬之犬，取脑敷之，后不复发"。

陆曈之所以不担心，是因为林丹青所言，戚家疯狗虽咬人，但并未有被咬不久后惧水身亡的旧案，不至凶险。

另一面，她也有别的药可防此状况发生。

但她没料到纪珣竟然会去取了灰犬脑浆来。

戚玉台视灰犬如珠如宝，死在她手中已十分恼怒，要用灰犬脑浆为自己入药定然不愿，纪珣此举，势必得罪戚玉台。

陆曈问："戚公子竟会同意？"

"他尚不知。"纪珣回答，"无人看顾犬尸，是我自己取的。"

陆曈错愕地瞪大双眼，仿佛第一次认识这人。

他却坦然，像是不知这举动有多毁坏自己谦谦君子的形象，兀自道："我看过犬尸身上伤口，颈脉、天门、肺俞、心俞、天枢、百会……你扎得很准。"

陆曈镇定回道："自然，三日前我才温习了穴位图。"

"纸上看和下手触不同，"纪珣面露疑惑，"太医局中先生也未必有你探寻得准。"

果断干净，道道命中，寻常大夫纵然有这般眼力手法，危急情况中也不可能做到如此冷静。

慌乱是人的本能。

陆曈坦然望着他："纪医官似乎忘了，我是太医局春试红榜第一，自然不是全凭吹捧。"

纪珣一怔，似乎想起先前用春试红榜讽刺她的话来，不由脸色微红。

陆曈见他如此，偏过头，蹙了蹙眉，像是被伤口牵引出疼痛，轻轻嘶了一声。

纪珣看见她左边面颊接近脖颈间有一道浅浅抓痕。大概是被灰犬抓伤的,伤口不算深,只拂过一层,却如雪白瓷器上有了裂隙,格外刺眼。

默然片刻,他从袖中掏出一只药瓶放到桌上。

"御药院的'神仙玉肌膏'。你伤口太多,不仔细养护,难免落下疤痕。"

陆曈稍感意外,又听他道:"你好好休息。近日不宜走动,回城后也不必先来医官院,我同常医正说过,准你半月休养。"

默然片刻,陆曈点头:"多谢。"

他又嘱咐了几句用药事宜,陆曈一一应了,直到林间晚霞最后一丝红光没于山林,他才离开营帐。

待他走后,陆曈才看向桌上那只小小的药瓶。药瓶精致,她在南药房时见过一次,是御药院上好的祛疤药,给宫里贵人用的,她曾听何秀说起,一瓶很是珍贵。

没想到纪珣拿了出来。

天色渐渐晚了。

班卫与公侯贵族大部分都已经回城去了,只有少数医官、受伤的禁卫以及一些仆妇留在围场外的营帐里,等待明日一早启程。

贵族们说走就走,跟随而来的小贩们跑动起来却不太方便。尤其是卖熟食的摊贩,好容易在这头架起锅炉热灶,本打算在今夜围市里大赚一笔,如今骑队离去,只剩三三两两仆从走动,然而搬来搬去并不方便,便只能继续铺陈在林间,推着挂着灯笼的小车,大声吆喝着。

四处还有几十顶未收起的白帐,留下来的也有近百人,虽不及往年拥挤,仍把林间夜市装点出几分鲜活热闹。

林丹青也出去买熟食了,陆曈一个人待在帐子里,听着外头略显嘈杂的人声,掀开搭在身上的薄毯,从榻边起身,一动弹,腿伤牵扯出痛楚,她眉心一蹙,平复了好一会儿才安定下来。

她扶着帐子的边,一点点挪到桌前。

被恶犬咬中的伤口在敷完药后,延迟的痛楚才慢慢开始弥散。她的头脸倒是没怎么受伤,肚腹也保护得好,大多是四肢抓咬伤,也都避开了要害。受伤最重的是左臂,盖因她当时情急下将一整个胳膊塞到恶犬口里,犬齿几乎全没了进去。

白帐桌边有"窗"——一小幅可以卷放的帘帐。陆曈卷起帐子,帐帘一掀,一股清凉夜风顿时从外面吹了进来。

她看向窗外。

不远处,围场林间那条细细的蜿蜒的小河沟边,此时全亮起灯火,林间点亮的细碎昏黄照亮水面,让围场下的夜幕变得明亮而鲜活。

有讨价还价的声音从夜市上飘过来。

"哟,这细索凉粉切得挺细呀,来一碗!多加芝麻!"

"好嘞!天热,客官不如再来点儿芥辣瓜儿,一道尝着爽口!"

"行,再加一个砂糖绿豆,给我算便宜些……"

嘈杂声音落在林间,没了车骑豪贵,黄茅岗的夜显出一种更质朴的真实。

陆曈细细倾听了一会儿,扶着桌子慢慢坐了下来,

一转头,忽又想起林丹青为她熬的药还没喝,放了许久应当已经凉了,遂转过身。

她不想再起身走过去,方才短短几步已觉勉强,便只朝着榻边木头搭起的矮几上探身。

矮几不远,药碗偏偏放得很靠里,她艰难探着身子,手指堪堪能摸到药碗边缘,努力想把它扒拉到离自己更近一点儿。

一只手从身后探了过来,替她拿起那只药碗。

陆曈一顿。

裴云暎把药碗搁在桌上,又伸手扶着她的背让她在桌前坐好,道:"不是让你在床上休息,怎么随意乱跑?"

陆曈愣了愣。

褐色汤药在烛影下微微荡起涟漪,他跟着在桌前坐下,把药碗往陆曈跟前推了推。

陆曈低头看了一下药碗,下意识问:"你怎么没走?"

龙武卫除了受伤的几个外,全跟着太子一行人回城了。裴云暎身为殿前司指挥使,怎么还会滞留此地?

他道:"我也受伤了,当然要留下来治伤。"

受伤?

陆曈恍然记起,似乎听林丹青说过,三皇子林中遇刺,裴云暎护他下山的事。

像是察觉她心中疑惑,裴云暎解释:"一点小伤,常进替我处理过了。倒是你,伤得不轻。"

陆曈沉默。她垂眸,端起药碗凑到唇边。

药汤晾得差不多了,林丹青特意多熬了一会儿,又酽又苦,她一口气低头喝光碗里的药,才放下碗,面前出现一粒包裹着花花绿绿的纸的糖。

裴云暎递来一颗糖。

陆曈顿了顿,接过那颗糖攥在掌心,隐隐听见远处夜市的喧闹声顺着风传来。

过了一会儿,她开口:"今日你不该出面。"

裴云暎安静看着她。

"戚家想拉拢你,"她声音平静,"众目睽睽,你与戚玉台针锋相对,使他颜面扫地。之后必然记恨上你。"

"以殿帅之精明,不该行此贸然之举。"

"我不明白……"陆曈慢慢抬起眼,"殿帅为何帮我?"

尽管裴云暎行踪神秘,但陆曈也能隐隐感觉到他所筹谋之事不可为外人察觉。正如她自己一般。过早将矛盾摆在明面上,对自己百害而无一利。

对于这些权贵来说,她只是磕三个头,不痛不痒,而恶犬却是丢了一条命,怎么看也是她占了大便宜。

就连她自己都已快认命,要认下这避无可避的屈辱,偏偏他在那时候站了出来。

月色清凉,帐中昏黄摇曳。

他看着她,语气有些莫名:"你倒为我思虑周全。"

陆曈不语。

"我不是说了吗?你是我债主。"

债主?陆曈有一丝困惑。

是说她救裴云姝母女的人情债?

可那人情债早在后来杂七杂八的事宜中挥霍一空,这之后……他倒也没欠过她什么人情。

风摇月影,无数流动的月光争先恐后铺涌进来,吹得桌上细弱灯烛若隐若现。

他伸手,银剪拨弄灯芯,漫不经心地开口:"是有点麻烦。不过……"

"故人恩重,实难相忘。"

陆曈一怔,突然意识到什么,猛地看向裴云暎。

不远处,林下河梁夜市烟水淡淡,绛纱灯明。青年坐在营帐中,帐帘掀开的那片月色在他身后铺开一地。而他指尖擒着的一枚银戒，就这样毫无预兆、猝不及防地跌进她眼中。

那是一枚发黑的旧戒指，银色粗糙，斑驳模糊，被烛火昏蒙地一照，显出几分昔年旧日的温柔。

陆曈心尖一颤。

青年静静坐着，残灯照亮他英俊的眉眼，望着陆曈的眸色静默，不知是喜是悲。

他看向她："是不是，十七姑娘？"

十七。

陆曈恍惚一瞬。

好像许久没有人唤过她这个名字。从芸娘走后，再也没人这般唤过她，让她恍然觉得自己还在苏南落梅峰的茅草屋中，从来不曾离开过。

陆曈怔怔盯着他手中银戒，许久之后，终于回过神来。

"它怎么在你这里？"

"栀子捡到了你的医箱，不小心摔坏了。"他注视着陆曈，"比起这句，你不该问问我别的？"

沉默片刻，陆曈才开口："问你什么？问你五年前为何会出现在苏南刑场？你知道，我从不打听旁人私事。"

他啧了一声，唇边梨涡若隐若现："怎么说得如此生分，好歹你我也算故人重逢。"

陆曈不语。

他既已看到这只银戒，想来已经猜出了自己就是当年在苏南救下他的那个人。

裴云暎手撑着头，偏头看她，嘴角微翘起来："早知你我会再次相见，那天在破庙里，我就该摘下你的面衣。"

"可我怕被殿帅灭口。"

"这话好像应该我对你说。"他扬了扬眉,放下手中银戒,看着她笑问:"救命恩人,这些年过得好吗?"

沉默良久,陆曈道:"还好。"又问:"你呢?"

他点头,语气轻松:"我也不错。"

二人都静默一瞬。

他在她对面坐着,一身鸦青澜袍,衬得五官动人心魄的俊美。含笑看着她时,许是灯火温存,凛冽的眼里竟也有片刻温情。

陆曈低下眉:"你不害怕吗?"

他一怔:"什么?"

"我是会去刑场上偷尸体的贼。"

陆曈转头看向帐外,河梁夜市边火色重重。

她淡漠开口:"戚玉台的狗被我杀了,难道你没有看见,那些人现在都不敢看我。"

灰犬死得太惨,不知戚玉台是否又在其中添油加醋了些什么,医官院的几个医官进帐子给她送药时眼神都变了,目光隐隐流露出畏惧。

他们害怕她。

裴云暎道:"有一点。"

见陆曈朝他看去,他又无所谓地笑笑:"不过欠债的怕债主,天经地义,和别的倒没什么关系。"

陆曈心中一动。

青年丰姿俊雅,貌美逼人,随意的语气宛如随心调侃,神色却格外温柔,像是被月色笼罩的幻觉。

注意到她的目光,裴云暎唇角一弯:"就算我姿色过人,陆大夫也不必看这么久。"

陆瞳："……"

不知为何,她突然就想起先前在宿院里,林丹青与她说过的话。

"太后娘娘有意为小裴大人指婚,看中的,就是戚家那位千金小姐!"

没来由的,陆瞳心中忽地有些不悦,移开目光讽刺道:"裴大人的确仪形绝丽,若是没点姿色,怎么会被太师千金看重?"

他本笑着听陆瞳说话,闻言一怔:"你说什么?"

"听说你要做太师府的乘龙快婿了。"

裴云暎拧眉:"哪来的谣言。"又道:"少毁我清誉,我要是打算和太师府结亲,疯了才会来救你。"

陆瞳认真看着他:"说不定你想拿我人头做投名状。"

裴云暎:"……"

他看了她一会儿,叹息一声:"你真是会恶人先告状。"

"苍蝇不叮无缝的蛋,裴大人若洁身自好,就不会招蜂引蝶。"

"我招蜂引蝶?不洁身自好?"他愕然,不可思议地开口:"陆大夫,我帮了你,你不感谢我,怎么还血口喷人?"

陆瞳转过脸看着他:"我会被戚玉台设计受伤,本就因殿帅而起,不找殿帅算账已是厚道,殿帅哪来的脸面让我道谢?"

"因我而起?"裴云暎眉头皱起,"什么意思?"

陆瞳哼了一声,想了想,终是把先前在医官院门口遇到戚家马车以及黄茅岗上和恶犬撕咬时戚玉台说的话一一说与他听。

末了,她冷冷开口:"就因为你四处招蜂引蝶,惹得戚玉台为他妹妹打抱不平。如今戚玉台已经恨上了我,日后我想再接近他更难了,裴大人。"她怒道:"你把我的计划全打乱了。"

她平日总是平静的,纵然是发火也压在冷淡外表下,不会如今日这

642

般明显。

或许因为这无妄之灾确实影响了她之后的计划,令人恼怒,又或许……是她被狗咬,心里有些烦躁罢了。

裴云暎低头,沉吟了一会儿,道:"原来是这样。"

"戚玉台的狗被我杀了,待回城,只要随意找借口就能让我离开医官院。我若离开医官院,报仇一事遥遥无期。"

这控诉简直怨气冲天。

裴云暎看她一眼:"怪我。"

陆曈一顿。

她倒没料到他承认错误这般快,快到显得她有些咄咄逼人。

"这件事交给我。"他爽快开口,"你不会离开医官院,戚玉台暂且也找不了你麻烦。"

陆曈警觉:"你想做什么?"蓦地看向他:"你我现在本就说不清……"

裴云暎嗤地一笑:"反正今夜一过,你我二人的流言也会满天飞。还是怕你那位未婚夫不满?"

见陆曈不接话,他勾唇:"不过我猜,他应该不怎么介意。"

"什么意思?"

裴云暎挑眉,目光掠过桌上银戒。

陆曈陡然反应过来。

裴云暎居然以为那个"未婚夫"是他自己?

她面无表情道:"不是你。"

"哦?"

裴云暎托着腮,若无其事地开口:"年少有为,家世高贵,在宫里当差,忙得很。陆大夫又与人家有救命之恩,金童玉女天生一对,此行上京,就是为了履行婚约……"

陆疃忍怒道:"你闭嘴!"

他唇角梨涡这会儿灿烂得刺眼,悠悠叹了一声:"听那位杜掌柜的描述,我还以为他说的那位未婚夫是我。"

陆疃头痛欲裂。

"当然不是。"

陆疃打起精神,冷笑着开口:"宫里当差的人,一医箱下去能砸死数十个不止。年少有为家世高贵的贵门子弟,盛京也并不稀奇。至于救命之恩,我一年到头在医馆坐馆,来来往往救命之恩记都记不过来,难不成个个都是我未婚夫?殿帅谨言慎行。"

裴云暎盯着她半晌,突然忍不住笑了。

他叹道:"陆大夫,我还是第一次听你说这么多话。"

陆疃瞪着他不语。

他便无奈:"逗你的,这么激动,当心气大伤身。"

"不过,'未婚夫'这个身份,你用来复仇倒是会方便许多。如果你愿意,我也可以帮……"

"不必。"陆疃打断他的话,"不用殿帅帮我什么,刚经过此事,你又才当着太子的面说过此话,就算戚家不满,也不会现在出手。"

指尖搭着的碗檐冰凉,那点凉意让陆疃更清醒了些。

她飞快开口:"我要回西街休养一段日子,正好有别的事要处理。如果裴大人真想帮我,就让这些日子不要有多余的事来打扰我,不管是戚家还是别的什么,多给我一点时间。"

裴云暎定定注视着她。

她唇色苍白,神情虚弱,态度却很坚决。

他动了动唇,还想说什么,却在瞥见她腕间的伤痕时倏然住口。

默了默,他道:"好。"

"你担心的事不会发生,戚家绝不敢赶你出医官院,也不会耽误你报仇。这段时日你留在医馆好好养伤。"他看向陆瞳,"若有麻烦,让人去殿帅府寻我。"

陆瞳攥着药碗的手不觉收紧。

他好像撑腰撑上瘾了?

裴云暎并未察觉,只低头从怀中摸出一个药瓶:"宫里的祛疤药,上回你不肯收,这回总肯收了?也算还你这些年的利钱。"

帐外隐隐传来交谈声,是出去买熟食的林丹青回来了。

裴云暎站起身:"这里人多眼杂,我不便久留,医箱我等下让人给你送来,对了,"他顿了一下,继续道,"栀子找回你医箱的时候,里面那块白玉摔碎了,段小宴送去修补,过段日子再给你。"

陆瞳道:"不用。"

"栀子摔坏的,自然该殿前司赔。再说,"他笑了一下,"我看那块玉佩成色不差,光泽温润,应该是你珍惜之物。"

"段小宴找的那家师傅修补工艺很好,陆大夫放心,绝对看不出来。"说完这句话,他就掀开帐帘,弯腰走了出去。

林丹青恰好从外面进来,看他走远后才回头问陆瞳:"他怎么又来了?"

陆瞳不语,拿起桌上药瓶。

药瓶精致,瓶身狭窄,瓶塞用一个小小的红木头刻着。

陆瞳微微一怔。

神仙玉肌膏。

她看向帐子。

这人……居然和纪珣送了一样的药来。

裴云暎离开营帐，回到了马场。

一出营帐，方才的温情与笑意顷刻散去，宛如脱下面具，神色平静而冷漠。

诸班卫车骑都已随太子一行离开，只有零星几队人马留在此地。见这位素日明朗的指挥使一脸乖戾阴沉，皆不敢多话，赶紧避开。

萧逐风正站在马骑前套缰绳，见他来了，头也不抬地道："英雄回来了？"

他平日里虽爱嘲讽，到底克制几分，今日或许是烦得紧了，言语间尤其刻薄。

"你这一救美，殿下计划全打乱了，戚家本来就对你不满，老师也瞒不住……"他一扯缰绳，"你就不能忍忍。"

裴云暎站在一边，看他给马套上缰绳。

"萧二，你还记不记得我和你说过，五年前我在苏南被人追杀，有人救了我。"

萧逐风看向他。

"她就是那个救我的人。"

夜里山风清凉，吹得远处河梁水中灯火摇摇晃晃。

沉默许久，萧逐风开口："所以，你是为了这个救她？"

裴云暎没说话。

救命之恩，涌泉相报，殿前司禁卫们常把这话挂在嘴边——对那些他们救下的人一遍遍玩笑重复。

但他救她却并不仅于此。

他想起白日看到陆瞳的那一刻。她站在一众权贵之中，浑身是血，明明紧攥的骨节已发白，眸色却一片冷漠，不肯流露出一丝软弱。

像一头独自抵抗鬣狗的困兽。

那一刻，他有一种直觉，如果今日陆曈真的跪了戚家那头恶犬，有些东西便永远也不可能弥补了。

其实，就算没有那只银戒，就算她并非"故人"……

此情此景，他也做不到作壁上观。

萧逐风问："现在怎么办？提前得罪太师府，麻烦大了，你的陆医官也会有危险。"

以戚玉台之心胸，很难不对陆曈出手。

裴云暎道："今日起，我会让人盯着太师府动作，之后，我要进宫一趟。"

"这么冲动？"

裴云暎不言。

"算了，已比我想得好得多，还好你有分寸，我还担心你会一怒之下杀了戚玉台。"

裴云暎打断他："你没猜错，我就是想杀了他。"

萧逐风一顿。

青年神情冰冷，漆黑双眸里，杀意渐渐凝聚。

若不是元贞在场，若不是怕给她招来麻烦，就算会打草惊蛇，他今日也非杀了戚玉台不可。

萧逐风打量着他脸色。

"就算是你救命恩人，怎么一遇到她的事，你就不理智？"

萧逐风道："这可不是你的风格。"

黄茅岗林木静谧，云散山头，一轮明月照在半山腰上，把夜色也淋出一层惆怅。

裴云暎没说话。

为何一遇到她,他就和从前不一样?为何她出事他就会失控?为何看她受辱他会那么愤怒?

明明这么些年,他早已铁石心肠……

人总要经历风雨才成长,他历来遵循此种规则,对自己对他人一向如此。偏偏到她这里却生出不忍,不忍见她被残酷世情泼淋,不忍见她头也不回地撞向南墙。

远处闹市灯影攒动,眼前树枝交映的暗影被风吹拂,在树下人身上洒下一片斑驳。

年轻人垂下眼帘。

"我也想知道。"

为何……

唯独她不同。

盛京夏夜总是炎热。

云翳散去,澄辉盈盈,一阵风来,吹得庭前两丛青竹微微倾斜。

院中池边,有人静静站着,满头白发被银月照出一层冷色。

最后一粒鱼食投下,小桥上匆匆行来一人,于老者身后几步停下,低声道:"老爷,小姐已经歇下了。"

戚清点头。

戚华楹这些日子总是兴致不高。赏花赴宴全部推拒,游玩踏青也兴致缺缺,往日交好的千金来府上陪她说话解闷,戚华楹也意兴阑珊。夜里更是早早歇下。

明眼人都瞧得出来,大小姐有心事,却不知要风得风、要雨得雨的戚家大小姐究竟是因何事伤怀。

"围场怎么样了?"

"正打算与老爷说这件事，"管家垂首，"老爷，围猎中止了，太子一行已回宫。"

"中止？"

管家低头，将太子与三皇子同遭意外之事娓娓道来。

戚清听完，沉吟了片刻，道："看来，对方已经按捺不住了。"

管家不敢作声。

戚清又问："少爷回来了？"

"已快至家门，不过……"

"说。"

"老爷，擒虎死了。"

这下，戚清面上真浮起一丝意外，转过身来。

"死了？"

"猎场上似乎出了点岔子，姓陆的医女杀了擒虎，本该问罪，偏偏裴殿帅站出来为她出头，是以……"

他没再说下去，四周一片寂静。

大少爷带着擒虎去猎场，又与医官院提前打好了招呼，就是为了在围场上为戚华楹出气。到最后反倒弄巧成拙，不止折了擒虎，还在众人面前失了面子。

死了一条狗事小，太师府的脸面事大。

"没用的东西。"

戚清阖眼，神色有些厌弃："一点小事都做不好。"

"老爷，裴家那头……"

戚家三番两次邀昭宁公世子来府上，裴云暎未必看不出其中深意。他爹裴棣倒是识趣，可惜对这个儿子束手无策，做不得裴云暎的主。

如今裴云暎与一个平民医女不清不楚，还捅到了明面上。这门亲事不能继续了。

"裴棣养了个好儿子。"

戚清笑笑,浑浊眼睛映着清澈池水,泛出一点灰淡的白。

"真是初生牛犊不怕虎。"

他道:"可惜了。"

第十九章 严胥

夏蒐就这样猝不及防地结束了。

没有丰厚的猎赏，没有陛下的嘉奖，贵族子弟们精心准备的华丽骑服还未得到展示，一场盛事就这样落下帷幕。

夏蒐是结束了，有些事才刚刚开始。

黄茅岗上，太子元贞突遇虎袭，三皇子元尧林中遇刺，这个节骨眼儿出事，实在耐人寻味。

夏蒐前，围场有班卫巡山，年年并无异样。今年戍卫轮守出此遗乱，梁明帝大怒，令人彻查戍卫禁军，怀疑戍卫混入奸人。

太子与三皇子一派各执一词，彼此认定对方心怀鬼胎，朝中沉浮暗涌之余，却还不忘传出一则风月消息。

殿前司指挥使裴云暎，似乎与翰林医官院一位平民医女关系匪浅。

这位昭宁公世子年纪轻轻，常在御前行走，人又生得风度翩翩，是盛京许多官门心中最满意的姻亲人选。

旁人都说是裴云暎眼光高，是以二十出头了亲事一点风声也无。又有人说是昭宁公想挑个门当户对的千金小姐给自家儿子。

越是如此，就越是让人好奇裴云暎将来所娶究竟是哪一位贵女。然而未料这位一向洁身自好的殿前司指挥使，去了一趟围猎场，就传出了这般新闻。

浣花庭的小宫女们聚在一处，绘声绘色地讲起那一日围猎场上发生的事,仿佛自己目睹一般——

"当时裴大人挡在陆医官身前,对戚公子怒目而视:'你若敢伤她一毫,我必要你永世后悔!'旋即当着众人面,抱着陆医官扬长而去了。"

小宫女们听得满颊绯红,长吁短叹,捶胸顿足。

"怎么偏偏是她呢?听说只是个平民医官,又无家世背景,纵然生得好看,可盛京生得好看的贵女也很多嘛!"

"呔!"又有一小丫头摇头,"裴大人本就不是势利之人。从前我在浣花庭扫洒,不小心摔坏了贵人的碗碟,当时他还替我说话,免了我被贵人责罚,可见瞧人是不看身份的。"

"倒也是,不过这样算是得罪了戚公子了吧⋯⋯"

"什么得罪?放狗咬人还有理了?我听说陆医官被咬得可惨,满脸是血,差点就救不回来了!"

"难怪小裴大人发火⋯⋯"

宫中的闲谈流言总是传得很快,平常的事添油加醋起来,曲折胜于仙楼风月戏码的精心编排。

慈宁宫外圆池里,莲花朵朵,花叶稠叠。

华钗金裙的妇人坐在长廊靠里的小亭里,捻动手中一串油亮佛珠,含笑看着座首下方人。

"裴殿帅,如今宫里都是你的风月轶闻,真是出乎哀家意料啊。"

在她下首的年轻人微微颔首:"有污太后娘娘尊耳,是臣之过,请娘娘责罚。"

妇人含笑不语。

李太后并非梁明帝生母。先皇在世时,先太子生母早逝,后立继后李氏。李氏膝下只出一位公主,性情温和无争,与其他皇子也算相处和睦。

后先太子出事，先皇殡天，梁明帝继位。太后娘娘更是常年于万恩寺礼佛，几乎不管后宫事务。

猎猎夏风吹过，满池荷香扑鼻。

安静许久，太后才慢慢开口："前些日子，皇上问起你婚事。"

"戚家那位小姐今年十七，也到了该择婿的年纪。"

"本来呢，你二人也算门当户对、金童玉女的一对。"

"如今……"她声音一顿，淡淡道，"哀家想问问你，是个什么意思？"

裴云暎行礼，仿佛没听到话里暗示，平心静气地回答："戚家小姐娴静温雅，谨守礼仪，臣顽劣鲁莽，实非良配，不敢高攀。"

不敢高攀。

他说得平静，李太后抬眼，仔细地打量眼前青年。

丰姿俊秀，英气勃勃，锋芒藏于和煦外表之下，却如腰间银刀明锐犀利。

确实拔萃。也难怪眼高于顶的戚家一眼瞧上，愿意安排给自家千娇万宠的明珠。

李太后叹息一声："其实，不与戚家结亲，也并非全无坏处。只是，你做得太过了些。"

"臣知罪。"

太后按了按眉心："如今四处都在传你冲冠一怒为红颜，为一女医官与戚玉台争执……你与那女医官真有私情？"

裴云暎道："不敢欺瞒太后娘娘，臣替陆医官说话，是因陆医官与臣有旧恩。家姐生产当日，是陆医官查出腹中毒物，救了家姐与宝珠两条性命。"

"臣与陆医官并无私情,出言也不过是因戚玉台欺人太甚,请太后明察。"

太后打量一下他的神情,见他眉眼间坦坦荡荡,不似作伪,遂轻轻松口气。

"罢了。"

她道:"你的事,哀家已同陛下说过,一点小争执,陛下也不会太过为难于你。"

"至于戚家……"

裴云暌:"臣明白。"

太后点了点头:"知道就好,去吧,皇上还在等着你。"

裴云暌低头谢恩,行礼告辞。

待长廊上再也看不见他的身影了,太后捻动佛珠的动作才停了下来。

"看来,他是不想与戚家结亲。"

身侧女官低声道:"裴大人让娘娘失望了。"

太后摇了摇头。

"他心有成算,昭宁公做不了他的亲事的主,哀家未必就能做主。意料之中,不算失望。"

"况且,他此番冲动,倒更合陛下心意。"

女官沉吟:"裴大人并非冲动之人,或许是故意的。"

"哀家倒宁愿他是故意的。"

女官不敢说话,一只蜻蜓从莲叶间掠过,带起微微涟漪。

沉寂片刻,太后突然想起了什么,问身侧女官:"不过,你可曾见过那个女医官?"

女官一愣。

"她生得什么样?"太后好奇,"比戚家小姐还貌美吗?"

陆瞳对自己一夜间成为宫中谈论中心一事并不知晓。

夏獩结束后，她就直接回了西街。

常进准了她的假，让她在西街多养几日，除了养伤，也是避避风头。眼下流言正盛，戚玉台吃了个暗亏，最好不要在这时候出现。

西街邻坊不知其中内情，只当她是随行伴驾时被山上野兽所伤，纷纷提着土产上门探望。

段小宴也来过一趟，提了好多野物，都是此次夏獩的战利品。

裴云暎来到医馆时，杜长卿就把他拦在小院前。

"哟，裴大人。"

少东家一手叉腰，满脸写着晦气，皮笑肉不笑地看向眼前人。

"什么风把您也给吹来了？"

裴云暎道："我来看陆大夫。"

院里没人，正是傍晚，昏黄日暮，麻绳上晾着排衣裳手绢，花花绿绿拧至半干，水滴在地上积成小小一洼。

"陆大夫还在养伤。"杜长卿叹气，"裴大人把礼物留下，人还是改日再见吧。"

"陆大夫不在医馆？"

"在的，刚才歇下。她伤得重，连床都下不了，说几句话就要喘气。真是对不住。"

杜长卿一面道歉，一面伸手来拎裴云暎手里的名贵药材："没关系，裴大人的心意小的一定带到……哎呀，这么多药材，花了不少银子吧？探病就探病，送礼多见外。"又话锋一转："不过药材也挺好，上次那位段公子来，送了好多野物，血淋淋的，都不好堆在院子里，银筝和陆大夫是两个弱女子……咱们这是医馆又不是屠宰场，真是不知如何是好！"

他刚说完，就见陆瞳从小厨房里走出来，白围裙上全是血，一手提刀，一手提着半只野鹿。

杜长卿："……"

裴云暎看向他："弱女子？"

半晌，杜长卿一甩袖子："我真是多此一举！"转身一掀毡帘去外面了。

陆瞳看向裴云暎："你怎么来了？"

"来看你。"

他走到陆瞳身边，打量一下陆瞳。

养了这么些日，她看起来精神还不错，只是脸色略显苍白。

裴云暎俯身，提起陆瞳手上处理了一半的鹿："受伤了，怎么不好好休息？"

陆瞳看他把鹿放在大盆里，捞起水瓢熟练冲走血水，道："段小宴送来的野物厨房堆不下，没法做药了。"

夏日天热，肉不能久放，到最后，只有陆瞳和苗良方二人蹲在厨房轮流处理。

"下次你不喜欢，拒绝就是。"裴云暎道，"或者，你可以让他帮你料理了再回来。"

下次？

陆瞳无言片刻，道："心领了，不过，没有下次更好。"

她看裴云暎把装着鹿肉的盆放到院中石桌上，银筝抱着盐罐子出来准备腌制一下，才进了屋。

见裴云暎站着没动，她又道："进来。"

夏日天黑得晚，到酉时才渐渐暗了下去。陆瞳在屋里点上灯，刚坐下,一只草编食篮落在眼前。

食篮幽翠,以青竹皮编制。陆曈看向裴云暎:"这是什么?"

"食鼎轩的茉莉花饼。"裴云暎在她对面坐下,"应该很合你口味。"

陆曈曾听杜长卿提起过这个城南的茶点铺,东西贵不说,还很难排队。有一次阿城生辰,杜长卿想买盒如意糕,天不亮就去排队,结果排到他时正好卖光,气得杜长卿在医馆里破口大骂了半日。

陆曈问:"买这个做什么?"

"探望病人,总不能空手上门吧。"

"我以为殿帅过来是告诉我别的消息的。"

他饶有兴致地望着她:"比如?"

"比如,你是怎么让戚玉台吃了这个暗亏的。"

她回到西街已五六日,期间风平浪静,医官院那头没有任何消息,看上去,像是黄茅岗搏杀恶犬一事已被悄无声息按下。

以戚家手段,此举完全不合常理。

"你做了什么?"她问。

裴云暎看着她,眼中浮起一丝笑意。

"也没什么,就是在猎场戍卫里添了几个人。"

他又道:"戚家举荐之人。"

陆曈恍然。

太子与三皇子一个在猎场遇虎,一个在山上遇刺,班卫搜过的围场本不该出现这等危险,一旦出事,必然问罪。

偏偏是戚家举荐之人。

忙着应付帝王疑心,戚家现在确实分身乏术,无暇顾及她这头小小风波了。

"怎么样？"裴云暎望着她，"这个礼物，陆大夫还算满意？"

陆曈望着他那张若无其事的笑脸，心中有些复杂。

她没想到裴云暎会从这头入手。此番行为虽将戚家推入困境，但以戚家手段，恐怕只是一时，待此事一过，戚清未必不会查到裴云暎身上。

明明戚清前些日子还想拉拢他做自己的乘龙快婿，此事一过，再无可能。

他倒是一点后路不给自己留。

见陆曈一瞬不瞬地盯着自己，裴云暎莫名："怎么不说话？"

陆曈移开目光："我只是在想，丢了太师府这门姻亲，裴大人这回亏大了。"

裴云暎脸上笑容一僵："你又胡说什么。"

"事实而已。"

裴云暎刚想说话，不知道想到什么，歪头打量她一眼，微微勾唇："话不能乱说，毕竟我已有婚约在身。"

"……"这回轮到陆曈脸色变了。

"都说了不是你。"

裴云暎懒洋洋点头："哦。"

陆曈气急，他这模样分明就是不信。

屋里寂静，外头银笋在扫洒院子，水泼到青石板上，发出轻轻的哗啦啦声。

他笑意微敛，问陆曈："你的伤怎么样了？"

陆曈回道："多谢殿帅送的玉肌膏，好得差不多了，再过五六日就能回医官院。"

裴云暎顺着她目光看去，随即视线微凝。

两只一模一样的药瓶并排放在桌上。

他拿起一瓶，神色有些奇怪："怎么有两瓶？"

神仙玉肌膏用材珍贵，御药院几乎没有存余，都是分到各宫贵人府上。裴云暎这瓶是太后赏的，但陆曈桌上却有两瓶。

陆曈道："纪医官又送了我一瓶。"

"纪珣？"他眉心微蹙，"上次见你时，还在被他教训。"

他又沉吟道："还有猎场上，戚玉台为难你，他也为你说话了。"

"奇怪。"他漂亮的眸子盯着陆曈，若有所思，"你二人，什么时候这么要好了？"

陆曈坐在桌前，平静回答："纪医官云中白鹤，正直无私，是不同流俗的君子，看见戚玉台仗势欺人，自然不平相助。"

"先前嫌隙，既解开误会，早已不作数。"

"同僚送药，也很寻常。"

裴云暎眉眼一动："君子？"

他深深看一眼陆曈，语气微凉："你倒是对他评价很高。"

陆曈不明白他这突如其来的讽刺是何意。

"就算他是君子。"裴云暎倒没在这个话头上纠缠，转而说起别的，"不过你刚才说，五六日后就回医官院，不用再多休息几日？"

他提醒："戚家现在自顾不暇，不会注意到你。等再过些时日……"

"我要回医官院。"陆曈打断他的话。

裴云暎一顿。

"在裴大人眼中，难道我是这样一个坐以待毙之人？"

她神色平淡，苍白的脸上，一双眼眸在灯火下漆黑深沉，若深泉潭水，隐隐有暗流涌动。

"戚玉台放恶犬咬我，要么就把我咬死，要么，他就自己去死。"

裴云暎定定看着她："你做了什么？"

陆曈垂眸。

"做我该做之事。"

夏夜闷热，一丝风也没有，空气闷得出奇。

香炉里，灵犀香散发馥郁幽香，却把桌前人熏得越发烦躁了。

青烟在屋中消散，似雾慢慢弥散开来，戚玉台看了一眼，眉宇间闪过一丝烦躁，伸手将窗户打开了。

不知是不是他的错觉，自打在司礼府闻过金显荣的池塘春草梦后，他再闻府里的灵犀香，便觉厚重乏味，正如戚家严苛陈旧的规矩，惹人厌烦。

金显荣倒是大方，送了他许多池塘春草梦香丸，只是他只能在司礼府点此香，回到戚府，还得用父亲一直用的灵犀香。

毕竟，新香丸虽气味清甜，到底廉价，正如制作香丸的主人。

想到香丸的主人，戚玉台眼神一暗。

距离擒虎被杀已经过去了五六日。

这五六日，戚家发生了不少事。

先是黄茅岗围场使奸人混入、玩忽职守的戍卫首领，曾是父亲举荐之人，惹得陛下猜疑，父亲上朝自证清白；后是不知是谁往御史案头上了折子，搜罗盛京近几年恶犬伤人事件，虽未提及戚家，却含沙射影得几乎是明示。

朝中麻烦接踵而至，三皇子更趁此机会落井下石，陛下本就偏心三皇子，戚家一时自顾不暇。

这头忙碌起来，便顾不上别的。

戚玉台原本还指望着父亲出面给裴家那小子一个教训，然而一连几日过去，父亲并无要出手的意思。

这令戚玉台感到颜面无光。

他最重面子，当日在黄茅岗，裴云暎当着众人的面为陆曈出头，硬生生让他吃了一亏。之后盛京官门流言传说，说裴云暎年少气盛，冲冠一怒为红颜，虽促狭调侃，但终究是个路见不平拔刀相助的英雄，反倒是他戚玉台彻底沦为这折风月戏中的笑话，成了畏首畏尾、仗势欺人，在英雄旁边相形见绌的小人。

戚玉台听了流言，又恨又妒，割了几个人的舌头方才发泄出来。

只是发泄过后犹自不甘。父亲明明知道一切，却不肯为自己出头，只顾着戚家名声，分明没将他这个儿子放在心上。

可就算没将他放在心上，难道连妹妹也不管？

自打知道围场上裴云暎为陆曈出头后，戚华楹越发郁郁，迅速消瘦。戚玉台都心疼得不得了，同戚清说了好几次，戚清置若罔闻。

老管家劝他："小公子，女医官不过一介平民，纵然不做什么，以戚家之名声，医官院也会有人处处为难，将来日子并不好过。"

"小公子，何故非要不依不饶、赶尽杀绝呢？"

为何非要赶尽杀绝？戚玉台不敢说。

他没告诉任何人，那一日，擒虎扑咬陆曈，眼看着她离死不远，却在最后关头像疯了一般回扑擒虎，抓着她的花簪一下又一下地捅死了擒虎。他上前唤擒虎的名字，那女人在血泊中猛地抬头，那一刻她的眼神……

冷酷，狰狞，充满怨毒之色……像极了、像极了另一双在火海里死死瞪着他的眼睛。

戚玉台忽地打了个冷战。

明明炎热夏日，他竟起了一层细细的鸡皮疙瘩。

窗户被推开，屋中灵犀香的香气却像是怎么都散不尽似的，闷得人心生焦躁。

他兀地起身，走到桌前，抽出一叠银票揣进怀里，转身要出门。

婢女吓了一跳，忙上前阻拦："少爷再难受，最好也再忍几日，前几日才……"

"滚！"戚玉台骂了一声。

戚华楹前些日子给了他一笔银子，他赶紧趁着父亲不在家时偷溜出去，寻了个茶斋吸服一回。他憋得太久，乍然得享，简直飘飘欲仙。

然而享受的时候有多极乐，克制的时候就有多难受。服食一回后，瘾像是更大了。从前是两三月一次，这回还不到一月，他就又想念"自由"的味道了。

身侧婢女还在劝慰："小姐先前还叮嘱说让瞧着您，老爷知道了会出事的。"

戚玉台顺手抄起桌上花瓶砸过去，咚的一声，婢女被砸得头破血流，昏头昏脑躺在地上连声说饶命。

戚玉台看也没看她一眼，迈步从她身上跨过，低声骂了一句。

"贱婢。"

夏蘵过后，又过去大半月。门前榴花日渐绯红，转眼到了五月五。

陆疃在西街同杜长卿他们一起过完端阳，才回到医官院。

医官院还是老样子，门前节物铺子里还有些剩余杂货未卖完。百索、艾花、银样鼓儿、花花巧画扇……又有紫苏、菖蒲、木瓜切成碎末，和上香药，盛在梅色木盒之中。

陆疃回去时恰好赶上晨报，遂先去堂厅里勾画奉值名册。勾画名册的是个年长些的老医官，不是常进。见她进门，其余做事的医官纷纷抬

663

头,打量她的目光各有异样。

陆瞳拿完奉值册子,转身出堂厅,刚走到门口,迎面撞上了林丹青。

林丹青看见她也是一愣,匆匆拉她到一边,小声道:"你怎么这么早就回来了?"又狐疑打量她一眼,"身子这就好全了?"

陆瞳道:"只是皮外伤,好得快。"顿了顿,又问:"常医正呢?"

平日勾画奉值册子的都是常进。

林丹青黯然开口:"他调至医案阁了。"

医案阁之于医官院,比之南药房好不了多少。医官们在此保养陈年医案,防止虫蛀及变质,说到底,也就是做些扫洒清理的活计,不至于受苦,但也算是前途到头,升迁无望了。

常进作为干了多年的老医正,突然被贬至医案阁,显然是得罪了人。

至于得罪了谁⋯⋯

陆瞳目光微冷,良久,道:"是我连累他。"

林丹青宽慰:"这和你有什么关系,医官院调换职位是常有的事,再说常医正那性子去医案阁也好,省得天天和这帮脑子有病的打交道⋯⋯"

陆瞳默了一会儿,问:"你呢,没有被为难吗?"

林丹青脸色一松:"谁敢为难我呀。"

她眨了眨眼:"崔院使总要卖我爹个面子,戚家也不好做得太难看。再说,真要为难我,大不了不干了,反正我姨娘现在射眸子之毒已解得差不多。要真被赶出来,我就带着姨娘去你们西街,去你们仁心医馆合个伙,我医术也不差吧,我也能坐馆,月银和你先前一样就行!"

她语调轻松,陆瞳也不觉微笑。

"倒是你。"林丹青左右看了看,才望向她,"戚玉台那条宝贝狗死了,怎么也不可能善罢甘休。我本想着能躲一阵是一阵,谁知你这么

664

早就回来了。"

陆瞳摇了摇头。

"躲得了一时躲不了一世,该来的迟早会来。"

林丹青想了想,道:"也是。"又探头看陆瞳手中的奉值册子:"不过,你伤才好,刚回医官院就给你安排施诊了吗?这也太着急了吧!"

陆瞳低头看手中纸页。

"金侍郎的病快好了。"她微笑,"收个尾,日后就不去了。"

陆瞳去了司礼府,这一回,金显荣没有如往常一般热络地迎上来。

她进屋,如往常般将医箱放到桌上,对金显荣道:"金大人。"

金显荣抬起头。

女医官裙袍淡雅,眉眼秀丽,如朵空谷幽兰,一进屋,将屋中躁意都驱散几分,实在赏心悦目极了。

若非美貌,想来也不会让眼高于顶的昭宁公世子另眼相待,还在众目睽睽之下与戚玉台打起擂台。

想到此处,金显荣心中叹息。他慢腾腾直起身,走了两步又停下,看着对方的目光闪躲。

"陆医官,"他客客气气地摊手,"请坐。"

陆瞳在桌前坐了下来,拿出绒布,示意金显荣摊手,为他把脉。

金显荣把手放在布囊上,佳人手指平日总让他心猿意马,今日却如烫手山芋,让他恨不得即刻抽回来。

"金大人近日觉得身子如何?"陆瞳问。

金显荣心不在焉答道:"还好,还好,托陆医官的福,已经同从前一样,不,应该说更甚从前。"

陆瞳点头:"万幸。"

她神态认真,真心实意为自己高兴的模样,让金显荣心中有些不是滋味起来。

说起来,这位陆医官人长得好,医术又高明,金显荣对她是很有好感的。谁知飞来横祸,黄茅岗夏衩,陆瞳一簪子戳死戚玉台爱犬。

那可是戚家的狗!

金显荣拧起眉头,两道断眉翘得飞起。

就算是狗,只要姓戚,那就不是条普通的狗。

戚玉台此人个性,外人不清楚,但与他在司礼府共事的金显荣多少也咂摸出一点。他看似温和没脾气,实则记仇心眼小,又最好面子。

本来嘛,戚玉台当时想拿死狗一事问罪陆瞳,他大着胆子出声,想着到底一同在户部这些年,戚玉台纵然对自己不满,但也不至于迁怒自己至结仇地步。

何承想最后关头,裴云暎插了进来。

别人不清楚门道,金显荣却有宫里的消息打听,戚家有意要和裴家联姻的。戚家看上的女婿,为了别的女人和戚家公然结仇,这梁子就结得大了。

这些日子流言疯传,黄茅岗后,戚玉台都不来司礼府,金显荣看得出来,此事不可能善了。

他在朝为官也有这么多年,看得清楚,此事已经不仅仅是桩风月新闻。戚家与太子交好,陆瞳这么一掺和,裴家站在三皇子一派的可能性变大。三皇子与太子间争斗不休,陛下心思尚未可知……

看不清形势时不可贸然站队,最好的办法是明哲保身两不得罪,那么陆瞳,他就需要敬而远之了。

金显荣心头正盘算着要怎么委婉地表示换个医官,就听面前人道:"金大人,今日是我最后一次为你施诊。日后,我不会再来。"

满腹话语卡在喉间,金显荣只来得及发出:"啊?"

陆瞳收回垫手腕的绒布。

"金大人的病近乎痊愈，之后的调养，其他医官也能开方子。只要日后稍稍节制，不会再如以前一般。"

金显荣讷讷应了一声。

陆瞳望向他："围场一事，多谢金大人开口相助。"

金显荣心头升起一丝愧疚。

无缘无故，突然换人，若说没猫腻，打死别人也不信。十有八九是陆瞳也意识到得罪了戚家，不想连累自己才主动划清干系。

金显荣怅然，多么善解人意的一朵解语娇花，若非不好得罪太师府，他真是想将对方带回府中，好好呵护起来，一辈子金屋藏娇。

正惋惜着，面前人又道："金大人的香丸可用完了？"

金显荣一愣，道："那什么春梦啊？就剩一颗了。"

他不好意思地笑笑："你有大半月没来，香丸剩得不多，我把玉台香炉剩的最后几颗都刨出来点了。就剩最后一颗，实在舍不得用……陆医官能不能再送我一些？"

陆瞳笑笑，从医箱里捧出一只小酒坛那么大的瓷罐。

金显荣疑惑，见她拿起桌头香炉，将里头最后一颗池塘春草梦拣出来收回医箱，又打开瓷罐，用小银钳一粒粒将新香丸填进去，直到最后一颗香丸填满，才把瓷罐收回医箱，又从医箱里拿出一封信柬送到金显荣身前。

她道："我重新改换了新方，这些连同方子一并留给大人。大人日后想用，在外找香药局自制就是。也不必常跑医官院了。"

金显荣一愣，随即大为感动："陆医官，你可真体贴。"

他望着陆瞳，两道眉毛深情浮起，款款开口："陆医官，我人微言轻，帮不上你什么忙，实在惭愧。希望你不要怪我。"

陆瞳低头，伸手合上医箱盖子，把那只空瓷罐和剩下的唯一一颗池塘春草梦一并锁在箱子中，才抬起头。

"哪里的话，"她轻轻一笑，"金大人，已经帮了我许多了。"

陆瞳从司礼府回来，已经快近中午。

她才进堂厅，就被一个医官迎面拉住："陆医官回来得刚好，院使刚刚还在寻你，说有事要同你说。"

陆瞳随着这医官到了崔岷的屋子门口，医官敲了敲门，须臾，听得一声"进来"，陆瞳便背着医箱走了进去。

屋中，崔岷坐着，桌案前医籍厚厚摞成小山，而他坐在这座小山后，神情模糊看不清楚。

陆瞳道："院使。"

崔岷放下手中医籍，抬起头。

"司礼府行诊去了？"

"是。"

他点头："日后司礼府那边，王医官接手，你不必再去。"

"是。"

许是她温顺，崔岷也有些意外，顿了一顿，他直起身，从桌角抽出一封帖子递给陆瞳。

"枢密院来了医帖，点名要你行诊。"

陆瞳接过帖子，那张漆黑帖子上金漆冷硬，花印端端正正显着两个字——严胥。

陆瞳微怔。

是枢密院指挥使严胥的帖子。

崔岷坐在桌前，仍是一副平静淡泊的神情，陆瞳却从他的眼中看出一丝隐晦的快意、或者说幸灾乐祸来。

"去吧,"他说,"别让严大人等急了。"

宫城南墙右掖门里,朝东行至背面廊庑是枢密院。

陆曈随着一个穿淡绿官服的男子在廊庑下停下脚步。

男子道:"陆医官,到了。"

陆曈抬眼。

这是座很气派的官邸,门廊正门前投放两尊雄狮,气派威武。这是为枢密院官员从右掖门进宫办公上朝,与中书省相对。

绿衣男子拿令牌与门前侍卫晃了一晃,侍卫让开,陆曈便跟在此人身后一道走了进去。

官邸极大,虽不及司礼府华丽,却比殿帅府更为宽敞。男子带着陆曈穿过长廊,绕过里间,进了一处大屋子。

这屋子下竟修有一处石阶,半幅陷在地下,陆曈随此人走下台阶,一过狭小台阶,眼前骤然明朗。

墙上挂着的火把幽暗昏蒙,四面无窗,一道长长的甬道通往视线尽头,被更深的黑暗处遮蔽,看不见里头是什么。

这是一处暗室。

有窸窸窣窣的重物拖拽的声音传来,伴随着极重的血腥气。

男子自墙上拿起一只火把,掏出火折子点燃,陆曈所在的地方陡地被照亮。

下一刻,陆曈瞳孔一缩。

就在她脚边不远处,整整齐齐躺着五六具尸体,以白布蒙盖,渗满斑斑血迹,隐隐能窥见布下破碎扭曲人体。

一片寂静里,身后突然有声音响起:"来了?"

陆曈骤然回过身。

不知什么时候，她身后悄无声息站了一个人。是个身穿黑衣的中年男子，身材干瘦，一双眼睛深沉阴鸷，正冷冷盯着她。

陆曈看向他。

这是枢密使严胥。

黄茅岗围猎场，陆曈曾见过此人。他在围场下的林荫道与裴云暎针锋相对，许多人都瞧见了。

她微微颔首："大人。"

一道审视的目光落在她身上。

陆曈坦然任他打量着，心中亦在留意此人。

上次在黄茅岗匆匆一瞥，如今方有机会看清他的相貌。男子五官生得平庸，身材也并不壮硕，唯有一双眼睛精光矍铄，若鹰般凶狠犀利，带着股嗜血煞气。

在他眉间，有一道一寸长的刀疤，从眼角掠过，在昏黄暗室中越发显得狰狞可怖。

不知为何，陆曈心中莫名掠过一个荒谬念头。

听林丹青说，殿帅府选拔人才要考查相貌，如今看这位枢密使的模样，枢密院选拔应当无此规矩。

她想着这些不着边际之事，方才的紧张反倒散去许多。

严胥也瞧见她神色的变化。须臾，他森然开口："陆医官胆量过人，看见死人也面不改色。"

陆曈回道："死人活着时，也是病者。"

她看向严胥："大人，不知病者现在何处？"

那个绿衣男子闻言，低头走进甬道，不多时，又拖着具身体走了出来。

说是具身体,却也并不实际。这人还活着,然而他只有半具身体,自腰间腿根以下被齐齐斩断,浑身像是从血桶里捞出来般,看不清一块好肉。

人被拖行时,断腿在地上摩擦发出声响,火光照耀下,一行长长的拖拽血迹留在身后,蜿蜒着在陆瞳身前停了下来。

男子松手,残躯咚的一声砸在陆瞳脚下,陆瞳心中一紧,下意识低头看去。

这人瞳色涣散,显然已经不行了。

"都说陆医官术精岐黄,枯骨生肉。"

严胥紧紧盯着陆瞳脸色,慢慢吐出三个字。

"救活他。"

夏日炎热,殿帅府树下,栀子和几只小黑犬蜷在一起,躲在树荫下纳凉。

裴云暎回来时,萧逐风正在倒冰糖梅苏饮。

以乌梅、葛根、紫苏和水煎煮,夏日清爽消暑,酸甜可口,是段小宴的最爱。

萧逐风倒了一盏,喝一口后皱起眉:"怎么这么甜?"

裴云暎也取了杯盏,尝了一口,道:"还行。"

萧逐风把杯盏放远了些:"你如今口味怎么越来越甜了。"

从前殿前司里就裴云暎吃不惯甜食,如今不仅偶尔吩咐小厨房做点甜口点心,还让段小宴去买清河街的蜜糖甜糕。

"有吗?"裴云暎不以为然,"是你太苦了吧。"

萧逐风噎了一下,面无表情道:"是有点命苦。"

"干吗这么说,殿前司又没亏待你。"

萧逐风问:"殿下见你了?"

闻言,裴云暎面上的笑容淡了下来。

黄茅岗猎场一事后,太子和三皇子间的矛盾日渐激烈,戚家卷入其中,殿前司虽未直接参与,却因和陆曈那桩风月消息终在这流言中获得一席之地。

对裴云暎本人来说,不算件好事。他有很多接踵而来的麻烦要处理。

耳边传来萧逐风的声音:"殿下还算冷静吧?"

裴云暎回过神,哂道:"岂止冷静。"

不止冷静,甚至还有点看热闹不嫌事大的欢快。他想起对方坐在椅子上,望着他的目光满是好奇:"云暎,那位陆医官长什么样,漂亮吗?比戚家那位大小姐还要好看?"

他突然觉得有些头疼。

萧逐风看他一眼:"那就好,陆曈今日一早回医官院了。"

"知道。"

"你不去见见她?"

"她才回去,应该很忙。我也有公务要处理。"

萧逐风点头,拿起桌上文册,走到门前时,脚步一停,欲言又止地看向桌前人。

"你真的不去看看她?"他提醒,"我以为你会一日十二个时辰贴身保护。"

裴云暎嗤道:"我又不是变态。"

萧逐风嗯了一声,仍站在门口,没有离开。

裴云暎意识到什么,突然抬头,盯着他问:"出什么事了?"

屋中安静。

萧逐风轻咳一声,偏过头:"有件事……和你说一下……你先冷静。"

"今日一早，陆瞳出去给人行诊。"

"谁？"

萧逐风别开眼："……枢密院的人。"

阴冷暗室，火把幽晃。

浓重的血腥气在狭小的空间里游荡。

陆瞳低着头，仔细为面前人擦洗伤口。

这人身上已经没有一块完整好肉了，两手被折，双腿切断，身上更有无数铁钩烫烙留下的痕迹。这种伤势，不可能救得活。

陆瞳不知此人身份，也不知他做了什么要被如此对待，严胥要她救人，她就救人，至于别的东西，她也不问。

身侧绿衣男子听从陆瞳的话，为她打来干净热水，严胥坐在暗室椅子上，冷冷盯着她的动作。

最后一根针从病者发间拔出，陆瞳用帕子擦去病者唇边血迹，将一粒药丸塞到此人舌根处。

那人仍躺在地上，胸腔起伏却比方才平稳了一点，张了张嘴，发出一声呻吟。

严胥起身，走到陆瞳身边，低头看着脚下人："活了？"

"三个时辰。"

"什么？"

陆瞳拿帕子擦净手，才站起身，对严胥开口："此人伤势过重，下官只能吊住他性命三个时辰。"

严胥脸色阴晴不定："陆医官没听懂我的话吗？我是让你，救活他。"

陆矔不为所动:"大人,我是大夫,不是阎王,不能要谁生则生,要谁死则死。"

这话反驳得大胆,绿衣下属也忍不住看了陆矔一眼。

严胥一双鹰眼紧紧盯着陆矔半晌,少顷,冷笑一声,道:"说得也有理。来人——"

他扫过地上奄奄一息的人:"拖回去。"又皮笑肉不笑地看向陆矔:"忙了这么久,陆医官也辛苦了,留下来喝杯茶再走。"

说完,绿衣男子不等陆矔回话,便走到她身前,示意她跟自己走。

陆矔顿了片刻,背好身上医箱,才转过身,轻声道:"是,大人。"

暗室的阴冷渐渐被抛之身后,从台阶上来时,外头日头正好。

绿衣男子将陆矔送到一处茶屋里便离开了。

陆矔坐在桌前,环顾四周。

这似乎是严胥的书房,没有任何装饰,背后是沉木书架,墨色长案,屋中椅子短榻都是方方正正,颜色沉闷古板,连方盆景古玩都没有。

金显荣一个户部左曹侍郎,司礼府都修缮得格外富丽堂皇。而严胥一个枢密院指挥使,位高权重,掌管大梁军务,屋子却是出人意料的老气寡淡。

陆矔心中想着,视线掠过身后墙上。

暮气沉沉的书房中,正对书架的墙上竟然悬挂着一幅绢画。

画的是山中晚霞图。雨后天霁,风清水秀,一片红霞染红江水,惊起双飞白鹭。

作画之人笔触既细腻又恢宏,泼泼洒洒一片金红艳丽夺目,这道明亮彩色将沉闷书斋映亮,古板深沉的颜色竟也多了几分柔情。

陆矔正看得入神,身后传来脚步声。严胥从门外走了进来。

他换了件玄色绣麒麟圆领黑袍,越发显得整个人冷漠阴沉,他在桌前坐下,方才下属进来,奉上两盏热茶,又悄无声息退了出去,将门掩上。

屋子里寂静无比,陆曈看着眼前人。

没了地牢的昏暗,严胥的五官显得更加清晰,眼角那道长疤在日头下格外狰狞,似乎只差一毫就要划过眼睛。

"从前听说翰林医官院新进医官使医术精湛,今日一见,名不虚传。"

陆曈垂眸:"大人谬赞,下官愧不敢当。"

严胥端起茶来喝了一口:"平民之身,西街坐馆,无依无靠,仅凭一己之力春试夺榜,进入医官院……陆医官很了不起啊。"

陆曈:"侥幸而已。"

"侥幸?"

严胥微微眯起眼睛:"太府寺卿董长明,文郡王妃裴云姝,户部侍郎金显荣……"

"陆医官救的富贵人,可不是侥幸就能做到的。"

窗外有风吹来,花影摇曳。茶香充斥着整间屋子,将方才暗室的血腥掩住。

沉默片刻,陆曈淡声开口:"命由我作,福自己求。下官出身卑贱,唯有尽心钻研医术,才能入贵人眼。让大人见笑。"

"好一个命由我作,福自己求。"严胥捧起茶,不紧不慢呷了一口,"所以,殿前司裴殿帅的当众相护,也是陆医官自己求来的?"

闻言,陆曈眉头微微一皱。

严胥阴沉的眼高深莫测地盯着她。

陆曈不说话,心中兀自飞快思索。

殿前司与枢密院是死对头,严胥突然找她过来试探,听上去与裴云暎有关。如今宫里传得她与裴云暎不清不楚,或许在严胥眼中,她与裴云暎间也并不清白。若他想对付裴云暎,自可从自己这头动手——

只是这态度,似乎有些耐人寻味。

见她沉默得有点久,严胥又低头喝了一口茶,搁下手中茶盏,淡淡开口:"陆医官怎么不喝茶?"

热茶盛在青瓷茶盏中,茶汤青碧,漂浮茶叶若一池翠荷舒卷,馥郁得叫人心颤。

"这茶很好,不要浪费。"严胥道,"尝尝吧,陆医官。"

周围变得很是寂静。

陆曈低头,茶水已不再像方才冒出热气,温凉得刚好。

良久,她伸出手,举起茶盏,将茶盏凑到唇边,就要喝下——

砰——

身后突然传来一声巨响,书房大门被人从外一脚踹开。

陆曈豁然回头,门口那个绿衣男子不知何时跌倒在地,捂着肚子面露痛苦。

裴云暎从门外走了进来。

他身上银刀未卸,面寒如冰,大步走到陆曈身前,一把夺过她手中茶盏向身后一扔——

啪的一声,茶盏砸在墙上,顷刻四分五裂,茶水溅了毯子一地。

裴云暎面上没了平日笑意,长刀往桌上重重一放,盯着严胥的目光冷得刺人。

"严大人。"

他冷冷道:"你想做什么。"

屋里屋外,一片寂静。

绿衣男子躺在门前,极力压低倒吸冷气的声音。

门外日光明媚,树影婆娑,并无跟来的人。

陆疃心中疑惑,严胥的官邸,府中应当有不少护卫,为何裴云暎这样闯进来却未看到任何人阻拦?

抑或……不敢阻拦?

"裴殿帅。"严胥目光掠过地上一片狼藉,眯着眼开口,"在我的府邸无礼,你也太放肆了。"

"我还有更放肆的,大人想看,也可以试试。"裴云暎说完,转向陆疃,"你怎么样?"

陆疃还没来得及回答,就听严胥冷漠道:"医官行诊,不知犯了裴大人哪条忌讳?"

"行诊?"裴云暎转过身,唇角一勾,"不知严大人治的是哪一位,受的什么伤,不如请出来看看。"

屋中一静。

过了片刻,严胥才冷笑一声,端起茶杯呷了一口。

"殿帅年轻气盛,但锋芒毕露未必是好,有时也需收敛。"

裴云暎面露讽刺:"知道严大人老了,也不必一直提醒。"

陆疃:"……"

裴云暎嚣张至极,此种境况,他竟连遮也不遮掩一下,就算仗着圣眷龙恩,也实在太过张狂。

严胥冷冷注视着他,倏尔开口:"我请陆医官行诊,裴殿帅却闯了进来,莫非裴殿帅能做陆医官的主。"

他抬眸,语气意味深长:"你二人,究竟是什么关系?"

这话问得暧昧,陆疃还未来得及细想,就听裴云暎道:"债务关系。"

他轻描淡写地开口:"围猎场上,我已经说得够明白了,严大人没听懂吗?她是我的'债主'。"

严胥哈哈大笑,道:"那你今日是来做什么的?"他目光瞥过桌上长刀,"想动手?"

"不是啊。"

裴云暎蓦地一笑:"我是来给'债主'撑腰的。"

窗外日光灿然,屋中安静得可怕。

陆曈有一瞬间怔忪。

裴云暎挡在身前,身影遮挡大半严胥的视线,使得对方那道阴冷目光无法落在自己身上,如一道安全屏障。

但她却有些不解。如此光明正大的袒护,对裴云暎来说并不是一件好事。这会令人误以为她是裴云暎的软肋,将软肋暴露于敌人面前,是愚者所为。

"殿帅还是太年轻,"严胥收了笑,眼神若灰色阴翳,丝丝缕缕萦绕年轻人身上,冷冷开口:"难道不知道,光凭贸然闯我府邸延误公务的罪名,就能让你吃尽苦头。"

"真的?"裴云暎拿起银刀,嘴角一翘,"说得我都有点期待了。"

屋中剑拔弩张,一触即发。

就在一片紧绷中,陆曈骤然开口。

"严大人。"

屋中二人朝她看来。

她说:"我方才所救伤者,虽吊住他三个时辰的性命,但他损伤过大,神志无法长时间保持清醒。一个时辰之后,他会再度陷入昏迷。"

严胥紧盯着她。

陆曈温声开口:"倘若严大人有什么要问询对方的,最好趁着眼下他神志尚明时询问,否则时候晚了,就来不及了。"

严胥脸色一变:"你在威胁本官?"

"下官不敢。"

陆曈仍微笑着,平静地说:"《梁朝律》中,严禁私设公堂不请旨,非法刑讯,无故监禁。"

"《刑统》中又说,凡年龄在七十岁以上、十五岁以下,有残疾、废疾、笃疾者,怀孕者,享有特权犯官,不得用刑拷问。刑具统一规定为'杖',背、腿、臀每次三十而止。"

顿了一顿,陆曈继续开口:"方才所见伤者,断腿在先,伤重在后,应为'残疾者',其身伤痕有烙铁、鞭刑、断指……已超《刑统》中三十杖刑。"

话说完了,四周落针可闻。

门口护卫听见屋中的动静,望着陆曈的目光满是不可置信。裴云暎也微微凝眸。

严胥死死盯着她。

"如果下官刚刚搬出这个,这才叫'威胁'。"陆曈语气平淡。

"不过,"她话锋一转,"枢密院官邸离皇城很近,暗室必然为陛下知晓,至于伤者身痕,看时日已久,想来来此之前就有了。"

她注视着桌案前的人,淡淡一笑。

"种种罪名,自然也与大人无关了。"

从严胥的官邸出来后,一路上,裴云暎很沉默。

不知是被陆曈那段《刑统》给威慑住了,还是严胥急着赶去暗室里盘问那个病者,总之,这位枢密使竟然并未故意为难他二人,与裴云暎机锋几句便任他二人离开。

一路畅通无阻,右掖门离身后越来越远,直到走到廊庑,裴云暎才停下脚步。

陆瞳看向他。

他打量一下陆瞳:"你怎么样?"

"没怎么样。只是去给暗室里的人治了个伤,他请我坐下喝茶,还没喝就被你摔了杯子。"

裴云暎看着她,没吭声。

陆瞳想了想,道:"其实那杯茶里没毒。"

裴云暎之所以紧张,或许以为那杯茶添了东西。

他打断陆瞳:"如果有呢?"

默了一会儿,陆瞳才接着道:"有毒也没关系,我不是告诉过你吗,我百毒不侵。"

他无言片刻。

"日后如果再有可疑的人找你,你就先让人去殿前司寻我,若我不在,找萧副使也是一样。"

陆瞳愣了愣,心头倏然浮起一丝异样。

裴云暎三番两次为她撑腰,救命之恩,当真值得他如此?何况细究起来,应当也不算太"救命"。

见她迟迟不语,裴云暎问:"听见了吗?"

陆瞳抿了抿唇,答非所问:"你很忌惮这个严大人?"

"是,很忌惮。"他没好气道,又想到了什么,看了一眼陆瞳:"不过你倒是胆子很大啊。"

"你指的是什么?"

"拿《刑统》威胁严胄,你是第一个。"他面上带了点笑,"知道他是什么样的人吗?你就不怕人家恼羞成怒,蓄意报复?"

陆曈淡道:"殿帅也知道我将《梁朝律》背得很熟,这个时候不拿出来用岂不是亏了?"

"再者,"陆曈正视着他的眼睛,"我是因为殿帅惹上这一身麻烦,又是为你说话才会出口威胁,殿帅怎么还在这里说风凉话。"

"为我说话?"

裴云暎眉眼一动,望着她笑道:"这么说来,人情债越欠越多,都让我有点无地自容了。"

"我看殿帅倒是坦然得很。"

他沉吟:"这样下去,我不会只有以身相许为报吧?"

"殿帅这是报恩还是报仇?"

裴云暎嗤了一声,正要再说什么,目光越过陆曈身后。

陆曈转身,廊庑后,青枫走上近前。

"我让青枫先送你回去。"裴云暎收回视线,对陆曈道,"以免人多眼杂,回头被人瞧见。"

这话说得他们像两个私会偷情的野鸳鸯。

她问:"你呢?"

"我还有些事没处理完,"他对青枫示意,"晚点再来找你。"

和裴云暎告别后,陆曈回到了医官院。

已是下午,崔岷入宫奉值去了。林丹青看见陆曈裙角的血迹,吓了一跳,再三确认她无事才松了口气。

"崔院使怎么把这差事交给你?"她坐在床上,一面看陆曈换下医官袍,一面摇头,"如今整个宫里都在乱传裴云暎与你之间的关系,严胥本就和裴云暎不对付,这时来找你,十有八九来意不善,下回要是再来,你就称病别去了,免得多生事端。"

陆瞳把脏衣裙放到盆里："严大人和裴殿帅真有这么大过节？就算为了……那也是几十年前的事了，何至于此。"

严胥和先昭宁公夫人的那点事，盛京高门家多多少少都听过一点。但论起来，终究是上一辈的事。且先昭宁公夫人逝去多年，严胥也不至于耿耿于怀这么久。

林丹青撇了撇嘴："可别小看男人的妒忌心和小心眼，那严大人如今都四十多了还不曾娶妻，外人都传说他是给先昭宁公夫人守节。"

"爱而不得多年，心上人还死了，可不就容易变态吗？心态扭曲也是寻常。"

陆瞳问："除此之外，他们就没有别的过节？"

林丹青想了想，认真与陆瞳分析："咱们刚刚是从感情方面出发，严胥看不顺眼裴云暎。咱们从别的地方分析分析，也是一样嘛。"

见陆瞳仍是不明白，林丹青盘腿坐在床上，细细讲与她听："枢密院与殿前司，一个掌握调兵权，一个掌握统兵权。枢密院有权无兵，殿前司有兵无权，相互制衡，你想，一山不容二虎，两相见面，自然眼红，给对方下点绊子也是常有的事。"

"所以说，"林丹青一锤定音，"裴云暎与严胥，于公于私，于情于理，都是天造地设、独一无二的一双死、对、头。"

陆瞳："死对头？"

林丹青肯定道："死对头。"

暗室幽静。

白布蒙着的尸体全被抬了出去，地上拖拽留下的血痕被擦洗清理，一尘不染，再看不到方才鲜血淋漓的残迹。

唯有空气中还残余一点血的腥甜，久久不曾消散。

穿黑色长袍的男人背对门口站着，衣袍上银线蝠纹耀眼细密，他站的那面墙上，陈年血迹从石缝中慢慢渗入，渗得太深，凝成深褐色纹路，远远看去，如人手心纠错细密掌纹。

他认真看着，眼角长疤在阴影处狰狞刺眼。

身后石阶传来脚步声，有人走了进来。

来人走到黑袍男人身后，安静站着，还未说话，对方转过身，一拳擂了过来。拳风将纹丝不动的火苗带得晃了一晃。

墙上，陈设火把的铜架外壁，一只苍鹰披云裂雾，爪毛吻血，在火光中惟妙惟肖，栩栩如生。

严胥居高临下地看着眼前人。

年轻人抬手，抹掉嘴角血迹，反而笑了起来。

"老师。"他说。

第二十章 大火

桌上铜灯多点了几盏，暗室也明亮起来。

鞭子、刀、木杖、锤子……地上乱七八糟一片狼藉，石屑簌簌掉了一地。

裴云暎把掀翻的桌凳重新扶好，桌上尘土也擦净了。

方才绿衣男子进来，奉上一只盛着的茶壶与杯盏的托盘，低头退了出去。

裴云暎在桌前坐下。

他嘴角微肿隐有血痕，唇边一片乌青，神色倒是泰然，提起茶壶斟了盏茶，往桌对面一推，笑道："严大人，喝杯茶下个火。"

在他对面，严胥坐了下来，他倒不曾受伤，脸上干干净净，只是身上皱巴巴的衣袍泄露了方才曾与人交过手。

严胥目光扫过面前茶盏一眼，冷笑道："怎么不摔杯子了？"

青年放下手中茶盏，叹了口气："我哪里敢呀，老师。"

此话一出，严胥脸上骤寒："别这么叫我。"

裴云暎不说话了。

大梁朝中上下，无人不晓殿前司的裴殿帅与枢密院的严大人水火不容。这固然有那桩陈年旧事在其中搅动的缘故，不过官场中人心知肚明，最大的原因，还是殿前司与枢密院本身地位的微妙。

三衙与枢密院这层关系，倒让皇帝乐见其成。他二人越是针锋，梁明帝就越是放心。

兵与权，本就不该，也不能混为一体。

裴云暎嗤了一声，道："我都占了你这么多便宜，要是还舍不得叫声老师，严大人岂不是亏大了？"

"住口。"

裴云暎盯着他，笑容不减。

十四岁之前，他出身金贵，父母恩爱，从小锦衣玉食，是人人称羡的天之骄子。

直到昭阳之乱。

外祖一家、舅舅一家和母亲相继去世。灵堂的纸钱烧也烧不完。那时候，日子一夕之间突然变得格外漫长，裴云姝哀思过重，日渐消瘦，他尽力使自己振作不至沉溺悲痛，却在偶然之间得知一桩隐秘传闻。

少年时的他为这秘闻悚然，因此质问裴棣，裴棣的反应却出乎他意料，以至于他在祠堂母亲的牌位前彻底失望，心中就此与裴棣父子情分断绝。

他想要查清母亲死亡的真相，可没有昭宁公世子的身份，偌大盛京竟寸步难行。

无奈之下，他求到了枢密院，同外祖家曾有旧情的一位老大人身上。

世事如棋，瞬息万变。从前待他蔼然的老大人如今已换了副面孔，他在老大人门下求了多日，许是看在当年旧情上，对方给了他一枚戒指，要他去寻一人，找一样东西。

他收下了那枚戒指。

他离京时年少，没有告诉任何人，纵然如此，一路也遭遇太多追杀。想他死的人数不胜数。裴家的仇家、外祖家的仇家，还有藏在暗处的、数不清的明枪暗箭。

客路迢迢，断肠风霜，原以为简单的任务竟用了两年。

两年里，他遭过背叛，遇过冷箭，在义庄里睡过觉，刑场中藏过身。好不容易九死一生带着东西回来，却在盛京几十里之外的丛林里遭遇伏杀。

团团聚来的黑衣人令他一颗心陡然下沉。

回京之途，他只同自己留在裴家的亲信说过。

那场伏杀很是惨烈，他受了很严重的伤，以为自己将要和这群黑衣人同归于尽之时，忽有人马赶来。

来人将刺客尽数剿灭，筋疲力竭的少年靠坐在树边，见人群慢慢分开，为首的骏马上，一个眼角带疤的男人冷冷看着他。

半晌，男人讽刺地开口："真是命大。带回去。"

暗室火光融融，耳边传来严胥冷漠的声音："你这么叫，只会让人觉得恶心。"

裴云暎佯作不信："真的？"

严胥从来不让裴云暎叫他老师。

从苏南回京后，他暂时没有回裴家。裴棣续弦有了新的夫人，心腹已叛变，裴家是不能待了。

盛京想他死的人太多，以至于回到盛京的他陡然发现，没了裴家，他竟然无处可去。

枢密院那位他曾求情的老大人也在他离京不久后就死了，如今的枢密院指挥使是严胥。

他知道了严胥同母亲的关系，把东西交给了严胥。严胥收了东西，仍对他不理不睬。

其实也不止不理不睬，事实上，严胥一开始是非常厌恶他的。

他能感觉到每次严胥落在他身上的冷漠和厌烦的视线，但说不清是什么缘故，严胥还是从那场伏杀中救下了他，后来又救了他许多次。

他一开始也对这个曾与母亲纠缠的男人充满敌意与怀疑，但后来……

人与人关系，非"奇妙"二字难以道也。

他撑着头，端起茶盏喝了一口，嘴上叹道："话虽这么说，听见我这么叫你，你心中难道没有一丝丝窃喜吗？"

严胥目露讥诮："你比你母亲要自作多情得多。"

裴云暎点头："我娘要是还活着，看到你把她的画挂在书房精心收藏，说不定会后悔当年没自作多情一点。"

严胥噎住。眼中掠过一丝不自在，他冷笑着转开话头："说得好听，你真尊师重道，刚才拔刀干什么。"

他讽刺："喊打喊杀的，不知道的，还以为要弑师了。"

"我刚才可没拔出来。"裴云暎无辜开口，"而且不是你太凶？我怕你吓着人家。"

"吓？"

严胥宛如听到什么笑话："一个半截的人在面前，她还不紧不慢地给人缝好伤口。我记得你第一次看见死人时吐了半日。"

"她比你当年厉害多了。"

裴云暎沉吟一下，认真望着他："这么欣赏？你不会想让她也叫你一声老师？"

严胥并不接他的话，只漠然道："一介平民医女，单枪匹马杀了戚玉台的狗，死尸当前而面不改色，敢喝我的茶，也敢拿《刑统》威胁朝官。此女胆大包天，非闺房之秀。"

他抬起眼皮："这就是你挑的世子妃？"

咳咳——

裴云暎险些被茶呛住。

他搁下茶杯,面露无奈:"都说了是债主。"

"哪家债主这么麻烦,你欠了多少?"

裴云暎揉了揉额心,只得将苏南刑场一事尽数告知,末了,他叹道:"她于我有救命之恩,也曾说过他日重逢绝不敢忘,如今被戚家屡屡刁难,我也不是忘恩负义之人,总不能袖手旁观吧。"

屋中沉默。

过了一会儿,严胥突然开口:"她没看上你?"

裴云暎一怔:"不是……"

严胥鄙夷:"无能。"

"……"

裴云暎一时无话,见严胥端起茶杯抿了一口,脸色总算是好看一点,想了想才开口:"不过,经此一遭,戚家应该会说服太子彻底放弃我了。说不定,明日就挑拨枢密院对殿前司发难。"

严胥轻蔑一笑:"戚家算个什么东西,倒是那个崔岷,"他瞟一眼裴云暎,"枢密院的帖子才送去,马上就让你这位恩人送上门来。"

"你这位恩人,结仇不少。"

裴云暎点头,话锋一转:"你不是不关心她吗?"

严胥勃然怒起:"带着你的刀,马上滚。"

裴云暎:"哦。"

从严胥府邸出来,裴云暎没有立刻回殿帅府。他特意在右掖门东廊下巡走一圈,使得路上无数人都瞧见他嘴角淤青,直到夕阳渐落,才不紧不慢地回了殿帅府。

小院里,狗舍空空荡荡,没见着段小宴在院里喂狗。裴云暎一进屋,就见厅里,段小宴坐在桌前,一只手摊在桌上,正认真听面前人说话。

见他进门,段小宴忙朝他挥手:"大人回来了!"

背对他坐着的人闻言,也跟着转过身来。

裴云暎怔了一下,问:"你怎么来了?"

陆瞳还未开口,身侧段小宴抢先答道:"陆医官说歇了大半月,过来送夏时药方。恰好我近来不克化,总觉得撑得慌,反正闲着也是闲着,就让陆大夫帮我也开了副消食方子。"

话音刚落,他才瞧清楚裴云暎的脸,顿时跳了起来,高声嚷道:"苍天大地,谁打你了?谁?哪个杀千刀的对你俊美的脸做了什么?这可是我们殿前司的脸面!"

陆瞳抬眸,视线落在他嘴角的淤青之上,心中微动。

白日里廊庑分别的时候,他脸上还没这道伤。

段小宴还在大惊小怪:"打人不打脸,这么重的伤难道不该找人赔钱吗?哥你告诉我,谁打的你,我马上写状子告他!"

裴云暎摸摸自己微肿的嘴角,笑了:"是挺重的。"

"既然陆医官来了,"他看向陆瞳,"就烦请陆医官也替我开副方子吧。"

时至傍晚,屋中灯火亮了起来。

裴云暎走到桌前坐下,伸手卸下腰刀:"不是说我晚点来找你?怎么自己过来了。"

陆瞳把门掩上:"医官院人多眼杂,不太方便,我想了想,与其你来找我,不如我来找你。"

至少殿帅府这头全是裴云暎的自己人。

他闻言笑了:"可你主动往殿帅府跑,不怕损毁清誉?"

陆瞳也在桌前坐下:"如今你我流言人尽皆知,我若回避,反而刻意,外人看了,还会称我装模作样,掩耳盗铃。"

风月流言中,于男子是魅力荣光,于女子却是名声枷锁。

闻言,裴云暎目光一动,深深看她一眼,道:"抱歉,是我连累你。"

陆曈平淡开口:"我没有怪你。"

这话是真的。

比起在众目睽睽之下向害她全家的凶手下跪,她宁愿如此。她的屈辱不会来自无用的闺誉,却会来自向仇人低头。

"况且,"她抬头,注视着裴云暎的脸,"你不是也不轻松吗?"

裴云暎一怔。

他嘴角的淤青这时候越发明显起来,乌紫痕迹在干净的脸上分外清晰。

"你又回去见严胥了?"

他没说是也没说不是,只低头一笑,似乎牵动嘴角伤痕,嘶了一声。

陆曈把医箱放到桌上,从里面掏出一只药瓶递了过去。

"玉肌膏?"

裴云暎看向她:"你怎么没用。"又道:"我这点轻伤用不上,自己留着吧。"

"我还有一瓶。"陆曈打断他,又拿了一只竹片给他。

他不说话了。

想了想,裴云暎接过药瓶,拔开药塞,拿起陆曈递给他的竹片,用竹片沾了药泥往唇角抹。

屋里没有镜子,他抹得不太准确,青绿药泥糊在唇边,乱糟糟的。

抹了两下,他忽然看她一眼,把竹片往她面前一递:"要不你来?"

陆曈没理会他。

他叹了口气,像是早已料到如此,正要拿起竹片继续,陆瞳忽然伸手,接过他递来的竹片,抬手抹在他脸上。

裴云暎顿了一顿。

她离他很近。

日头完全沉没下去,殿前司的小院寂静无比,树上挂着的灯笼在风中摇摇晃晃,洒下一片昏黄静谧。

她微微仰着头,认真将手中竹片上的药膏细细涂抹在他唇角,窗缝有风吹过,隐隐掺杂一两丝若有若无的药香。

不知为何,这一刻,他忽然想起暗室里老师问他的话来。

"你就那么喜欢她?"

他笑着回答:"我与她之间,清清白白,纯洁无瑕。"

严胥讥诮:"不喜欢?不喜欢你急急忙忙赶来捞人,不喜欢你冒着被戚家发现的风险替她说话。明知现在不是最好时机。这么些年,不见你对别人上心。"

裴云暎垂下眼眸。

唇边的膏药清凉,他却觉得竹板拂过的地方微微灼热,清清浅浅,若有若无。

屋中不知何时寂然无声,陆瞳抬眸,倏然一怔。

裴云暎正低眉注视着她。

青年眉眼浸过窗前月色,显得柔和而温醇,那双漆黑明亮的眸子定定盯着她,深不见底。

陆瞳指尖蜷缩一下。

她的影子落在他眼底,荡起些灯色涟漪。陆瞳蓦然一怔,下意识避开他的目光,视线却顺着对方的鼻梁,落在他唇角之上。

她一直知道裴云暎长得好。

是不分男女老幼最喜欢的那种长相，五官俊美精致，眉眼却英气逼人，没有半丝脂粉气。素日里总是带着三分笑，显得明朗和煦若暖风。而他不笑时，瞧不见梨涡，唇色红润，唇峰分明，竟显出几分诱人。

脉脉佳夜，花气袭人。

她微微凑近他，能闻得见对方身上清淡的冷冽香气，若有若无。

裴云暎垂眸盯着她，似也察觉她一瞬的晃神，突然莫名笑了一下，意味深长道："陆大夫，你是不是想……"

陆曈眼睫一动。

青年倾身靠近，黑眸灿烂如星，不紧不慢说出了剩下的话。

"……非礼我？"

陆曈："……"

什么微风，什么涟漪，顷刻消失无踪，陆曈扔下手中竹片，冷冷道："你自己来吧。"

他又忍不住笑了起来，眉眼间很是愉悦。

裴云暎接过竹片，随意抹了两下，忽而想到什么，看向陆曈。

"陆大夫，能不能问你一件事？"

"何事？"

"当年常武县瘟疫，之后你消失，真的是被拐子拐走了？"

陆曈没想到他会问这个，不由愣了愣。

裴云暎无声望着她。

青枫查到，永昌三十二年，常武县生了场大疫。疫病来势汹汹，当时县民几乎一户一户病殁。

陆家却在那场疫病中安然无恙。

因当年大疫幸存者寥寥无几，知道陆家的街邻大多不在人世，关于"陆敏"的消息，青枫查得也很是艰难。

找到的线人说,陆家自言,当年的陆三姑娘是在大疫后被拐子拐走了,至今不知所终。然而被拐子拐走的稚童下场大多凄惨,陆曈却在七年后重新出现在众人面前,她那一手出神入化的医术着实显眼,很难让人不联系到七年前陆家在那场疫病中的全身而退。

他很早就想问陆曈了。

"带你走的,是教你医术的师父?"

良久,陆曈嗯了一声。

"既然是师父,"他问,"离开时,为何不告诉家人一声?"

探查消息的人说,陆家一门在陆敏失踪多年后仍未放弃寻人,坚信终有一日能找到消失的小女儿。因心力交瘁,陆家夫妇正当壮龄便满头白发,衰老远胜同龄人。

其实仔细一想,事情并不难猜。

萧逐风对他道:"看来事情已经很清楚。七年前常武县时疫,有神医途经此地,或许看重陆敏天赋秉异,想收她为徒,以救活陆家一门为条件带走陆敏。"

他直觉不对:"要收徒大可光明正大,何故悄无声息。"

"神医都有几分古怪脾气,"萧逐风不以为意,"或者怕陆家舍不得小女儿,所以偷偷带走。"

裴云暎总觉得其中不对。

再古怪的神医收徒,应当也不会如此潦草。何况那时陆曈才九岁,在此之前并未听过她精通医理,陆家也无大夫,何来天赋秉异一说?

处处离奇。

竹片被放回桌上,白瓷药瓶在灯色下细润生光。

青年的话平淡温和,却让陆曈睫毛一颤。

为何不说一声?

离开常武县时，明明有那么多机会，为何就找不到机会说一声呢？

她攥紧手指，指尖深深嵌进掌心。

眼前突然浮现起芸娘戴着幂篱的影子。

她坐在马车上，淡色裙角与外面的雪地融为一体。

年幼的陆曈踟蹰不安地望着她："小姐，离开前，能不能让我和爹娘告别？"

幂篱下的女子笑了："不行哦。"

她说："这是你与我之间的秘密。你爹娘连服七日解药，疫毒自除。但若你泄露秘密，最后一日，解药变毒药，你一门四口，一个也活不了。"

"明白了吗？"

陆曈打了个冷战。

后来她谨遵芸娘所言，每日煎了药喂家里人服下。爹娘不是没怀疑过，她只说是县太爷好心发给穷人的，那时候父母兄姊都已病得下不了床，纵是怀疑，也难以求证。

不过，家里人的溃烂的确是止住了，也没再继续生疹子。

芸娘没有骗她。

幼年陆曈一面欣喜，一面在心中盘算，芸娘说第七日解药变毒药，那前六日她便闭口不提，等到第七日，她看爹娘服下解药后再全盘托出。

她只是想和爹娘道别，否则无缘无故消失，家里人会担心的。

到了第六日，喂家人服下解药，陆曈去城门口找芸娘拿第七日煎服的药材。芸娘让她上了马车，递给她一杯热茶，她不疑有他，仰头喝下，再醒来时，已山长路远，早已不是常武县熟悉的街巷。

她拉开马车帘，惶然看着外头陌生风景："不是说……要连服七日解药吗?"

面前妇人已摘下幂篱,露出一张香娇玉嫩的脸,道:"只要六日就好了。"

她不敢置信:"你骗我?"

"是啊。"妇人笑了起来,摸摸她的头,语气温柔得近乎诡异。

"不然,你不就有机会告诉他们了吗?"

离别来得匆匆,不叫她做好一点准备,她呆呆坐在马车里,一时忘了反应,直到芸娘伸手放下车帘,所有沿途荒草霜枝、烟深水阔全被掩去。

唯有妇人微笑着看着她。

"小姑娘。"她说,"这个,叫遗憾。"

遗憾。

陆曈听过很多遗憾的诗。

陆柔告诉她,遗憾就是惋惜、无奈、后悔的意思。

幼时的陆曈觉得这种事有很多,不小心摔碎了自己最心爱的瓷人的时候,和刘子德兄弟争夺席面上最后一块糖糕的时候,错过庙口戏台最后一班夜戏的时候……

吵吵嚷嚷的生活里,她总是惋惜、无奈、后悔。

但在那一刻,她终于明白了遗憾的真正含义。

遗憾,是没来得及告别。

她后来无数次回想,哪怕当时给爹娘留一封信呢,或是找人捎句话,为何要笨成那样不知变通。如果她也像陆柔陆谦那样多读些书,再聪明一点,或许就能想出别的办法。

每一次回想,遗憾便更深一分。

她又在山上用陆谦背的诗安慰自己:离多最是,东西流水,终解两相逢。

等下山就好了,等重逢就好了。

以为遗憾是暂时的,却原来不知不觉,已成永远。

她永远失去了和家人告别的机会。

夜长风冷,青灯一粟。

陆曈听见自己平静的声音:"走得匆忙,没来得及。"

这回答有些敷衍。

裴云暎若有所思地盯着她:"所以,你叫十七,是因为你是你师父第十七个徒弟?"

陆曈缄默。

那时候苏南破庙,她逼着裴云暎在庙墙上写了"债条",落款用了十七——她不想用自己名姓。

见她默认,裴云暎牵了牵唇:"你这师父医术很是了得,怎会声名不显,他是什么样的人?"

"裴大人。"

陆曈打断裴云暎的话:"黄茅岗围猎场,太子遇险,三皇子也遇刺,谁会是凶手?"

裴云暎怔了一下,随即看向她:"你认为是谁?"

陆曈笑了笑:"说不定都不是呢。"

"我小时候总是和刘家兄弟吵架,有时为了报复,会偷偷将他们二人的麻糖一起吃掉,然后挑拨他们,让他们以为是彼此吃了对方的糖,其实都是我干的。"

坐在对面的年轻人神色微动,看着她的目光一瞬复杂。

陆曈坦然望着他:"殿帅,你有你的秘密,我也有我的秘密,你我二人之间,心知肚明,点到即止,不必再打听了。"

她坐在桌前，神色冷漠拒人于千里之外，冷冷清清似山中静雪。

裴云暎注视着她。

这个姑娘，冷静、淡漠、理智，可以面无表情地取掉一个人性命，为复仇孤注一掷决绝得疯狂。

常武县的密信中称，陆敏骄纵任性，活泼灵动，常使陆家夫妇头疼。

与眼前女子没有半丝相同。

不过短短数载，她又经历了什么。

明明刚才已感到她态度柔和下来，为何一提到她的师父，就竖起浑身尖刺，拒绝旁人靠近？

落在自己身上的目光似烈阳，灼灼伤人刺眼，陆瞳顿了一会儿才开口："殿帅的戒指呢？"

裴云暎从怀中掏出一只银制的指环。

时日隔得太久，银戒已经渐渐发黑，烛火下闪着一层暗淡冷泽。

陆瞳拿起那只戒指。

她道："当年苏南破庙中，我替殿帅缝伤，殿帅曾允诺我一个人情。当年一诺，不知还作不作数。"

裴云暎望着她，唇角一扬："当然。"

"你救了我，人情总要还。"

他问："你想杀了戚玉台吗？我可以帮你。"

陆瞳看向裴云暎。

他语调轻松，眉眼含笑，像是随口而出的戏言，一双漆黑眼眸却似星辰，安静地、认真地盯着她。

像是只要她开口，他就会答应。

默然良久，陆瞳别开了眼："你不是有自己要做的事吗？"

她仰起头："要杀他得蛰伏多久，半年？一年？还是更长？"

他微微蹙眉:"你很着急?"

"对,很着急。"她实在不想多浪费一刻。

裴云暎低头思忖一下,抬眼问:"那你想怎么做?"

"我想请裴大人帮个忙。"

"什么忙?"

陆曈看着他,半晌开口。

"我想请裴大人,替我画一幅画。"

夜渐渐深了。

陆曈离开殿帅府,裴云暎送她上马车,由青枫护送回医官院。

直到马车消失在巷口,裴云暎回到殿帅府,叫赤箭进了屋。

他把写好的信函交给赤箭:"挑几个人去丰乐楼。"

赤箭领命离去。

萧逐风不知什么时候回来了,坐在桌前冷眼瞧他:"之前你帮她是因为同情,现在是因为恩情,以后呢,因为感情?"

话音刚落,身后就有人道:"感情?谁有感情?"

段小宴的脑袋从门后探出来,一脸骇异:"谁?哥你吗?你对陆医官有感情?"

裴云暎看他一眼:"出去。"

段小宴哦了一声,悻悻缩回脑袋,把门给二人关上了。

"你知道世上有一种治不好的病叫什么吗?"

裴云暎无奈:"萧二,什么时候你和段小宴一样了?"

"我只是不明白。"

"如果我说,我希望她能大仇得报呢?"

萧逐风看向他。

裴云暎低眸,平静开口:"我希望她能成功,真心的。"

夏夜清凉散去,天再亮起来时,日头就更多几分燥辣——转眼入了伏天。

日头像热烘烘的大火,天光灼得人刺眼。

医官院煮了消暑药汤分给各司院中解渴,就在这三庚烦暑里,皇城里又发生了几件惹人议论之事。

一来是,殿前司指挥使裴云暎和枢密院指挥使严胥私下斗殴,裴云暎被严胥打得嘴角青肿,路过东廊时,许多宫人都瞧见了。

另一件事则讳莫如深,不敢妄议,那就是三皇子与太子间龃龉越发尖刻,好几次朝堂之上画面难看,梁明帝病本就未好,这下更是一日重逾一日。

不过宫门深处的这些暗流官司,说到底也与市井小民没什么关系。倒是朝中的老臣肱骨,这些日子频频深夜得梁明帝召见,养心殿的灯火时常燃到五更。

这一夜,又是近子时,太师府前马车停下,老管家搀着戚清进了府中。

暑夜难寐,戚清披件薄薄的黑色道袍,须鬓皓然,下台阶时,庭中清风拂过,远远望去,如长眉仙人。

他拿帕子抵唇,低低咳嗽几声。

老管家道:"老爷连日熬得晚,今日崔院使送了些消暑汤药,厨房里晾得正好,不如喝上一碗养气。"

戚清摇头:"人老了,总是如此,不必费工夫。"

梁明帝连着五日深夜召他入宫,他一介老朽,这样熬上几日,便觉胸闷难受,行走时如截松散枯木,随时摇摇欲散。

老管家垂首,声音更轻:"太子府上也送来几次帖子了。"

戚清脚步一顿。

先皇在世时曾定下"有嫡立嫡,其次立长立贤"的规矩。储君之位已落在太子身上,然而这些年来梁明帝冷落太子,反而对三皇子元尧和其母妃陈贵妃极尽宠爱,朝臣都看出来的事,太子如何感受不出?

眼见三皇子势力渐盛,太子自然心急,太师府作为太子最大的盟友,自然被元贞视作救命稻草。

"我现在有些后悔了。"戚清突然道。

庭中寂然无声。

过了一会儿,老者长长叹了口气。他回头,想起了什么,问:"少爷睡下了?"

管家低头:"少爷黄昏时出了门,这时候还未回来。"

戚清闭眼。

"这个孽障。"

胭脂胡同热闹得很。

城东既不像城南那般繁华昂贵、软红成雾,也不似城西那边肮脏泥泞,它坐落于盛京靠东的位置,挨着炭桥河不远,一连排的深坊小巷。

是有些体面但又不至于过于破费的好地方,城中有些家资的富商常在此闲耍,一到夜里,热闹得很。

到了夜里,河风顺着两岸扑面迎头。临河边,一排木制楼阁精致小巧,整栋酒楼都以木头堆叠顶砌,掩映丛丛翠竹之中,煞是风趣可爱。

申奉应打着呵欠从临河一排屋舍前走过,在一处木车推着的摊贩前停下脚步。

摊车前头挂着个梅红镶金丝的小灯笼,灯笼光红彤彤地照在上头一个掀开盖子的大坛里,里头装着些煎夹子、羊白肠、辣脚子等吃食。

胭脂胡同不似城南清河街,到处酒楼食肆,大多是临河屋舍茶斋,茶斋的点心精巧是精巧,未免有些不够味道。是以一到夏日,临河边便有许多推着车的小贩前来卖些凉热杂食。

茶斋楼阁里玩乐的人常使下人来这里买上许多带回屋斋,临河听风,赏花消夜,虽不及遇仙楼富贵堂皇,却自有一番生趣。

不过……

客人是方便,对巡铺们来说却着实烦恼。

申奉应瞥一眼那车头旁燃起的灶火——小贩们常在此现煎现炸,他敲敲车头,大声喝道:"谁让你们在这生火的?没听说不准在此搭火吗?"

每至深冬夏至,巡铺屋的活计要比平日多一半。就这个月,望火楼都收了六七起火事了。城中防盗防火隶属军巡铺管,火事超过一定数目,他们巡铺都要罚银子的!

他没好气地从怀中掏出个小册子:"在这里生火起灶,违令了,罚一吊钱!"

摊贩主是对中年夫妇,丈夫只讷讷应和,妇人却忙讨好着上前,从坛子里舀出一袋猪皮肉塞到申奉应怀里,笑道:"真是误事,大人,我们是外地人,初来乍到不懂规矩,这下晓得错了。都是小本生意,一吊钱……我们今日统共赚了才不到一吊钱!上有老下有小,还等着铜板回去买米下锅!"

妇人央告:"大人饶了我们这一回,这样热的天还四处巡逻,可不辛苦吗?"又塞了杯砂糖绿豆甘草冰雪凉水在他手中,"喝点冰水润润喉,我们即刻就走。"

手上冰凉触感使夏日炎热霎时散了几分,申奉应低头看了看手中竹杯,又看了看妇人诒媚的脸,终是叹了口气,提着猪皮肉袋子的手一指——

"看见那座丰乐楼了吗?"

他道:"全是木头搭的楼,好看是好看,就是你这火星要是燎上了,楼一烧,别说一吊钱,就是卖了你们全家都赔不起!"

"赶紧走吧。"他摆摆手,没再提罚钱的事了。

夫妇忙推着小车匆匆走了。

申奉应一手提着猪皮肉袋,另一只手拿着筒冰雪凉水,低头咂了一口,绿豆水冰凉甘甜,清爽得紧,他就着河风慢慢往前踱步,走到不远处木制楼阁——丰乐楼前时,瞧见门口停着辆马车。

马车看起来不算华丽,拉车的两匹马却格外引人注目。骏马雄拔,一看就知名品不凡,马上金鞍银辔,辔头还镶着细小明珠,在灯笼下闪烁着粼粼华光。

一看就是富家子弟的坐骑。

恐怕还不止富家子弟,能把这么一大坨金银大剌剌系在门前而不怕被人盗走,至少也是个六品往上的官家子弟。

申奉应低头看了看自己掉了皮的革带。

有时候都不消人与人,单是人与畜生,好似都天渊之隔。

他啐了一口。

这么有钱来什么丰乐楼啊,去城南清河街不好吗?平白扎人红心!可恨。

他妒忌红了眼,站在丰乐楼下,泄愤似的几下将冰雪凉水啜个精光,直到再吸不出来一滴,才把空竹筒丢在门口的废筐里。

罢了,这么有钱,多半是不义之财,这个钱不赚也罢。

他自我安慰了一会儿,觉得心头略舒服了些,这才转身而去。

丰乐楼中，丝篁鼎沸。

城南清河街寸土寸金，最好铺面的租子一年上千金，胭脂胡同这头却要便宜得多。

丰乐楼的掌柜省了租子，却把省下的银子全用在了这座木阁楼上。

整座阁楼用木头制成，横梁上仔细雕刻二十四花时图，又请了二十四容色娇艳的女郎以二十四节气命名，一到夜里，尤其是夏日，河风清凉，木窗小开，楼中欢笑嬉戏，莺啼燕舞，楼下临河又有茶斋画舫，夜市骈阗，灯火辉煌，十分璀璨繁华。

虽不如清河街富贵迷人，却更有寻常富庶的红尘繁华。

丰乐楼顶楼最里头的小阁楼里，宝鼎沉香，古画悬垂，两名歌伶跪坐在一边，正低头轻抚瑶琴，华帐珠灯边，地上铺了月蓝底色牡丹花纹织毯。

彩丝茸茸香拂拂，线软花虚不胜物。美人踏上歌舞来，绣袜罗裙随步没。

只是房中绣毯之上，并无美人歌舞，只有一衣衫不整男子斜躺在地，头颈靠于榻脚，地上横七竖八扔着银碟、玉壶和杯盏，其中散发清香异味。男子神情迷蒙，瘫坐在地，舔舌咂嘴。

这人正是戚玉台。

戚玉台是来丰乐楼"快活"的。寒食散是禁物，一散难求，戚清差人盯着他，清河街的酒楼掌柜的但凡见了他总要和府上通气。若去别的地方逍遥，被戚清禁了财权的他没了银子也寸步难行。

好在他有位大方的好妹妹，戚华榴前些日子给他的那一笔银票，足以令他在丰乐楼逍遥好几回。

今日趁着戚清入宫未归，戚玉台黄昏时分就到了丰乐楼，轻车熟路地进了最里头那间"惊蛰"暖阁。

楼上二十四间暖阁,是为身份尊贵的客人特意留备的,陈设装饰比楼下更为讲究华美,这间"惊蛰"是他每次来都会住的暖阁。

墙上从前挂着一幅惊蛰献春图,画中原本是一副玉炉烟重,绿杨风急,佳丽倚窗看细雨的美人图,戚玉台很是喜欢。

然而不知什么时候已换了一面新画,画中云雷盈动,宛如春雨将至,有龙蛇于云翳翻腾,是不同于先前靡靡柔情的冷峻。

戚玉台昏昏沉沉中注意到此,见状一指画卷:"什么时候换的这画儿?"

屋中琴弦骤然一停,歌伶收回手,恭声回道:"回公子,两月前,有客人在此房中宴饮,酒水不慎泼脏墙上画线,遂重新换了一幅。"

两月前……

戚玉台恍然,这两月他没来丰乐楼,难怪换画的事不大清楚。

事实上,他已有许久没来丰乐楼了。

自从贡举案后,莫名其妙牵扯出了审刑院范正廉,父亲知道了他先前在丰乐楼中无意欺负了一良妇之事,便将他拘在家很长一段日子,断他银钱,除了生辰在遇仙楼中规中矩宴请一回,再难有出来"快活"的机会。

戚玉台很不理解,不过一商人之妇,父亲何故耿耿于怀?听说他之后更是差人去那贱妇家乡打听,最终一无所获——那家人早已死绝。

戚玉台原本已记不清那商人妇的相貌,然而看到眼前换掉的绢画,倒使那模糊的画面清晰了一点。

他记得当日也是在这间屋里,同样的珠灯,同样的织毯,他迷迷糊糊中看清了女子的脸,是张十分标致白净的脸,秀美动人,一双秋水剪瞳惊恐地望着他。她踢他打他,可那点力气在成年男子面前不值一提,他把她压在榻上，逼着她看墙上那幅挂着的美人赏春图……

墙上的美人默默流泪，双眉紧颦。

他身下的美人呼喊号啕，眼泪若断线之珠。

他在那热切之中有些分不清画卷与现实，宛然觉得自己是将画中美人攫到眼前，非要狠狠折磨到对方也变成一张死寂的白画儿才甘休。

直到对方挣扎渐渐平息下来，屋中只有细弱呼吸声，画上美人垂着头，哀愁地盯着屋中一切，细雨潺潺如丝。

一声惊怒，外头轻雷隐隐。戚玉台回过神来，眼前什锦珐琅杯倾倒着，汩汩流动的琼浆令他昏昧头脑忽地清醒一刻。

"不对啊，"他皱眉，"这间屋，怎么还能有其他客人？"

"惊蛰"是丰乐楼特意为戚玉台准备的房间。因他每次银子给得多，又若有若无地透露出一丝半毫显赫家世，丰乐楼老板也不敢怠慢。

这间屋子旁人进不得，这也是戚玉台能安心在此服散的原因，毕竟他来此地不敢惊动府中护卫，只带了贴身小厮，万一服至一半有外人闯进，实在麻烦不小——上回那个商人之妇就是这样闯进来的，好在对方身份微贱，没出什么大事。

一定是他许久未来，丰乐楼老板想赚银子，故而把这间房又给别人用了。

戚玉台心头火起，扬手一巴掌打在身侧人脸上："混账，竟敢阳奉阴违！"

他身侧倒着个奄奄一息的美人，衣衫半褪，乌发乱糟糟散在脑后，身上青紫交加，面容肿胀。

戚玉台服过散后，总会异常兴奋，变本加厉地折腾人。头脑发热时，更不会怜香惜玉，任凭对方如何温柔可人，于他眼里也不过是消火泄欲的工具。

用过即丢。

不知是方才这一怒还是怎么的，原本散去的热像是又浮了起来，他眼睛也热心头也热，一脚踢了踢榻上死尸般的人："去，给爷拿壶'碧光'来。"

"碧光"是丰乐楼的名酒，形如碧玉，醴郁芬香。用碧光送着服散，令人脚下生云，飘飘欲仙，戚玉台很喜欢。

榻上美人颤巍巍支起身，紧了紧身上衣衫，泪痕未净，拿帕子擦了擦脸，匆匆出去了。戚玉台仍倚着榻，将剩下残酒一气倒进喉咙里，舒服唔叹了一声。

说来也奇怪，从前服散虽也快活，但还能克制得住，近几次却不同，隐隐有成瘾之态。细究起来，他半月前才服过一次，不过半月就又忍不住了。且这药散服食起来也与从前略有差异，更让人痛快淋漓。

迷迷糊糊的感觉又上来了，戚玉台眯着眼，正要去取面前最后一坛碧光时，门外忽而又响起脚步声。

"倒挺快。"他哼了一声，伸手去拿酒盏。

吱呀——

门被推开，进来的却不是拿酒的美人。

戚玉台一愣。

来人是个身穿蜜色锦缎绸袍的中年男人，腰佩金玉，手摇折扇，拇指上一颗偌大的翠玉扳指，是盛京商行里最熟悉的富商打扮。

见里面有人，这男人脸色一变："你是谁？"

戚玉台蒙了一瞬，随即明白过来。

惊蛰这间屋子是掌柜的特意为自己保留，寻常人也不会进，这人进得如此熟稔，十有八九就是之前那位"客人"。

丰乐楼老板后来讨好的、那个毁了他喜欢的春雨美人图的客人！

戚玉台坐直身子，瞪着面前人喝道："哪来不要命的混账，敢闯少爷的屋子！"

"你的屋子？"男人像是听见了什么笑话，瞅着他冷笑，"你算个什么东西？也敢在我面前自称少爷？这屋我交了银子，给你一炷香时间，赶紧收拾滚出去！"

戚玉台愕然。

他自做这个太师府公子，从小到大，旁人待他都万分客气，皇亲国戚见着他也要给父亲几分薄面。

然而今日他出门没带护卫，只一个在楼下守着的小厮，丰乐楼中又从未提过自己太师府公子的名号，一时无人买账，连这样下贱的商人也敢在自己面前大放厥词。

气怒相激下，戚玉台一拍桌子站起身。他才服食过散，脑子不甚清晰，晃了一晃方才站稳，指着对方道："好大口气，你可知道我是谁？"

"我管你是谁？"男人语含轻蔑，一掌推开门径自走了进来，不等戚玉台说话，就来拉戚玉台，要把他推搡出去。

戚玉台头一次遭此羞辱，登时大怒。从前在外因忌讳父亲的关系总要克制几分脾性，今日护卫不在，小厮不在，又刚刚服过散，余劲未消，只觉浑身上下的血一齐往头上涌，劈手抓起一只烛台砸向面前人。

富商一下子侧过身去，烛台砸在地上，哐啷一声。男人动了怒，一把抓住戚玉台的脑袋往墙上碰。

戚玉台被这人抓着，对方身上挂了香球，离得近了，顿觉一丝异香钻入囟门。

那香若一条百足蜈蚣，酥酥麻麻往他脑子里爬过，使他眼睛发红，原本三分的怒气陡然变作十分，只恨不得把这人打死。

二人扭打作一团，两个歌伶早已吓得战战兢兢，面色惨白，争先恐后地往外跑去。木阁楼上与惊蛰离得最近的清明房尚有一段距离，且楼下堂厅正在唱一出《琵琶记》——

欢娱休问夜如何，此景良宵能几何？遇饮酒时须饮酒，得高歌处且高歌……

房中打成一团，歌伶匆匆跨过屋中狼藉奔向门口，雪白轻盈舞袖拂过案几，将案几上那坛还未开封的碧光拂落在地，摔了个粉碎，一时间汁液飞溅。

倾倒的烛台中，微弱火苗却在这时骤然得神，一下子油亮起来。上好的羊毛织毯本就易燃，被酒水一浇，火再一燎，立如一条火蛇窜起。四面又都是木梁竹架，方便火蛇四处游走，于是所到之处，红光日渐雄浑。

屋中二人正在里间扭打，并未察觉外头异状。

直到滚滚烟尘从外头渐渐传来，隐隐传来惊呼仓皇叫声，戏台子的《琵琶记》也不唱了，楼下不知是谁喊了一声："走水了——"

戚玉台猛地回神，面前不知何时火光甚亮，熊熊烈火带着磅礴热意迎面扑来。

他下意识后退两步，脊背碰到身后窗户，转身想拉开木窗呼救，手抓到窗户边缘，却如窗外横着一堵看不见的墙，怎么也推不开。

窗户被锁上了。

"走水了——"

胭脂胡同巷口挤满了看热闹的人。

一条街上的买欢酒客大半夜被吓得匆匆钻出被窝，裤子都没穿，胡乱裹着毯子挤在巷口喝茶的油布棚下，望着远处黑夜里愈来愈亮的火光。

一干巡铺奋力拨开人群挤了进去，申奉应走在最前面，脸色黑如锅底。

他正在外巡逻，都已巡到城中，正盘算着今日已过子时都没火事，可以早点回家歇息，谁知交代的话才说到一半，望火楼那边就有人来传信，胭脂胡同起火了。

一个时辰前他才经过胭脂胡同，卖小食的摊贩都已驱走，怎么还是起了火？

早下差的美梦即刻泡汤，申奉应一边骂骂咧咧，一边带着巡铺们又赶了回来。

夜色里，小木楼立在黑暗里，成了一座团团火焰山，被风一吹，浓烟和焦臭从山顶源源不断冒出来，把胡同巷子照得如白昼雪亮。

申奉应望着眼前火光，心内一沉。

巡铺们救火最怕遇到这种木制阁楼，一旦燃起来就烧个没完，直烧到整座楼化为灰烬。困在里头的人危险，进去灭火的巡铺也危险。

不过眼下这栋楼看起来是从楼上烧起来的，上头比下头火势重。申奉应招呼巡铺们："取水囊——"

用牛皮制成的水囊扔到火海中就会炸开，水流会覆灭一部分火。众巡铺都提前穿好了带甲火背心，一批批水囊朝火中掷去。

丰乐楼的门口大敞着，姑娘们并酒客都已趁势逃了出来，就在这黑夜里，最上头阁楼花窗处，忽然有影子摇晃，似有人在里头用力敲窗。

申奉应目光一凝，随即骇然变色。

"有人！"

这楼阁最上一层，还有没能逃出来的人！

咳咳咳——

屋内滚滚浓烟，戚玉台捂着口鼻，慌忙看向四周。

火势刚起的时候，他没有察觉，只顾和眼前人扭打，等他察觉时，火苗已经很大了。

客房里四处悬挂樱桃色纱帐，被火光一舔，轰然一阵巨响，使人心中更加绝望。

与他扭打之人不知什么时候已不见了，他独自一人留在这里。偏偏窗户打不开，门前火势又大，他出不去，也逃不开。

服用寒食散的热意与激荡早已从身上尽数消失，随之而来的是深深的恐惧。

难道他今日会被烧死在这里？

不行，他不想死！

戚玉台扭头看向门口，紧闭的大门前一根横梁砸下，恰好燃起一堵火墙，短短几步，犹如天堑，将他与出路隔开。

他仓皇回头，试图从这狭小房间里再找出一条生路。然而目光所及处，只有更深的绝望。

瑶琴、碎酒坛、织毯……这些东西沾上火星，便成了火的养料，就连墙上那幅挂画也未曾幸免。

那幅取代了他喜欢的美人垂泪图、看起来不怎么令人舒适的惊蛰春雷画被火燎了一半，绢页卷曲，却似梨园幕布，徐徐升起，露出下头另一番景象来。

春雷图之下，竟然还藏着另一幅图！

这是……

戚玉台倏然僵住。

那是一幅极漂亮的画眉图。

深山翠木，密林起伏，十里茶园清芬荡荡，屋舍前挂着一只铜质的鸟笼。

鸟笼中，一只画眉百啭千声，活泼灵俏，鸟笼前则站着个须发全白的老翁，做农人打扮，一只手指屈着，正逗玩鸟笼中的画眉。

挂画本就巨大，几乎要占据一整面墙，令人有身临其境之感。然而无论是从前的美人垂泪图，抑或被烧毁的惊蛰春雷图，都不及眼前这幅图诡异。

老翁与画眉画得格外巨大，尤其是老翁，几乎与真人并无二致，一人一鸟面无表情，黑漆漆的眼睛直勾勾盯着画外人。而在这四周，散落无数展翅画眉，一眼看去，铺天盖地袭来，尖喙朝着人眼睛啄下——

戚玉台脑子一炸。

四周突然变得一片寂静。

耳边传来一个轻柔的声音，幽怨的，像是隔着很远传来。

"戚公子……"

"你还记得莽明乡茶园，养画眉的杨翁一家吗？"

戚玉台睁大眼睛，下意识后退两步，嘴唇翕动间似微弱呻吟。

"杨翁……"

那年父亲寿辰，正值他在户部任职没多久。那时他还不知这只是个有名无实的虚职，以为父亲总算看见了他的努力，原本僵持的父子关系似乎在那一刻有了和缓的趋向。

他有心想与父亲重修于好，于是决定为父亲送上一件最好的生辰礼物。

盛京人皆知父亲爱鸟，府中豢养白鹤孔雀，然而父亲最喜欢的，是画眉。

戚玉台想送父亲一只世间最好的画眉。

盛京斗鸟之风盛行，最好的画眉不仅要羽翅鲜亮，声音清脆，还要凶狠好斗，体格俊巧。

戚玉台在斗鸟园中逛了一圈，总觉得少了几分神气，没寻到心仪的鸟儿。

这时候，手下有人告诉他，莽明乡茶园有一务农的杨姓老汉，家中有只豢养多年的画眉，机灵神气，不如买来试试。

戚玉台便令人速速买来。

谁知画眉的主人却不卖。买卖的人跑了好几趟，皆无功而返。

若是寻常，戚玉台早已用上雷霆手段，威逼利诱。但那几日他因刚去了户部，自觉前程一片光明，连带心情也不错，又想着父亲寿辰近在眼前，应当替父亲积些福德，不如亲自走一趟莽明乡以示诚意。

于是他带了几个护卫，出城去了茶园。

茶园三月，正是草长莺飞，清溪绿水。到了乡里那处屋舍，戚玉台一眼就看到了那只画眉。

是只很漂亮的画眉，藏在檐下挂着的铜鸟笼里，正声声欢唱，啼声是与别处画眉截然不同的清亮。

一刹间，戚玉台就喜欢上了这只画眉。

屋舍里走出个头戴葛巾的六旬老汉，瞧见门前站着的几人也是一愣。

戚玉台只说自己是路过此地的游人，想讨杯茶水喝。老汉未曾起疑，热情迎他进屋中，叫家里人泡几杯热茶。

戚玉台叫护卫留在院里，自己进了屋，不多时，一名老妪从后院出来，倒了几杯茶给他们。

莽明乡处处是茶园，茶是新摘茶叶，然而到底廉价，盛在土碗里，显得粗糙寡淡。

戚玉台没喝那杯茶，抬头环顾四周。

杨翁家除了六十岁的杨翁，还有他同样年迈的妻子。他儿子生来脑子有些问题，只能做些简单活计，自己起居尚要人照料。他还有一女儿，前两年也病故了。

这屋中皆是病弱老残，唯一的壮劳力——杨翁的女婿，去茶园干活了，杨翁儿子坐在角落，看着他们笑得痴傻。

戚玉台向杨翁说明来意。

他胸有成竹。这对老夫妇，一个女儿已经死了，另一个儿子是个傻子，二人都已年迈，陪不了儿子多久，定然需要一笔银钱。

他是这样想的，但没想到那皮肤黧黑的老汉听完，却是摇了摇头，笑着将他拒绝了。

戚玉台感到无法理解。

他问："难道你们不想要一笔傍身银子？他——"他一指乖巧坐在椅子上，如三岁稚童般看着他们的男子，"他什么都不会，将来会很需要的！"

一个傻子，不给他多留点银子，凭什么养活他？就凭在地里刨泥吗？

老汉道："阿呆——"他叫自己儿子这名字，却叫得并无揶揄讽刺，望着儿子的目光温和慈爱，"阿呆不傻，阿呆只是有些呆罢了。"

"我和他娘教了他几十年，到如今，阿呆已经会简单的采茶筛茶，认真起来，我和他娘都比不过哩。"

"我和邻家茶园的主人说好，将来我和他娘去了，留阿呆在茶园里帮忙干活，不需几个钱，管他吃喝，生了病给买药就是。"

"阿呆自力更生，也就无须银子了。"

戚玉台只觉不可思议。

他的父亲，当今太师，从不曾真心夸过他，更别用提用这样肯定的目光看过他。

一个傻子凭什么可以？

这个老家伙，为何会如此笃定地相信那个坐在椅子上的痴儿？

那分明是个傻子！

屋中温煦气氛令他心中忽而生出一丝阴沉，戚玉台忍住不耐，竭力维持温和语气，道："多点银子不是坏事。"

老汉笑说："公子，有银钱是好，可是阿呆这副模样，真这么一大笔财，守不住事小，惹灾祸事大啊！"

戚玉台正要再说话，听见面前老头儿道："再者，画眉是我闺女阿瑶生前最喜欢的鸟儿，我不能卖了它。"

戚玉台一顿。

"在我和老伴心中，它就是阿瑶。这是老头子最后念想，恕我不能答应你的要求啦。"他爽朗笑起来，招呼戚玉台喝茶。

阿呆不知发生了什么，低头摆弄着手里一截树枝，老妇人低头与他说了两句，男人疑惑听着，郑重其事地点了一下头。

横看竖看都是个傻子。

戚玉台心中轻蔑，方才一瞬的复杂转瞬逝去，重新变得冷漠。

他今日来到此地，不是为了看这一家人演这出令人作呕的父慈子孝戏码，他是来买画眉的。

既然对方敬酒不吃吃罚酒，他的耐心也到此为止。

戚玉台站起身。

门外，几个护卫跟着站起，牢牢守住院门。

老汉原本欣然的笑渐渐变得凝重，望着走向门外的戚玉台："公子这是干什么？"

戚玉台站在窗前，嘲笑地看着这一家人。

"我本来想用五百金来买你这只画眉。"他说，"可我现在改变主意了，一个铜板都不想给。"

他转过身,示意护卫去取那只悬在檐下的画眉。

鸟儿似也知此刻情势陡变,在笼中上蹿下跳,焦躁不安地大声鸣叫。

老汉终于意识到对方是想强抢,脸色一变,冲上来就要夺回。然而他年岁已高,哪里挣得过戚玉台。被戚玉台一把推得老远,仍不甘心,跟跟跄跄地再次冲来。

那只苍老的手抓住戚玉台的胳膊,粗糙老茧磨得人不适,方才蔼然的脸此刻全是惊怒,因老迈越发显得可厌。

戚玉台反手握住对方手,恶狠狠一推——

只听咚的一声,老汉被推得往后一摔,一声没吭,桌上茶盏被摔得碎了一地。

他直挺挺躺着,再没了声息。

自他脑后,渐渐氲出一团嫣红的血,在地上蔓延开来。

戚玉台也没料到老汉如此虚弱。

倒是屋中老妪反应过来后,尖叫一声:"杀人了,救命啊,杀人了——"

尖叫声嘈杂刺耳,戚玉台烦不胜烦,提着鸟笼就要往门外走,被人从门后一把攥住袍角。

老妇哭喊着:"不许走,你这个杀人凶手!救命——来人啊——"

莽明乡是个小乡,一户一户间离得很远,杨翁家贫更在最荒芜的一块土地,四面都无人烟。

戚玉台一脚踢开对方,冲护卫使了个眼色。

护卫上前拔刀,银光闪过,屋中尖叫顿时止息。

只有更浓重的血腥气慢慢袭来。

戚玉台撩开袍角,迈步从妇人尸体上跨过,谁知那一直端坐在角落的、认真玩着手中树枝的傻儿子像是终于明白过来发生了何事,一下子从屋中跑出来。

"爹、娘、娘!"

傻儿子焦急喊着,手里软绵绵的树枝用力朝他掷去,愤然道:"坏、坏人!"

戚玉台脸色一变。

阿呆虽心智似孩童,人却生得高大,杨翁夫妇将他照料得很好,衣着干净,面色也红润。那双澄澈懵懂的眸愤然盯着他,挥动手中树枝。

树枝软绵绵的,落在人身上一点痛楚也没有。

像个笑话。

戚玉台噗地笑了一声,漠然走出屋舍。

身后护卫拥上,紧接着一声闷响,四周重归寂静。

画眉在笼中凄厉欢唱。欢唱或是哀泣,总归都是同一种清脆歌声。

狭小茅舍里,三人零散着并在一处,被血河淹没。

戚玉台站在门口,看着笼中扑腾翅膀的画眉,忽而觉出几分无趣。

他还没想好这头如何处理,篱笆后又有人进来,是个背着竹筐的高大汉子,瞧见一行人愣了一下,还未开口,一眼瞧见门口那条蜿蜒血河。

"爹、娘、阿呆——"他凄声喊道。

戚玉台掏了掏耳朵。

他知道这人是谁了。

杨翁的女儿杨瑶已过世,女婿却没有离开杨家,仍与杨家人住在一处,甚至还将自己名字改成杨大郎。

与岳丈住在一家的男人本就少见,何况是死了妻子的鳏夫,除非有利可图。然而杨翁一家穷得令人发笑,看不出任何值得留恋之处,只能说明此人无能穷困更胜杨家。

男人的哭号听起来虚伪又可笑。

戚玉台让护卫围着杨大郎，提出要给他一笔银子。

姓杨的老头不识好歹，拒绝了他一片好意，这个与杨家非亲非故的男人应该会聪明得多，他甚至多加了一倍银两。

既甩掉了这群累赘，又能拿着丰厚银两逍遥。那些银两足够杨大郎买下一整个茶园，不，足够他在盛京城里买一处新宅，再娶一个年轻新妇。

戚玉台想不出来对方不答应的理由。

这样一来，有杨大郎做证，杨家的事了结起来会简单很多，不至于惊动父亲——他不想让父亲觉得自己是个麻烦的人。

"怎么样？"他把银票一叠一叠摆在木桌上。

桌下，鲜红的血渐渐流淌过来。

杨大郎定定看着那些银票。

戚玉台心中轻蔑，这些低贱平民，或许一辈子都没见过这么多财富。

须臾，男人伸手，一语不发地拿起银票。

戚玉台笑了起来。

他就知道。这根本就是个无法抗拒的诱惑。

他看着眼前的聪明人，感到舒心极了，先前对这屋中老夫妇和傻儿子的介怀顿时一扫而光，仿佛打了胜仗，又或是证明了自己。

戚玉台盘算着，等杨翁家的事过了，再过段日子，找个人将杨大郎也一并处理掉。

无依无靠的穷凶极恶之徒，难免因贪婪生出恶心，威胁，勒索……他们什么都做得出来。不过临死前能当个富裕鬼，这辈子也算划得来了。

他这样想着，站起身往外走，才一转身，忽然听到离自己最近的那

719

个护卫叫了一声"公子小心——"

扑哧——

他被护卫狠狠一推。

戚玉台呆了一下,慢慢低下头。

一把柴刀从自己身后穿来,刀尖深深没入半柄,殷红的血一滴一滴流下来,和杨家人的血混在一处。

杨大郎的脸在护卫们的刀下变得不甚清晰,只听得见对方咆哮怒吼:"王八蛋,我要杀了你——"

他被护卫护着迅速退出屋舍,痛得出奇,原来同样是血,从别人身上流出来和从自己身上流出来的感受截然不同。

戚玉台捂着伤口,呻吟道:"烧了!把这里全烧了!"

他不想再看见杨家的任何人,这些低贱的穷鬼!

火苗迅速燃了起来。

杨大郎的木棍早已被砍得七零八碎,他也如那根木棍一般,看不出完整模样。

那火海里,突然冒出张苍老人脸。

杨翁不知什么时候醒了。他倒下去时后脑磕着石头,像是死了,此刻偏偏又醒转过来,满脸是血,颤巍巍从火光中爬出,朝着他用力伸出一只手,试图抓住他袍角。

护卫一脚将他踢了回去。

烈火烧天,飞灰遮目。

杨家那一场大火烧得异常猛烈,将屋内一切烧得几如灰烬。

当时莽明乡乡民们都在茶园干活,一片屋舍并无人来,后来纵然也觉出几分不对,仍无一人敢开口置疑。

太师府派人处理了。

戚清最终还是知道了此事。

只因戚玉台当时受杨大郎那一刀,虽有护卫在最后关头推开了他,不至要命,但伤势也着实不轻。

身上的伤势仍能处理,更可怕的是,他在回到太师府后,就开始频繁做噩梦。

梦里杨翁那张苍老的脸总是和蔼地看着他,请他喝茶。他端起茶杯,发现粗糙的红泥茶碗里,黏黏稠稠全是鲜血。

老汉血淋淋的脸对着他,在火海里直勾勾盯着他眼睛,叫他:"阿呆——"

戚玉台豁然梦醒,已出了一身冷汗。

从那时起,他就开始不对劲。有时白日里也会看见杨翁的影子,还有阿呆。

渐渐地,他开始有迷惘失常,号哭骂言之状。

医官院院使崔岷说他这是情志失调所致,因遇险临危,处事丧志而惊,由惊悸而失心火。

父亲令崔岷为他诊治。

那段日子,戚玉台自己也记不太清了,崔岷每日来为他行诊,深夜才归。妹妹以泪洗面,父亲神色郁郁。

好在过了几月,他渐渐好了起来,不再做梦,也不再会在白日里看到杨翁的影子。

甚至连腰间那道深深刀疤,也在连用十几罐玉肌膏后只留下一点很淡的痕迹。

一切似乎就此揭过,除了他落下一个毛病——

一见画眉,一听画眉叫声,他便觉心中易怒烦躁,坐立难安。

父亲干脆驱走府中所有鸟雀,太师府上上下下再也寻不到一只鸟。

721

至于杨翁家的画眉……

那只画眉当日被他带走,仍锁在鸟笼中,后来他回府后,伤重、心悸、调养……府中上下都忘了那只画眉,等过了月余记起时才在花房里找到。

无人喂养,画眉早已饿死了,羽翅暗淡凌乱,僵硬干瘪成一团。

下人把它扔掉,他再见不得画眉。

耳边传来清亮唧啾,一声一声,声声欢悦。

戚玉台瞳孔一缩。

哪来的声音?这里怎么会有画眉!

寒意从脚底升起,他颤抖着望向眼前。

那幅巨大的、漂亮的画眉图就在他面前,老汉与雀鸟同样栩栩如生,一大片新鲜茶叶的奇异芬芳钻进他鼻尖,他恍惚觉得自己正在城外莽明乡的茶园中,分不清现实与梦境。

老汉木然望着画外的他,眼睛鼻下竟渐渐地流出血来,血泪若当初茅舍地下一般蜿蜒,却又比那时候更加鲜丽。

戚玉台惨叫一声,抱头蹲了下来。

他呻吟着,央告着:"……不是我……别找我……"

昏蒙的脑子突然变得格外刺痛,像是有人拿着根粗大银针在他脑中翻搅。他痛得浑身发抖,不知自己是谁,现在又在何地,只是抱着肩膀哽咽,胡乱地开口:"我是、我是太师府公子,我给你银子……"

"别找、别找我……"

楼下火势渐小。

穿着火背心的巡铺们从楼里出来,收好竹梯。用剩的水囊㧟在一边。

申奉应抹了把脸上的飞灰,心中松了口气。

火势不算小,木阁楼也易燃难灭,但好就好在胭脂胡同附近有两个军巡铺屋,水囊和人手都备得充足。整座楼里所有人都被救了出来。如果再晚半个时辰,再想救阁楼上的人恐怕就没这么容易。

他揉了揉胳膊,看向阁楼顶上的火光。

火是从最上头一层起来的,因此顶阁的火也最难扑灭,且木梁被大火一烧极易坍塌,他没再让巡铺们上去,已经烧了这么久,再灭火无甚意义,总归人都没事,就不必让巡铺再冒无谓风险。

所有被救出来的人都挤在木楼不远处的凉棚下,裹着毯子惊悸未消。

申奉应才收好唧筒,就听得人群中不知有谁喊了一句:"这人是太师府公子!"

太师府公子?

申奉应耳朵一动,唧筒从手中滑落。

他没顾得上唧筒,扭头问道:"在哪?太师府公子在哪?"

"在这里!"闹哄哄的人群里有人对他挥手,"他自己说的!"

申奉应精神一振,夜里出差的倦意顿时一扫而光。

当今朝中就一个太师,太师府公子,那就是戚家公子咯?

戚公子怎么会来丰乐楼?以他家资,应当去城南清河街吧?

不过这么大官,应当不会有人敢冒充。

他都没见过太师呢!

申奉应美滋滋地想,要真是太师府公子,今日他救了对方一命,也算卖了个好,不说连升三级,升个一级应当不为过吧!

他一路小跑到凉棚下,轻咳一声,端出一个严肃而不失亲切的笑容,问:"戚公子在哪?"

有人朝他指了指。

申奉应拨开人群,低头一看。

人群最中央蹲着一个年轻公子,衣裳被火燎得狼狈,抱着头不知在嗫嚅什么,像是被吓着了。

天可怜见的,这么大火,这些养尊处优的公子哥儿应当受惊不轻。

申奉应小心靠近他,柔声开口:"没事了,戚公子,火已经灭了……戚公子?"

那人颤了颤,慢慢松开抱头的手,一点一点抬起头来。

申奉应一愣。

男人胆怯地望着他,一张脸被灰熏得发黑,嘴角不住翕动。

申奉应凑近,听见他说的是:"我是戚太师府上公子……我是戚公子……我给你们银子……好多银子……"

申奉应还没来得及说话,就见眼前人惊悸地跳起来,一把抓住申奉应袍角,疯疯癫癫地开口:"画眉,你有没有看到画眉?好多好多画眉!"

他痴笑着:"画眉流血了!要来杀人了!"

四周鸦雀无声,不远处的阁楼火光未灭,胭脂胡同狭窄的胡同里,密密麻麻的人群团团看向这头。

申奉应下意识后退一步,面上柔情与笑容顷刻散去。

什么情况?

这人真是戚太师府上公子?

怎么看起来倒像是……疯子?

图书在版编目（CIP）数据

灯花笑·沧波起：全二册 / 千山茶客著. -- 南京：江苏凤凰文艺出版社, 2025. 2. -- ISBN 978-7-5594-9403-0

Ⅰ. I247.5

中国国家版本馆CIP数据核字第2025YA9335号

灯花笑·沧波起：全二册

千山茶客　著

责任编辑	耿少萍
策划编辑	李　娟
特约编辑	王　萌
封面设计	Laberay淮
责任印制	杨　丹
出版发行	江苏凤凰文艺出版社
	南京市中央路165号，邮编：210009
网　　址	http://www.jswenyi.com
印　　刷	三河市中晟雅豪印务有限公司
开　　本	880毫米×1230毫米　32开
印　　张	23.25
字　　数	600千字
版　　次	2025年2月第1版
印　　次	2025年2月第1次印刷
标准书号	ISBN 978-7-5594-9403-0
定　　价	69.80元

江苏凤凰文艺版图书凡印刷、装订错误，可向出版社调换，联系电话025-83280257